合格班
日檢閱讀
逐步解說 & 攻略問題集

〔 全真模擬試題 〕 完全對應新制

山田社日檢題庫組
吉松由美・田中陽子・西村惠子 ◎ 合著

考試分數大躍進
累積實力
百萬考生見證
應考秘訣

3

根據日本國際交流基金考試相關概要

N

3

山田社
Shan Tian She

前言

preface

★ N3 最終秘密武器，一舉攻下閱讀測驗！

★ 金牌教師群秘傳重點式攻略，幫助您制霸考場！

★ 選擇最聰明的戰略，快速完勝取證！

★ 考題、日中題解攻略、單字文法一本完備，祕技零藏私！

★ 教您如何 100% 掌握考試技巧，突破自我極限！

「還剩下五分鐘。」在考場聽到這句話時，才發現自己來不及做完，只能猜題？

沮喪的離開考場，為半年後的戰役做準備？

不要再浪費時間！靠攻略聰明取勝吧！

讓我們為您披上戰袍，教您如何快速征服日檢閱讀！

讓這本書成為您的秘密武器，一舉攻下日檢證照！

閱讀測驗就好比遊戲中擁有龐大身軀的怪物，

其實仔細觀察，就會發現身上的弱點，

重點式攻擊，馬上就能 K.O 對手！

因此我們需要「對症下藥」，不要再浪費金錢、浪費光陰，讓山田社金牌教師群帶領您一次攻頂吧！

● 100% 擬真│臨場感最逼真

本書出題形式、場景設計、出題範圍，完全模擬新日檢官方試題，讓您提早體驗考試臨場感。有本書做為您的秘密武器，金牌教師群做為您的左右護法，完善的練習讓您不用再害怕閱讀怪獸，不用再被時間壓迫，輕鬆作答、輕鬆交卷、輕鬆取證。100% 擬真體驗考場，幫助您旗開得勝！

● 100% 充足│六回充足練習

本書依照新日檢官方出題模式，完整收錄六回閱讀模擬試題，幫助您正確掌握考試題型，100% 充足您所需要的練習。無論是考前六個月，抱著破釜沉舟的決心，全力以赴，或是考前到數計日，綁著頭巾全力衝刺，以提升學習的「質」，都能短時間內考出好成績！

● 100% 準確｜命中精準度高

為了掌握最新出題趨勢，《合格班 日檢閱讀N3─逐步解說＆攻略問題集》特別邀請多位日籍金牌教師，在日本長年持續追蹤新日檢出題內容，比對並分析近10年新、舊制的日檢N3閱讀出題頻率最高的題型、場景等，盡心盡力為N3閱讀量身訂做攻略秘笈，100%準確命中考題，直搗閱讀核心！

● 100% 有效｜日、中解題完全攻略

本書六回模擬考題皆附金牌教師的日文、中文詳細題解，藉由閱讀日文、中文兩種題解，可一舉數得，增加您的理解力及翻譯力，並了解如何攻略閱讀重點，抓出每題的「重要關鍵」。只要學會利用「關鍵字」的解題術，就能對症下藥，快速解題。100%有效的重點式攻擊，立馬K.O閱讀怪獸！

● 100% 滿意｜單字文法全面教授

閱讀測驗中出現的單字和文法往往都是解讀的關鍵，因此本書細心的補充N3單字和文法，讓您方便對應與背誦。另建議搭配「精修版 新制對應 絕對合格！日檢必背單字N3」和「精修版 新制對應 絕對合格！日檢必背文法N3」，建構腦中的N3單字、文法資料庫，學習效果包準100%滿意！

目錄

contents

新「日本語能力測驗」概要

JLPT

一、什麼是新日本語能力試驗呢

1. 新制「日語能力測驗」

從2010年起實施的新制「日語能力測驗」（以下簡稱為新制測驗）。

1－1 實施對象與目的

　　新制測驗與舊制測驗相同，原則上，實施對象為非以日語作為母語者。其目的在於，為廣泛階層的學習與使用日語者舉行測驗，以及認證其日語能力。

1－2 改制的重點

　改制的重點有以下四項：

1　測驗解決各種問題所需的語言溝通能力

　新制測驗重視的是結合日語的相關知識，以及實際活用的日語能力。因此，擬針對以下兩項舉行測驗：一是文字、語彙、文法這三項語言知識；二是活用這些語言知識解決各種溝通問題的能力。

2　由四個級數增為五個級數

　新制測驗由舊制測驗的四個級數（1級、2級、3級、4級），增加為五個級數（N1、N2、N3、N4、N5）。新制測驗與舊制測驗的級數對照，如下所示。最大的不同是在舊制測驗的2級與3級之間，新增了N3級數。

N1	難易度比舊制測驗的1級稍難。合格基準與舊制測驗幾乎相同。
N2	難易度與舊制測驗的2級幾乎相同。
N3	難易度介於舊制測驗的2級與3級之間。（新增）
N4	難易度與舊制測驗的3級幾乎相同。
N5	難易度與舊制測驗的4級幾乎相同。

＊「N」代表「Nihongo（日語）」以及「New（新的）」。

3 施行「得分等化」

由於在不同時期實施的測驗，其試題均不相同，無論如何慎重出題，每次測驗的難易度總會有或多或少的差異。因此在新制測驗中，導入「等化」的計分方式後，便能將不同時期的測驗分數，於共同量尺上相互比較。因此，無論是在什麼時候接受測驗，只要是相同級數的測驗，其得分均可予以比較。目前全球幾種主要的語言測驗，均廣泛採用這種「得分等化」的計分方式。

4 提供「日本語能力試驗Can-do自我評量表」（簡稱JLPT Can-do）

為了瞭解通過各級數測驗者的實際日語能力，新制測驗經過調查後，提供「日本語能力試驗Can-do自我評量表」。該表列載通過測驗認證者的實際日語能力範例。希望通過測驗認證者本人以及其他人，皆可藉由該表格，更加具體明瞭測驗成績代表的意義。

1-3 所謂「解決各種問題所需的語言溝通能力」

我們在生活中會面對各式各樣的「問題」。例如，「看著地圖前往目的地」或是「讀著說明書使用電器用品」等等。種種問題有時需要語言的協助，有時候不需要。

為了順利完成需要語言協助的問題，我們必須具備「語言知識」，例如文字、發音、語彙的相關知識、組合語詞成為文章段落的文法知識、判斷串連文句的順序以便清楚說明的知識等等。此外，亦必須能配合當前的問題，擁有實際運用自己所具備的語言知識的能力。

舉個例子，我們來想一想關於「聽了氣象預報以後，得知東京明天的天氣」這個課題。想要「知道東京明天的天氣」，必須具備以下的知識：「晴れ（晴天）、くもり（陰天）、雨（雨天）」等代表天氣的語彙；「東京は明日は晴れでしょう（東京明日應是晴天）」的文句結構；還有，也要知道氣象預報的播報順序等。除此以外，尚須能從播報的各地氣象中，分辨出哪一則是東京的天氣。

如上所述的「運用包含文字、語彙、文法的語言知識做語言溝通，進而具備解決各種問題所需的語言溝通能力」，在新制測驗中稱為「解決各種問題所需的語言溝通能力」。

新制測驗將「解決各種問題所需的語言溝通能力」分成以下「語言知識」、「讀解」、「聽解」等三個項目做測驗。

語言知識	各種問題所需之日語的文字、語彙、文法的相關知識。
讀　解	運用語言知識以理解文字內容，具備解決各種問題所需的能力。
聽　解	運用語言知識以理解口語內容，具備解決各種問題所需的能力。

作答方式與舊制測驗相同，將多重選項的答案劃記於答案卡上。此外，並沒有直接測驗口語或書寫能力的科目。

2. 認證基準

　　新制測驗共分為N1、N2、N3、N4、N5五個級數。最容易的級數為N5，最困難的級數為N1。

　　與舊制測驗最大的不同，在於由四個級數增加為五個級數。以往有許多通過3級認證者常抱怨「遲遲無法取得2級認證」。為因應這種情況，於舊制測驗的2級與3級之間，新增了N3級數。

　　新制測驗級數的認證基準，如表1的「讀」與「聽」的語言動作所示。該表雖未明載，但應試者也必須具備為表現各語言動作所需的語言知識。

　　N4與N5主要是測驗應試者在教室習得的基礎日語的理解程度；N1與N2是測驗應試者於現實生活的廣泛情境下，對日語理解程度；至於新增的N3，則是介於N1與N2，以及N4與N5之間的「過渡」級數。關於各級數的「讀」與「聽」的具體題材（內容），請參照表1。

■ 表1　新「日語能力測驗」認證基準

	級數	認證基準 各級數的認證基準，如以下【讀】與【聽】的語言動作所示。各級數亦必須具備為表現各語言動作所需的語言知識。
困難 ↑ ＊	N1	能理解在廣泛情境下所使用的日語 【讀】・可閱讀話題廣泛的報紙社論與評論等論述性較複雜及較抽象的文章，且能理解其文章結構與內容。 　　　・可閱讀各種話題內容較具深度的讀物，且能理解其脈絡及詳細的表達意涵。 【聽】・在廣泛情境下，可聽懂常速且連貫的對話、新聞報導及講課，且能充分理解話題走向、內容、人物關係、以及說話內容的論述結構等，並確實掌握其大意。
	N2	除日常生活所使用的日語之外，也能大致理解較廣泛情境下的日語 【讀】・可看懂報紙與雜誌所刊載的各類報導、解說、簡易評論等主旨明確的文章。 　　　・可閱讀一般話題的讀物，並能理解其脈絡及表達意涵。 【聽】・除日常生活情境外，在大部分的情境下，可聽懂接近常速且連貫的對話與新聞報導，亦能理解其話題走向、內容、以及人物關係，並可掌握其大意。
	N3	能大致理解日常生活所使用的日語 【讀】・可看懂與日常生活相關的具體內容的文章。 　　　・可由報紙標題等，掌握概要的資訊。 　　　・於日常生活情境下接觸難度稍高的文章，經換個方式敘述，即可理解其大意。 【聽】・在日常生活情境下，面對稍微接近常速且連貫的對話，經彙整談話的具體內容與人物關係等資訊後，即可大致理解。

		能理解基礎日語	
＊ 容 易 ↓	N4	【讀】・可看懂以基本語彙及漢字描述的貼近日常生活相關話題的文章。 【聽】・可大致聽懂速度較慢的日常會話。
	N5	能大致理解基礎日語 【讀】・可看懂以平假名、片假名或一般日常生活使用的基本漢字所書寫的固定詞 　　　　句、短文、以及文章。 【聽】・在課堂上或周遭等日常生活中常接觸的情境下，如為速度較慢的簡短對 　　　　話，可從中聽取必要資訊。

＊N1最難，N5最簡單。

3. 測驗科目

新制測驗的測驗科目與測驗時間如表2所示。

■ 表2　測驗科目與測驗時間＊①

級 數	測驗科目 （測驗時間）			
N1	語言知識（文字、語彙、文法）、 讀解 （110分）		聽解 （60分）	→ 測驗科目為「語言知識（文字、語彙、文法）、讀解」；以及「聽解」共2科目。
N2	語言知識（文字、語彙、文法）、 讀解 （105分）		聽解 （50分）	→
N3	語言知識 （文字、語彙） （30分）	語言知識 （文法）、讀解 （70分）	聽解 （40分）	→ 測驗科目為「語言知識（文字、語彙）」；「語言知識（文法）、讀解」；以及「聽解」共3科目。
N4	語言知識 （文字、語彙） （30分）	語言知識 （文法）、讀解 （60分）	聽解 （35分）	→
N5	語言知識 （文字、語彙） （25分）	語言知識 （文法）、讀解 （50分）	聽解 （30分）	→

　　N1與N2的測驗科目為「語言知識（文字、語彙、文法）、讀解」以及「聽解」共2科目；N3、N4、N5的測驗科目為「語言知識（文字、語彙）」、「語言知識（文法）、讀解」、「聽解」共3科目。

　　由於N3、N4、N5的試題中，包含較少的漢字、語彙、以及文法項目，因此當與N1、N2測驗相同的「語言知識（文字、語彙、文法）、讀解」科目時，有時會使某幾道試題成為其他題目的提示。為避免這個情況，因此將「語言知識（文字、語彙、文法）、讀解」，分成「語言知識（文字、語彙）」和「語言知識（文法）、讀解」施測。

＊①：聽解因測驗試題的錄音長度不同，致使測驗時間會有些許差異。

4. 測驗成績

4－1　量尺得分

舊制測驗的得分，答對的題數以「原始得分」呈現；相對的，新制測驗的得分以「量尺得分」呈現。

「量尺得分」是經過「等化」轉換後所得的分數。以下，本手冊將新制測驗的「量尺得分」，簡稱為「得分」。

4－2　測驗成績的呈現

新制測驗的測驗成績，如表3的計分科目所示。N1、N2、N3的計分科目分為「語言知識（文字、語彙、文法）」、「讀解」、以及「聽解」3項；N4、N5的計分科目分為「語言知識（文字、語彙、文法）、讀解」以及「聽解」2項。

會將N4、N5的「語言知識（文字、語彙、文法）」和「讀解」合併成一項，是因為在學習日語的基礎階段，「語言知識」與「讀解」方面的重疊性高，所以將「語言知識」與「讀解」合併計分，比較符合學習者於該階段的日語能力特徵。

■ 表3　各級數的計分科目及得分範圍

級數	計分科目	得分範圍
N1	語言知識（文字、語彙、文法）	0～60
	讀解	0～60
	聽解	0～60
	總分	0～180
N2	語言知識（文字、語彙、文法）	0～60
	讀解	0～60
	聽解	0～60
	總分	0～180
N3	語言知識（文字、語彙、文法）	0～60
	讀解	0～60
	聽解	0～60
	總分	0～180
N4	語言知識（文字、語彙、文法）、讀解	0～120
	聽解	0～60
	總分	0～180
N5	語言知識（文字、語彙、文法）、讀解	0～120
	聽解	0～60
	總分	0～180

各級數的得分範圍，如表3所示。N1、N2、N3的「語言知識（文字、語彙、文法）」、「讀解」、「聽解」的得分範圍各為0～60分，三項合計的總分範圍是0～180分。「語言知識（文字、語彙、文法）」、「讀解」、「聽解」各占總分的比例是1：1：1。

N4、N5的「語言知識（文字、語彙、文法）、讀解」的得分範圍為0～120分，「聽解」的得分範圍為0～60分，二項合計的總範圍是0～180分。「語言知識（文字、語彙、文法）、讀解」與「聽解」各占總分的比例是2：1。還有，「語言知識（文字、語彙、文法）、讀解」的得分，不能拆解成「語言知識（文字、語彙、文法）」與「讀解」二項。

　　除此之外，在所有的級數中，「聽解」均占總分的三分之一，較舊制測驗的四分之一為高。

4－3　合格基準

　　舊制測驗是以總分作為合格基準；相對的，新制測驗是以總分與分項成績的門檻二者作為合格基準。所謂的門檻，是指各分項成績至少必須高於該分數。假如有一科分項成績未達門檻，無論總分有多高，都不合格。

　　新制測驗設定各分項成績門檻的目的，在於綜合評定學習者的日語能力，須符合以下二項條件才能判定為合格：①總分達合格分數（＝通過標準）以上；②各分項成績達各分項合格分數（＝通過門檻）以上。如有一科分項成績未達門檻，無論總分多高，也會判定為不合格。

　　N1～N3及N4、N5之分項成績有所不同，各級總分通過標準及各分項成績通過門檻如下所示：

級數	總分		分項成績					
			言語知識（文字·語彙·文法）		讀解		聽解	
	得分範圍	通過標準	得分範圍	通過門檻	得分範圍	通過門檻	得分範圍	通過門檻
N1	0～180分	100分	0～60分	19分	0～60分	19分	0～60分	19分
N2	0～180分	90分	0～60分	19分	0～60分	19分	0～60分	19分
N3	0～180分	95分	0～60分	19分	0～60分	19分	0～60分	19分

級數	總分		分項成績			
			言語知識（文字·語彙·文法）·讀解		聽解	
	得分範圍	通過標準	得分範圍	通過門檻	得分範圍	通過門檻
N4	0～180分	90分	0～120分	38分	0～60分	19分
N5	0～180分	80分	0～120分	38分	0～60分	19分

※上列通過標準自2010年第1回(7月)【N4、N5為2010年第2回(12月)】起適用。

　　缺考其中任一測驗科目者，即判定為不合格。寄發「合否結果通知書」時，含已應考之測驗科目在內，成績均不計分亦不告知。

4－4　測驗結果通知

依級數判定是否合格後，寄發「合否結果通知書」予應試者；合格者同時寄發「日本語能力認定書」。

■ N1, N2, N3

■ N4, N5

※ 各節測驗如有一節缺考就不予計分，即判定為不合格。雖會寄發「合否結果通知書」但所有分項成績，含已出席科目在內，均不予計分。各欄成績以「＊」表示，如「＊＊/60」。

※ 所有科目皆缺席者，不寄發「合否結果通知書」。

N3 題型分析

測驗科目 （測驗時間）			試題內容		
			題型	小題 題數＊	分析
語言知識 （30分）	文字、語彙	1	漢字讀音 ◇	8	測驗漢字語彙的讀音。
		2	假名漢字寫法 ◇	6	測驗平假名語彙的漢字寫法。
		3	選擇文脈語彙 ○	11	測驗根據文脈選擇適切語彙。
		4	替換類義詞 ○	5	測驗根據試題的語彙或說法，選擇類義詞或類義說法。
		5	語彙用法 ○	5	測驗試題的語彙在文句裡的用法。
語言知識、讀解＊ （70分）	文法	1	文句的文法1 （文法形式判斷）○	13	測驗辨別哪種文法形式符合文句內容。
		2	文句的文法2 （文句組構）◆	5	測驗是否能夠組織文法正確且文義通順的句子。
		3	文章段落的文法 ◆	5	測驗辨別該文句有無符合文脈。
	讀解＊	4	理解內容 （短文）○	4	於讀完包含生活與工作等各種題材的撰寫說明文或指示文等，約150～200字左右的文章段落之後，測驗是否能夠理解其內容。
		5	理解內容 （中文）○	6	於讀完包含撰寫的解說與散文等，約350字左右的文章段落之後，測驗是否能夠理解其關鍵字或因果關係等等。
		6	理解內容 （長文）○	4	於讀完解說、散文、信函等，約550字左右的文章段落之後，測驗是否能理解其概要或論述等等。
		7	釐整資訊 ◆	2	測驗是否能夠從廣告、傳單、提供各類訊息的雜誌、商業文書等資訊題材（600字左右）中，找出所需的訊息。
聽解 （40分）		1	理解問題 ◇	6	於聽取完整的會話段落之後，測驗是否能夠理解其內容（於聽完解決問題所需的具體訊息之後，測驗是否能夠理解應當採取的下一個適切步驟）。
		2	理解重點 ◇	6	於聽取完整的會話段落之後，測驗是否能夠理解其內容（依據剛才已聽過的提示，測驗是否能抓住應當聽取的重點）。
		3	理解概要 ◇	3	於聽取完整的會話段落之後，測驗是否能夠理解其內容（測驗是否能夠從整段會話中理解說話者的用意與想法）。
		4	適切話語 ◆	4	於一面看圖示，一面聽取情境說明時，測驗是否能選擇適切的話語。
		5	即時應答 ◆	9	於聽完簡短的詢問之後，測驗是否能夠選擇適切的應答。

＊「小題題數」為每次測驗的約略題數，與實際測驗時的題數可能未盡相同。此外，亦有可能會變更小題題數。

＊有時在「讀解」科目中，同一段文章可能會有數道小題。

＊符號標示：「◆」舊制測驗沒有出現過的嶄新題型；「◇」沿襲舊制測驗的題型，但是更動部分形式；「○」與舊制測驗一樣的題型。

資料來源：《日本語能力試驗JLPT官方網站：分項成績‧合格判定‧合否結果通知》。2016年1月11日，
取自：http://www.jlpt.jp/tw/guideline/results.html

Part 1 讀解對策

閱讀的目標是，從各種題材中，得到自己要的訊息。因此，新制考試的閱讀考點就是「從什麼題材」和「得到什麼訊息」這兩點。

問題 4：理解內容（短文）

閱讀約 200 字的短篇文章，測驗是否能夠理解文章內容。以生活（環境、動物、人際關係等）、工作、學習及書信、電子郵件等為主題的說明文、指示文。預估有 4 題。

提問一般用「作者は～どう思っているか」（作者對～有什麼看法？）、「～理由はどれか」（～理由是哪一個？）的表達方式。文章中也常出現慣用語及諺語。也會出現同一個意思，改用不同詞彙的作答方式。考試時建議先看提問及選項，再看文章。

N3 言語知識・讀解 ／ 第 1 回　もんだい 4　模擬試題

次の (1) から (4) の文章を読んで、質問に答えなさい。答えは、1・2・3・4 から最もよいものを一つえらびなさい。

(1)

　　ヘッドフォンで音楽を聞きながら作業をすると集中できる、という人が多い。その理由をたずねると、まわりがうるさい環境で仕事をしているような時でも、音楽を聞くことによって、うるさい音や自分に関係のない話を聞かずにすむし、じゃまをされなくてすむからだという。最近では、ヘッドフォンをつけて仕事をすることを認めている会社もある。

　　しかし、実際に調査を行った結果、ヘッドフォンで音楽を聞くことによって集中力が上がるというデータは、ほとんど出ていないという。また、ヘッドフォンを聞きながら仕事をするのは、オフィスでの作法やマナーに反すると考える人も多い。

24 調査は、どんな調査か。
1　うるさい環境で仕事をすることによって、集中力が下がるかどうかの調査
2　ヘッドフォンで音楽を聞くことで、集中力が上がるかどうかの調査
3　不要な情報をきくことで集中力が下がるかどうかの調査
4　好きな音楽と嫌いな音楽の、どちらを聞けば集中できるかの調査

18　言語知識・讀解

問題 5：理解內容（中文）

閱讀約 350 字的中篇文章，測驗是否能夠理解文章中的因果關係或理由、概要或作者的想法等等。以生活、工作、學習等為主題的，簡單的評論文、說明文及散文。預估有 6 題。

提問一般用，造成某結果的理由「～とあるが、それはなぜか」、文章中的某詞彙的意思「～とはどのような意味か」、作者的想法或文章內容「この文章の内容と合っているものはどれか」的表達方式。這樣，解題關鍵就在掌握文章結構「開頭是主題、中間說明主題、最後是結論」了。

還有，選擇錯誤選項的「正しくないものどれか」也偶而會出現，要仔細看清提問喔！

つぎの (1) と (2) の文章を読んで、質問に答えなさい。答えは、1・2・3・4から最もよいものを一つえらびなさい。

(1)

　　日本では、電車の中で、子どもたちはもちろん大人もよくマンガを読んでいる。私の国では見られない姿だ。日本に来たばかりの時は私も驚いたし、①恥ずかしくないのかな、と思った。大人の会社員が、夢中でマンガを読んでいるのだから。

　　しかし、しばらく日本に住むうちに、マンガはおもしろいだけでなく、とても役に立つことに気づいた。今まで難しいと思っていたことも、マンガで読むと分かりやすい。特に、歴史はマンガで読むと楽しい。それに、マンガといっても、本屋で売っているような歴史マンガは、専門家が内容を②しっかりチェックしているそうだし、それを授業で使っている学校もあるということだ。

　　私は高校生の頃、歴史にまったく関心がなく成績も悪かったが、日本で友だちから借りた歴史マンガを読んで興味を持ち、大学でも歴史の授業をとることにした。私自身、以前はマンガを馬鹿にしていたが、必要な知識が得られ、読む人の興味を引き出すことになるなら、マンガでも、本でも同じではな

22 言語知識・讀解

28 ①恥ずかしくないのかな、と思ったのはなぜか。

1　日本の子どもたちはマンガしか読まないから

2　日本の大人たちはマンガしか読まないから

3　大人が電車の中でマンガを夢中で読んでいるから

4　日本人はマンガが好きだと知らなかったから

29 どんなことを②しっかりチェックしているのか。

1　そのマンガが、おもしろいかどうか

2　そのマンガの内容が正しいかどうか

3　そのマンガが授業で使われるかどうか

4　そのマンガが役に立つかどうか

30 この文章を書いた人は、マンガについて、どう思っているか。

1　マンガはやはり、子どもが読むものだ。

2　暇なときに読むのはよい。

3　むしろ、本より役に立つものだ。

4　本と同じように役に立つものだ。

23

問題6：理解內容（長文）

閱讀一篇約550字的長篇文章，測驗能否理解作者的想法、主張等，還有能否理解文章大概及文章裡的某詞彙某句話的意思。主要以一般常識性的、抽象的說明文、散文、書信為主。預估有4題。

文章較長，應考時關鍵在快速掌握談論內容的大意。提問一般是用「～のは、どんなことか」（～是什麼意思？）「この文章の內容と合っているのはどれか」（作符合文章內容的是哪一個？）、「～のはなぜか」（～是為什麼？）。有時文章中也包含與作者意見相反的主張，要多加注意！

Part 1 N 3 讀解對策

N3 言語知識・讀解 第1回 もんだい6 模擬試題

つぎの文章を読んで、質問に答えなさい。答えは、1・2・3・4から最もよいものを一つえらびなさい。

朝食は食べたほうがいい、食べるべきだということが最近よく言われている。その理由として、主に「朝食をとると、頭がよくなり、仕事や勉強に集中できる」とか、「朝食を食べないと太りやすい」などと言われている。本当だろうか。

初めの理由については、T大学の教授が、20人の大学院生を対象にして①実験を行ったそうだ。それによると、「授業開始30分前までに、ゆでたまごを一個朝食として食べるためにためしてみたが、発表のしかたや内容が上手になることはなく、ゆでたまごを食べなくなっても、発表の内容が悪くなることもなかった。」ということだ。したがって、朝食を食べると頭がよくなるという効果は期待できそうにない。

②あとの理由については、確かに朝早く起きる人が朝食を抜くと昼食を多く食べすぎるため、太ると考えられる。しかし、何かの都合で毎日遅く起きるために一日2食で済ませていた人が、無理に朝食を食べるようにすれば逆に当然太ってしまうだろう。また、脂質とでんぷん質ばかりの外食が続くときも、その上朝食をとると太ってしまう。つまり、朝食はとるべきだと思い込んで無理に食べることで、③体重が増えてしまうこともあるのだ。

確かに、朝食を食べると脳と体が目覚め、その日のエネルギーがわいてくるということは言える。しかし、朝食を食べるか食べないかは、その人の生活パターンによってちがっていいし、その日のスケジュールに

34 この①実験では、どんなことがわかったか。
1 ゆでたまごだけでは、頭がよくなるかどうかはわからない。
2 朝食を食べると頭がよくなるとは言えない。
3 朝食としてゆで卵を食べると、発表の仕方が上手になる。
4 朝食をぬくと、エネルギー不足で倒れたりすることがある。

35 ②あとの理由 は、どんなことの理由か。
1 朝食を食べると頭がよくなるから、朝食は食べるべきだという理由
2 朝食を抜くと太るから、朝食はとるべきだという理由
3 朝早く起きる人は朝食をとるべきだという理由
4 朝食を食べ過ぎるとかえって太るという理由

36 ③体重が増えてしまうこともあるのはなぜか。
1 外食をすると、脂質やでんぷん質が多くなるから
2 一日三食をバランスよくとっているから
3 朝食をとらないといけないと思い込み無理に食べるから
4 お腹がいっぱいでも無理に食べるから

37 この文章の内容と合っているのはどれか。
1 朝食をとると、太りやすい。
2 朝食は、必ず食べなければならない。
3 肉体労働をする人だけ朝食を食べればよい。
4 朝食を食べるか食べないかは、自分の体に合わせて決めればよい。

27

Part 2 1 3 3 4 5 6 問題6・模擬試題

問題 7：釐清資訊

閱讀約 600 字的廣告、傳單、手冊等，測驗能否從其中找出需要的訊息。主要以報章雜誌、商業文書等文章為主，預估有 2 題。

表格等文章一看很難，但只要掌握原則就容易了。首先看清提問的條件，接下來快速找出符合該條件的內容在哪裡。最後，注意有無提示「例外」的地方。不需要每個細項都閱讀。平常可以多看日本報章雜誌上的廣告、傳單及手冊，進行模擬練習。

N3 言語知識・讀解 / 第 1 回　もんだい 7　模擬試題

つぎのページは、あるショッピングセンターのアルバイトを集めるための広告である。これを読んで、下の質問に答えなさい。答えは、1・2・3・4から最もよいものを一つえらびなさい。

38 留学生のコニンさん (21 歳) は、日本語学校で日本語を勉強している。授業は毎日 9 時～12 時までだが、火曜日と木曜日はさらに 13～15 時まで特別授業がある。土曜日と日曜日は休みである。学校からこのショッピングセンターまでは歩いて 5 分かかる。
コニンさんができるアルバイトは、いくつあるか。

1　一つ
2　二つ
3　三つ
4　四つ

39 アルバイトがしたい人は、まず、何をしなければならないか。

1　8 月 20 日までに、履歴書をショッピングセンターに送る。
2　一週間以内に、履歴書をショッピングセンターに送る。
3　8 月 20 日までに、メールか電話で、希望するアルバイトの種類を伝える。
4　一週間以内に、メールか電話で、希望するアルバイトの種類を伝える。

28　言語知識・讀解

さくらショッピングセンター

アルバイトをしませんか？
締め切り…8 月 20 日！

【資格】18 歳以上の男女。高校生不可。

【応募】メールか電話で応募してください。その時、希望する仕事の種類をお知らせください。
面接は、応募から一週間以内に行います。写真をはった履歴書※をお持ち下さい。

【連絡先】Email：sakuraXXX@sakura.co.jp か、
電話：03-3818-XXXX　　（担当：竹内）

仕事の種類	勤務時間	曜日	時給
レジ係	10:00 ～ 20:00 (4 時間以上できる方)	週に 5 日以上	900 円
サービスカウンター	10:00 ～ 19:00	木・金・土・日	1000 円
コーヒーショップ	14:00 ～ 23:00 (5 時間以上できる方)	週に 4 日以上	900 円
肉・魚の加工	8:00 ～ 17:00	土・日を含み、 4 日以上	850 円
クリーンスタッフ (店内のそうじ)	5:00 ～ 7:00	3 日以上	900 円

※履歴書…その人の生まれた年や卒業した学校などを書いた書類。就職するときなどに提出する。

Part 2
1
2
3
4
5
6
問題 7・模擬試題

29

日本語能力試驗
JLPT

N3 言語知識 ・ 讀解

次の（1）から(4)の文章を読んで、質問に答えなさい。答えは、1・2・3・4から最もよいものを一つえらびなさい。

（1）

　ヘッドフォンで音楽を聞きながら作業をすると集中できる、という人が多い。その理由をたずねると、まわりがうるさい環境で仕事をしているような時でも、音楽を聞くことによって、うるさい音や自分に関係のない話を聞かずにすむし、じゃまをされなくてすむからだという。最近では、ヘッドフォンをつけて仕事をすることを認めている会社もある。

　しかし、実際に調査を行った結果、ヘッドフォンで音楽を聞くことによって集中力が上がるというデータは、ほとんど出ていないという。また、ヘッドフォンを聞きながら仕事をするのは、オフィスでの作法やマナーに反すると考える人も多い。

24 調査は、どんな調査か。

1　うるさい環境で仕事をすることによって、集中力が下がるかどうかの調査

2　ヘッドフォンで音楽を聞くことで、集中力が上がるかどうかの調査

3　不要な情報を聞くことで集中力が下がるかどうかの調査

4　好きな音楽と嫌いな音楽の、どちらを聞けば集中できるかの調査

（2）

変温動物※1である魚は、氷がはるような冷たい水の中では生きていけない。では、冬、寒くなって池などに氷がはったとき、魚はどこにいるのだろう。実は、水の底でじっとしているのだ。

気体や液体には、温度の高いものが上へ、低いものが下へ行くという性質があるので、水の底は水面より水温が低いはずである。それなのに、魚たちは、なぜ水の底にいるのだろう。実は、水というのは変わった物質で、他の液体や気体と同様、冷たい水は下へ行くのだが、ある温度より下がると、反対に軽くなるのだそうだ。その温度が、4℃つまり、水温がぐっと下がると、4℃の水が一番重く、もっと冷たい水はそれより軽いということである。冬、水面に氷がはるようなときも、水の底には4℃という温かい水があることを、魚たちは本能※2として知っているらしい。

※1　変温動物…まわりの温度によって体温が変わる動物。

※2　本能…動物が生まれたときから自然に持っているはたらき。

25　水というのは変わった物質 とあるが、どんなことが変わっているのか。

1　冬、気温が下がり寒くなると水面がこおること

2　温かい水は上へ、冷たい水は下へ行くこと

3　冷たい水は重いが、4℃より下がると逆に軽くなること

4　池の表面がこおるほど寒い日は、水は0℃以下になること

（3）
　　秋元さんの机の上に、西田部長のメモがおいてある。

秋元さん、

　お疲れさまです。
　コピー機が故障したので山川OAサービスに修理をたのみました。
　電話をして、秋元さんの都合に合わせて来てもらう時間を決めてください。
　コピー機がなおったら、会議で使う資料を、人数分コピーしておいてください。
　資料は、Aのファイルに入っています。
　コピーする前に内容を確認してください。

西田

26　秋元さんが、しなくてもよいことは、下のどれか。
　1　山川OAサービスに、電話をすること
　2　修理が終わったら、西田部長に報告をすること
　3　資料の内容を、確認すること
　4　資料を、コピーしておくこと

(4)

次は、山川さんに届いたメールである。

あて先：jlpt1127.kukaku@group.co.jp
件名：製品について
送信日時：2015 年 7 月 26 日
::::::::::::::::::::::::::::::

前田化学
営業部　山川様

いつもお世話になっております。

　昨日は、新製品「スラーインキ」についての説明書をお送りいただき、ありがとうございました。くわしいお話をうかがいたいので、一度おいでいただけないでしょうか。現在の「グリードインキ」からの変更についてご相談したいと思います。どうぞよろしくお願いいたします。

新日本デザイン

鈴木

27　このメールの内容について、正しいのはどれか。

1　前田化学の社員は、新日本デザインの社員に新しい製品の説明書を
　　送った。

2　新日本デザインは、新しい製品を使うことをやめた。

3　新日本デザインは、新しい製品を使うことにした。

4　新日本デザインの社員は、前田化学に行って、製品の説明をする。

つぎの (1) と (2) の文章を読んで、質問に答えなさい。答えは、1・2・3・4から最もよいものを一つえらびなさい。

(1)

　　日本では、電車の中で、子どもたちはもちろん大人もよくマンガを読んでいる。私の国では見られない姿だ。日本に来たばかりの時は私も驚いたし、①恥ずかしくないのかな、と思った。大人の会社員が、夢中でマンガを読んでいるのだから。

　　しかし、しばらく日本に住むうちに、マンガはおもしろいだけでなく、とても役に立つことに気づいた。今まで難しいと思っていたことも、マンガで読むと分かりやすい。特に、歴史はマンガで読むと楽しい。それに、マンガといっても、本屋で売っているような歴史マンガは、専門家が内容を②しっかりチェックしているそうだし、それを授業で使っている学校もあるということだ。

　　私は高校生の頃、歴史にまったく関心がなく成績も悪かったが、日本で友だちから借りた歴史マンガを読んで興味を持ち、大学でも歴史の授業をとることにした。私自身、以前はマンガを馬鹿にしていたが、必要な知識が得られ、読む人の興味を引き出すことになるなら、マンガでも、本でも同じではないだろうか。

28 ①恥ずかしくないのかな、と思ったのはなぜか。

1 日本の子どもたちはマンガしか読まないから

2 日本の大人たちはマンガしか読まないから

3 大人が電車の中でマンガを夢中で読んでいるから

4 日本人はマンガが好きだと知らなかったから

29 どんなことを②しっかりチェックしているのか。

1 そのマンガが、おもしろいかどうか

2 そのマンガの内容が正しいかどうか

3 そのマンガが授業で使われるかどうか

4 そのマンガが役に立つかどうか

30 この文章を書いた人は、マンガについて、どう思っているか。

1 マンガはやはり、子どもが読むものだ。

2 暇なときに読むのはよい。

3 むしろ、本より役に立つものだ。

4 本と同じように役に立つものだ。

（2）

　　最近、パソコンやケータイのメールなどを使ってコミュニケーションをすることが多く、はがきは、年賀状ぐらいしか書かないという人が多くなったそうだ。私も、メールに比べて手紙やはがきは面倒なので、特別な用事のときしか書かない。

　　ところが、昨日、友人からはがきが来た。最近、手紙やはがきをもらうことはめったにないので、なんだろうと思ってどきどきした。見てみると、「やっと暖かくなったね。庭の桜が咲きました。近いうちに遊びに来ない？　待っています。」と書いてあった。なんだか、すごく嬉しくて、すぐにも遊びに行きたくなった。

　　私は、今まで、手紙やはがきは形式をきちんと守って書かなければならないと思って、①ほとんど書かなかったが、②こんなはがきなら私にも書けるのではないだろうか。長い文章を書く必要も、形式にこだわる必要もないのだ。おもしろいものに出会ったことや近況のお知らせ、小さな感動などを、思いつくままに軽い気持ちで書けばいいのだから。

　　私も、これからは、はがきをいろいろなことに利用してみようと思う。

31　「私」は、なぜ、これまで手紙やはがきを①ほとんど書かなかったか。正しくないものを一つえらべ。

1　パソコンやケータイのメールのほうが簡単だから

2　形式を重視して書かなければならないと思っていたから

3　改まった用事のときに書くものだと思っていたから

4　簡単な手紙やはがきは相手に対して失礼だと思っていたから

32 ②こんなはがき、とは、どんなはがきを指しているか。

1　形式をきちんと守って書く特別なはがき

2　特別な人にきれいな字で書くはがき

3　急な用事を書いた急ぎのはがき

4　ちょっとした感動や情報を伝える気軽なはがき

33 「私」は、はがきに関してこれからどうしようと思っているか。

1　特別な人にだけはがきを書こうと思っている。

2　いろいろなことにはがきを利用しようと思っている。

3　はがきとメールを区別したいと思っている。

4　メールをやめてはがきだけにしたいと思っている。

つぎの文章を読んで、質問に答えなさい。答えは、1・2・3・4から最もよいものを一つえらびなさい。

　　朝食は食べたほうがいい、食べるべきだということが最近よく言われている。その理由として、主に「朝食をとると、頭がよくなり、仕事や勉強に集中できる」とか、「朝食を食べないと太りやすい」などと言われている。本当だろうか。

　　初めの理由については、T大学の教授が、20人の大学院生を対象にして①実験を行ったそうだ。それによると、「授業開始30分前までに、ゆでたまごを一個朝食として食べるようにためしてみたが、発表のしかたや内容が上手になることはなく、ゆでたまごを食べなくても、発表の内容が悪くなることもなかった。」ということだ。したがって、朝食を食べると頭がよくなるという効果は期待できそうにない。

　　②あとの理由については、確かに朝早く起きる人が朝食を抜くと昼食を多く食べすぎるため、太ると考えられる。しかし、何かの都合で毎日遅く起きるために一日2食で済ませていた人が、無理に朝食を食べるようにすれば逆に当然太ってしまうだろう。また、脂質とでんぷん質ばかりの外食が続くときも、その上朝食をとると太ってしまう。つまり、朝食はとるべきだと思い込んで無理に食べることで、③体重が増えてしまうこともあるのだ。

　　確かに、朝食を食べると脳と体が目覚め、その日のエネルギーがわいてくるということは言える。しかし、朝食を食べるか食べないかは、その人の生活パターンによってちがっていいし、その日のスケジュールによってもちがっていい。午前中に重い仕事がある時は朝食をしっかり食べるべきだし、前の夜、食べ過ぎた時は、野菜ジュースだけでも十分だ。早く起きて朝食をとるのが理想だが、朝食は食べなければならないと思い込まず、自分の体にいちばん合うやり方を選ぶのがよいのではないだろうか。

34 この①実験では、どんなことがわかったか。

1 ゆでたまごだけでは、頭がよくなるかどうかはわからない。

2 朝食を食べると頭がよくなるとは言えない。

3 朝食としてゆでたまごを食べると、発表の仕方が上手になる。

4 朝食を抜くと、エネルギー不足で倒れたりすることがある。

35 ②あとの理由 は、どんなことの理由か。

1 朝食を食べると頭がよくなるから、朝食は食べるべきだという理由

2 朝食を抜くと太るから、朝食はとるべきだという理由

3 朝早く起きる人は朝食をとるべきだという理由

4 朝食を食べ過ぎるとかえって太るという理由

36 ③体重が増えてしまうこともあるのはなぜか。

1 外食をすると、脂質やでんぷん質が多くなるから

2 一日三食をバランスよくとっているから

3 朝食をとらないといけないと思い込み無理に食べるから

4 お腹がいっぱいでも無理に食べるから

37 この文章の内容と合っているのはどれか。

1 朝食をとると、太りやすい。

2 朝食は、必ず食べなければならない。

3 肉体労働をする人だけ朝食を食べればよい。

4 朝食を食べるか食べないかは、自分の体に合わせて決めればよい。

つぎのページは、あるショッピングセンターのアルバイトを集めるための広告である。これを読んで、下の質問に答えなさい。答えは、1・2・3・4から最もよいものを一つえらびなさい。

38 留学生のコニンさん(21歳)は、日本語学校で日本語を勉強している。授業は毎日9時～12時までだが、火曜日と木曜日はさらに13～15時まで特別授業がある。土曜日と日曜日は休みである。学校からこのショッピングセンターまでは歩いて5分かかる。
コニンさんができるアルバイトは、いくつあるか。

1 一つ

2 二つ

3 三つ

4 四つ

39 アルバイトがしたい人は、まず、何をしなければならないか。

1 8月20日までに、履歴書をショッピングセンターに送る。

2 一週間以内に、履歴書をショッピングセンターに送る。

3 8月20日までに、メールか電話で、希望するアルバイトの種類を伝える。

4 一週間以内に、メールか電話で、希望するアルバイトの種類を伝える。

さくらショッピングセンター

アルバイトをしませんか？

締め切り…8月20日！

【資格】18歳以上の男女。高校生不可。

【応募】メールか電話で応募してください。その時、希望する仕事の種類をお知らせください。

面接は、応募から一週間以内に行います。写真をはった履歴書[※]をお持ち下さい。

【連絡先】Email：sakuraXXX@sakura.co.jp か、

電話：03-3818-XXXX　　　（担当：竹内）

仕事の種類	勤務時間	曜日	時給
レジ係	10:00 〜 20:00 （4時間以上できる方）	週に5日以上	900 円
サービスカウンター	10:00 〜 19:00	木・金・土・日	1000 円
コーヒーショップ	14:00 〜 23:00 （5時間以上できる方）	週に4日以上	900 円
肉・魚の加工	8:00 〜 17:00	土・日を含み、 4日以上	850 円
クリーンスタッフ （店内のそうじ）	5:00 〜 7:00	3日以上	900 円

※　履歴書…その人の生まれた年や卒業した学校などを書いた書類。就職するときなどに提出する。

次の（1）から（4）の文章を読んで、質問に答えなさい。答えは、1・2・3・4から最もよいものを一つえらびなさい。

（1）

　　外国のある大学で、お酒を飲む人160人を対象に次のような心理学の実験を行った。

　　上から下まで同じ太さのまっすぐのグラス（A）と、上が太く下が細くなっているグラス（B）では、ビールを飲む速さに違いがあるかどうかという実験である。

　　その結果、Bのグラスのほうが、Aのグラスより、飲むスピードが2倍も速かったそうだ。

　　実験をした心理学者は、その理由を、ビールの残りが半分以下になると、人は話すことよりビールを飲み干す※ことを考えるからではないか、また、Bのグラスでは、自分がどれだけ飲んだのかが分かりにくいので、急いで飲んでしまうからではないか、と、説明している。

A

B

※　飲み干す…グラスに入った飲み物を飲んでしまうこと。

[24]　この実験で、どんなことが分かったか。

　1　Aのグラスより、Bのグラスの方が、飲むのに時間がかかること

　2　Aのグラスより、Bのグラスの方が、飲み干すのに時間がかからないこと

　3　AのグラスでもBのグラスでも、飲み干す時間は変わらないこと

　4　Bのグラスで飲むと、自分が飲んだ量が正確に分かること

(2)

これは、中村さんにとどいたメールである。

あて先：jlpt1127.kukaku@group.co.jp
件　名：資料の確認
送信日時：2015 年 8 月 14 日　13:15
====================================

海外事業部
中村　様

　お疲れさまです。
　8 月 10 日にインドネシア工場についての資料 4 部を郵便でお送り
しましたが、とどいたでしょうか。
　内容をご確認の上、何か問題があればご連絡ください。
　よろしくお願いします。

山下

====================
東京本社　企画営業部
山下　花子
内線　XXXX

====================

25　このメールを見た後、中村さんはどうしなければならないか。

　1　インドネシア工場に資料がとどいたかどうか、確認する。

　2　山下さんに資料がとどいたかどうか、確認する。

　3　資料を見て、問題があればインドネシア工場に連絡する。

　4　資料の内容を確認し、問題があれば山下さんに連絡する。

(3)

　これは、大学の学習室を使う際の申し込み方法である。

【学習室の利用申し込みについて】

① 利用が可能な曜日と時間

　・月曜日〜土曜日　9：00〜20：45

② 申し込みの方法

　・月曜日〜金曜日　利用する1週間前から受け付けます。

　・8：45〜16：45に学生部の受付で申し込みをしてください。

　＊なお、土曜日と平日の16：45〜20：45の間は自由にご使
　　用ください。

③ 使用できない日時

　・上の①以外の時間帯

　・日曜、祝日※、大学が決めた休日

※　祝日…国で決めたお祝いの日で、学校や会社は休みになる。

[26] 学習室の使い方で、正しいものはどれか。

　1　月曜日から土曜日の9時から20時45分までに申し込む。

　2　平日は、一日中自由に使ってもよい。

　3　土曜日は、16時45分まで使うことができる。

　4　朝の9時前は、使うことができない。

（4）

> インターネットの記事によると、鼻で息をすれば、口で息をするより空気中のごみやウイルスが体の中に入らないということです。また、鼻で息をする方が、口で息をするより多くの空気、つまり酸素を吸うことができるといいます。
>
> （中略）
>
> 普段は鼻から呼吸をしている人も、ぐっすりねむっているときは、口で息をしていることが結構多いようですね。鼻で深く息をするようにすると、体に酸素が十分回るので、体が活発に働き、ストレスも早くなくなる。したがって、常に、鼻から深くゆっくりとした呼吸をするよう習慣づければ、体によいばかりでなく、精神もかなり落ち着いてくるということです。

27 鼻から息をすることによる効果でないものは、次のどれか。

1 空気中のウイルスが体に入らない。

2 ぐっすりねむることができる。

3 体が活発に働く。

4 ストレスを早くなくすことができる。

つぎの (1) と (2) の文章を読んで、質問に答えなさい。答えは、1・2・3・4から最も
よいものを一つえらびなさい。

(1)

　　亡くなった父は、いつも「人と同じことはするな」と繰り返し言って
いました。子どもにとって、その言葉はとても不思議でした。な
ぜなら、周りの子どもたちは大人の人に「＿＿①＿＿」と言われてい
たからです。みんなと仲良く遊ぶには、一人だけ違うことをしない
ほうがいいという大人たちの考えだったのでしょう。

　　思い出してみると、父は②仕事の鬼で、高い熱があっても決し
て仕事を休みませんでした。小さい頃からいっしょに遊んだ思い
出は、ほとんどありません。それでも、父の「人と同じことはす
るな」という言葉は、とても強く私の中に残っています。

　　今、私は、ある会社で商品の企画※の仕事をしていますが、父の
この言葉は、③非常に役に立っています。今の時代は新しい情報
が多く、商品やサービスはあまっているほどです。そんな中で、
ただ周りの人についていったり、真似をしたりしていたのでは勝
ち残ることができません。自分の頭で人と違うことを考え出して
こそ、自分の企画が選ばれることになるからです。

※　企画…あることをしたり、新しい商品を作るために、計画を立てる
　　　こと。

28 「 ① 」に入る文はどれか。

1　人と同じではいけない

2　人と同じようにしなさい

3　人の真似をしてはいけない

4　人と違うことをしなさい

29 筆者はなぜ父を②仕事の鬼だったと言うのか。

1　周りの大人たちと違うことを自分の子どもに言っていたから

2　高い熱があっても休まず、仕事第一だったから

3　子どもと遊ぶことがまったくなかったから

4　子どもには厳しく、まるで鬼のようだったから

30 ③非常に役に立っていますとあるが、なぜか。

1　周りの人についていけば安全だから

2　人のまねをすることはよくないことだから

3　人と同じことをしていても仕事の場で勝つことはできないから

4　自分で考え自分で行動するためには、自信が大切だから

(2)

　　ある留学生が入学して初めてのクラスで自己紹介をした
時、緊張していたためきちんと話すことができず、みんなに
笑われて恥ずかしい思いをしたという話を聞きました。彼は
それ以来、人と話すのが苦手になってしまったそうです。①
とても残念な話です。確かに、小さい失敗が原因で性格が変
わることや、ときには仕事を失ってしまうこともあります。

　　では、失敗はしない方がいいのでしょうか。私はそうは思
いません。昔、ある本で、「人の②心を引き寄せるのは、そ
の人の長所や成功よりも、短所や失敗だ」という言葉を読ん
だことがあります。その時はあまり意味がわかりませんでし
たが、今はわかる気がします。

　　その学生は、失敗しなければよかったと思い、失敗したこ
とを後悔したでしょう。しかし、周りの人、特に先輩や先生
から見たらどうでしょうか。その学生が失敗したことによっ
て、彼に何を教えるべきか、どんなアドバイスをすればいい
のかがわかるので、声をかけやすくなります。まったく失敗
しない人よりもずっと親しまれ愛されるはずです。

　　そう思えば、失敗もまたいいものです。

31 なぜ筆者は、①とても残念と言っているのか。

1 学生が、自己紹介で失敗して、恥ずかしい思いをしたから

2 学生が、自己紹介の準備をしていなかったから

3 学生が、自己紹介で失敗して、人前で話すのが苦手になってしまったから

4 ある小さい失敗が原因で、仕事を失ってしまうこともあるから

32 ②心を引き寄せると、同じ意味の言葉は文中のどれか。

1 失敗をする

2 教える

3 叱られる

4 愛される

33 この文章の内容と合っているものはどれか。

1 緊張すると、失敗しやすくなる。

2 大きい失敗をすると、人に信頼されなくなる。

3 失敗しないことを第一に考えるべきだ。

4 失敗することは悪いことではない。

つぎの文章を読んで、質問に答えなさい。答えは、1・2・3・4から最もよいものを一つえらびなさい。

　2015年の6月、日本の選挙権が20歳以上から18歳以上に引き下げられることになった。1945年に、それまでの「25歳以上の男子」から「20歳以上の男女」に引き下げられてから、なんと、70年ぶりの改正である。2015年現在、18・19歳の青年は240万人いるそうだから、①この240万人の人々に選挙権が与えられるわけである。

　なぜ20歳から18歳に引き下げられるようになったかについては、若者の声を政治に反映させるためとか、諸外国では大多数の国が18歳以上だから、などと説明されている。

　日本では、小学校から高校にかけて、係や委員を選挙で選んでいるので、選挙には慣れているはずなのに、なぜか、国や地方自治体の選挙では②若者の投票率が低い。2014年の冬に行われた国の議員を選ぶ選挙では、60代の投票率が68％なのに対して、50代が約60％、40代が50％、30代が42％、そして、③20代は33％である。三人に一人しか投票に行っていないのである。選挙権が18歳以上になったとしても、いったい、どれぐらいの若者が投票に行くか、疑問である。それに、18歳といえば大学受験に忙しく、政治的な話題には消極的だという意見も聞かれる。

　しかし、投票をしなければ自分たちの意見は政治に生かされない。これからの長い人生が政治に左右されることを考えれば、若者こそ、選挙に行って投票すべきである。

　そのためには、学校や家庭で、政治や選挙についてしっかり教育することが最も大切であると思われる。

34 ①この 240 万人の人々について、正しいのはどれか。

1　2015 年に選挙権を失った人々

2　1945 年に新たに選挙権を得た人々

3　2015 年に初めて選挙に行った人々

4　2015 年の時点で、18 歳と 19 歳の人々

35 ②若者の投票率が低いことについて、筆者はどのように考えているか。

1　若者は政治に関心がないので、仕方がない。

2　投票しなければ自分たちの意見が政治に反映されない。

3　もっと選挙に行きやすくすれば、若者の投票率も高くなる。

4　年齢とともに投票率も高くなるので、心配いらない。

36 ③20 代は 33% であるとあるが、他の年代と比べてどのようなことが言えるか。

1　20 代の投票率は、30 代の次に高い。

2　20 代の投票率は、40 代と同じくらいである。

3　20 代の投票率は、60 代の約半分である。

4　20 代の投票率が一番低く、四人に一人しか投票に行っていない。

37 若者が選挙に行くようにするには、何が必要か。

1　選挙に慣れさせること

2　投票場をたくさん設けること

3　学校や家庭での教育

4　選挙に行かなかった若者の名を発表すること

右のページは、ある会社の社員旅行の案内である。これを読んで、下の質問に答え
なさい。答えは、1・2・3・4から最もよいものを一つえらびなさい。

38 この旅行に参加したいとき、どうすればいいか。

1　7月20日までに、社員に旅行代金の15,000円を払う。

2　7月20日までに、山村さんに申込書を渡す。

3　7月20日までに、申込書と旅行代金を山村さんに渡す。

4　7月20日までに、山村さんに電話する。

39 この旅行について、正しくないものはどれか。

1　この旅行は、帰りは新幹線を使う。

2　旅行代金15,000円の他に、2日目の昼食代がかかる。

3　本社に帰って来る時間は、午後5時より遅くなることがある。

4　この旅行についてわからないことは、山村さんに聞く。

平成 27 年 7 月 1 日

<u>社員のみなさまへ</u>

総務部

社員旅行のお知らせ

　本年も社員旅行を次の通り行います。参加希望の方は、下の申込書にご記入の上、7月20日までに、山村（内線番号XX）に提出してください。多くの方（かた）のお申し込みを、お待ちしています。

記

1. 日時 9 月 4 日（土）～ 5 日（日）

2. 行き先　　　静岡県富士の村温泉

3. 宿泊先　　　星山温泉ホテル（TEL：XXX-XXX-XXXX）

4. 日程
   <u>9 月 4 日（土）</u>
   午前 9 時　本社出発 ― 月川 PA ― ビール工場見学 ― 富士の村温泉着午後 5 時頃

   <u>9 月 5 日（日）</u>
   午前 9 時　ホテル出発 ― ピカソ村観光（アイスクリーム作り）― 月川 PA ― 本社着　午後 5 時頃　　＊道路が混雑していた場合、遅れます

5. 費用　一人 15,000 円（ピカソ村昼食代は別）

- -

申し込み書

氏名

部署名

ご不明な点は、総務部山村（内線番号XX）まで、お問い合わせ下さい。

つぎの（1）から(4)の文章を読んで、質問に答えなさい。答えは、1・2・3・4から最もよいものを一つえらびなさい。

（1）

　　私たち日本人は、食べ物を食べるときには「いただきます」、食べ終わったときには「ごちそうさま」と言う。自分で料理を作って一人で食べる時も、お店でお金を払って食べる時も、誰にということもなく、両手を合わせて「いただきます」「ごちそうさま」と言っている。

　　ある人に「お金を払って食べているんだから、レストランなどではそんな挨拶はいらないんじゃない？」と言われたことがある。

　　しかし、私はそうは思わない。「いただきます」と「ごちそうさま」は、料理を作ってくれた人に対する感謝の気持ちを表す言葉でもあるが、それよりも、私たち人間の食べ物としてその生命をくれた動物や野菜などに対する感謝の気持ちを表したものだと思うからである。

24 作者は「いただきます」「ごちそうさま」という言葉について、どう思っているか。

1　日本人としての礼儀である。

2　作者の家族の習慣である。

3　料理を作ってくれたお店の人への感謝の気持ちである。

4　食べ物になってくれた動物や野菜への感謝の表れである。

（2）

暑い時に熱いものを食べると、体が熱くなるので当然汗をかく。その汗が蒸発※1するとき、体から熱を奪うので涼しくなる。だから、インドなどの熱帯地方では熱くてからいカレーを食べるのだ。

では、日本人も暑い時には熱いものを食べると涼しくなるのか。

実は、そうではない。日本人の汗は他の国の人と比べると塩分濃度※2が高く、かわきにくい上に、日本は湿度が高いため、ますます汗は蒸発しにくくなる。

だから、暑い時に熱いものを食べると、よけいに暑くなってしまう。インド人のまねをしても涼しくはならないということである。

※1　蒸発…気体になること。

※2　濃度…濃さ。

25　暑い時に熱いものを食べると、よけいに暑くなってしまう 理由はどれか。

1　日本は、インドほどは暑くないから

2　カレーなどの食べ物は、日本のものではないから

3　日本人は、必要以上にあせをかくから

4　日本人のあせは、かわきにくいから

（3）

佐藤さんの机の上に、メモがおいてある。

佐藤さん、

お疲れ様です。

本日15時頃、北海道支社の川本さんより、電話がありました。

出張[※]の予定表を金曜日までに欲しいそうです。

また、ホテルの希望を聞きたいので、

今日中に携帯090-XXXX-XXXX に連絡をください、とのことです。

よろしくお願いします。

18:00 田中

※　出張…仕事のためにほかの会社などに行くこと

26 佐藤さんは、まず、何をしなければならないか。

1　川本さんに、ホテルの希望を伝える。

2　田中さんに、ホテルの希望を伝える。

3　川本さんに、出張の予定表を送る。

4　田中さんに、出張の予定表を送る。

（4）

これは、病院にはってあったポスターである。

Part
2

1

2

3

4

5

6

問題4
▼
模擬試題

病院内では携帯電話をマナーモードにしてください

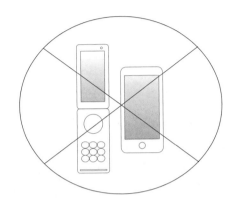

1. お電話は、決められた場所でしてください。
   （携帯電話コーナー、休憩室、病棟個室等）

2. 病院内では、電源 off エリアが決められています。
   （診察室、検査室、処置室、ICU 等）

3. 歩きながらのご使用はご遠慮ください。

4. 診察に邪魔になる場合は、使用中止をお願いすること
   があります。

27 この病院の中の携帯電話の使い方で、正しくないものはどれか。

1 休憩室では、携帯電話を使うことができる。

2 検査室では、マナーモードにしなければならない。

3 携帯電話コーナーでは、通話してもよい。

4 歩きながら使ってはいけない。

つぎの (1) と (2) の文章を読んで、質問に答えなさい。答えは、1・2・3・4から最も
よいものを一つえらびなさい。

（1）

> 　私は、仕事で人と会ったり会社を訪問したりするとき、①服の
> 色に気をつけて選ぶようにしている。
>
> 　例えば、仕事でほかの会社を訪問するとき、私は、黒い色の服
> を選ぶ。黒い色は、冷静で頭がよく自立※1した印象を与えるため、
> 仕事の場では有効な色だと思うからだ。また、初対面の人と会う
> ときは、白い服を選ぶことが多い。初対面の人にあまり強すぎる
> 印象は与えたくないし、その点、白は上品で清潔な印象を与える
> と思うからだ。
>
> 　入社試験の面接※2などでは、濃い青色の服を着る人が多い「②
> リクルートスーツ」などと呼ばれているが、青は、まじめで落ち
> 着いた印象を与えるので、面接等に適しているのだろう。
>
> 　このように、服の色によって人に与える印象が変わるだけでなく、
> ③服を着ている人自身にも影響を与える。私は、赤が好きなのだが、
> 赤い服を着ると元気になり、行動的になるような気がする。
>
> 　服だけでなく、色のこのような作用は、身の回りのさまざまな
> ところで利用されている。
>
> 　それぞれの色の特徴や作用を知って、改めて商品の広告や、道
> 路や建物の中のマークなどを見ると、その色が選ばれている理由
> がわかっておもしろい。

※１　自立…人に頼らないで、自分の考えで決めることができること。

※２　面接…会社の入社試験などで、試験を受ける人に会社の人が直接
　　　考えなどを聞くこと。

28　①服の色に気をつけて選ぶようにしているとあるが、それはなぜか。

　1　服の色は、その日の自分の気分を表しているから

　2　服の色によって、人に与える印象も変わるから

　3　服の色は服のデザインよりも人にいい印象を与えるから

　4　服の色は、着る人の性格を表すものだから

29　入社試験などで着る②「リクルートスーツ」は、濃い青色が多い
　　のはなぜだと筆者は考えているか。

　1　青は、まじめで落ち着いた印象を人に与えるから

　2　青は、上品で清潔な印象を人に与えるから

　3　入社試験には、青い服を着るように決まっているから

　4　青は、頭がよさそうな印象を人に与えるから

30　③服を着ている人自身にも影響を与えるとあるが、その例として、
　　どのようなことが書かれているか。

　1　白い服は、人に強すぎる印象を与えないこと

　2　黒い服を着ると、冷静になれること

　3　青い服を着ると、仕事に対するファイトがわくこと

　4　赤い服を着ると、元気が出て行動的になること

(2)

　　最近、野山や林の中で昆虫採集※1 をしている子どもを見かけることが少なくなった。私が子どものころは、夏休みの宿題といえば昆虫採集や植物採集だった。男の子はチョウやカブトムシなどの虫を捕る者が多く、虫捕り網をもって、汗を流しながら野山を走り回ったものである。うまく虫を捕まえた時の①わくわく、どきどきした気持ちは、今でも忘れられない。

　　なぜ、今、虫捕りをする子どもたちが減っているのだろうか。

　　一つには、近くに野山や林がなくなったからだと思われる。もう一つは、自然を守ろうとするあまり、学校や大人たちが、虫を捕ることを必要以上に強く否定し、禁止するようになったからではないだろうか。その結果、子どもたちは生きものに直接触れる貴重な機会をなくしてしまっている。

　　分子生物学者の平賀壮太博士は、「子どもたちが生き物に接したときの感動が大切です。生き物を捕まえた時のプリミティブ※2 な感動が、②自然を知る入口だといって良いかもしれません。」とおっしゃっている。そして、実際、多くの生きものを捕まえて研究したことのある人の方が自然の大切さを知っているということである。

　　もちろんいたずらに生きものを捕まえたり殺したりすることは許されない。しかし、自然の大切さを強調するあまり、子どもたちの自然への関心や感動を奪ってしまわないように、私たち大人や学校は気をつけなければならないと思う。

※1　昆虫採集…勉強のためにいろいろな虫を集めること。

※2　プリミティブ…基本的な最初の。

31　①<u>わくわく、どきどきした気持ち</u>とは、どんな気持ちか。

1　虫に対する恐怖心や不安感

2　虫をかわいそうに思う気持ち

3　虫を捕まえたときの期待感や緊張感

4　虫を逃がしてしまった残念な気持ち

32　②<u>自然を知る入口</u>とはどのような意味か。

1　自然から教えられること

2　自然の恐ろしさを知ること

3　自然を知ることができないこと

4　自然を知る最初の経験

33　この文章を書いた人の意見と合うのは次のどれか。

1　自然を守るためには、生きものを捕らえたり殺したりしないほうが
　　いい。

2　虫捕りなどを禁止してばかりいると、かえって自然の大切さを理解
　　できなくなる。

3　学校では、子どもたちを叱らず、自由にさせなければならない。

4　自然を守ることを強く主張する人々は、自然を深く愛している人々
　　だ。

つぎの文章を読んで、質問に答えなさい。答えは、1・2・3・4から最もよいものを一つえらびなさい。

　　二人で荷物を持って坂や階段を上がるとき、上と下ではどちらが重いかということが、よく問題になる。下の人は、物の重さがかかっているので下のほうが上より重いと言い、上の人は物を引き上げなければならないから、下より上のほうが重いと言う。

　　実際はどうなのだろうか。実は、力学[1]的に言えば、荷物が二人の真ん中にあるとき、二人にかかる重さは全く同じなのだそうである。このことは、坂や階段でも平らな道を二人で荷物を運ぶときも同じだということである。

　　ただ、①これは、荷物の重心[2]が二人の真ん中にある場合のことである。しかし、② もし重心が荷物の下の方にずれていると下の人、上の方にずれていると上の人の方が重く感じる。

　　③重い荷物を長い棒に結びつけて、棒の両端を二人でそれぞれ持つ場合、棒の真ん中に荷物があれば、二人の重さは同じであるが、そうでなければ、荷物に遠いほうが軽く、近いほうが重いということになる。

　　このように、重い荷物を二人以上で運ぶ場合、荷物の重心から、一番離れた場所が一番軽くなるので、④覚えておくとよい。

※1　力学…物の運動と力との関係を研究する物理学の一つ。

※2　重心…物の重さの中心

34 ①これは何を指すか。

1 物が二人の真ん中にあるとき、力学的には二人にかかる重さは同じ
であること

2 坂や階段を上がるとき、下の方の人がより重いということ

3 坂や階段を上がるとき、上の方の人により重さがかかるということ

4 物が二人の真ん中にあるときは、どちらの人も重く感じるということ

35 坂や階段を上るとき、②もし重心が荷物の下の方にずれていると、
どうなるか。

1 上の人のほうが重くなる。

2 下の人のほうが重くなる。

3 重心の位置によって重さが変わることはない。

4 上の人も下の人も重く感じる。

36 ③重い荷物を長い棒に結びつけて、棒の両端を二人でそれぞれ持
つ場合、二人の重さを同じにするは、どうすればよいか。

1 荷物を長いひもで結びつける。

2 荷物をもっと長い棒に結びつける。

3 荷物を二人のどちらかの近くに結びつける。

4 荷物を棒の真ん中に結びつける。

37 ④覚えておくとよいのはどんなことか。

1 荷物の重心がどこかわからなければ、どこを持っても重さは変わら
ないということ

2 荷物を二人で運ぶ時は、棒にひもをかけて持つと楽であるということ

3 荷物を二人以上で運ぶ時は、重心から最も離れたところを持つと軽
いということ

4 荷物を二人以上で運ぶ時は、重心から一番近いところを持つと楽で
あるということ

つぎのページは、ある図書館のカードを作る時の決まりである。これを読んで、下の質問に答えなさい。答えは、1・2・3・4から最もよいものを一つえらびなさい。

38　中松市に住んでいる留学生のマニラムさん(21歳)は、図書館で本を借りるための手続きをしたいと思っている。マニラムさんが図書館カードを作るにはどうしなければならないか。

1　お金をはらう。

2　パスポートを持っていく。

3　貸し出し申込書に必要なことを書いて、学生証か外国人登録証を持っていく。

4　貸し出し申込書に必要なことを書いて、お金をはらう。

39　図書館カードについて、正しいものはどれか。

1　図書館カードは、中央図書館だけで使うことができる。

2　図書館カードは、三年ごとに新しく作らなければならない。

3　住所が変わった時は、電話で図書館に連絡をしなければならない。

4　図書館カードをなくして、新しく作る時は一週間かかる。

図書館カードの作り方

① はじめて本を借りるとき

- 中松市に住んでいる人
- 中松市内で働いている人
- 中松市内の学校に通学する人は、カードを作ることができます。
- また、坂下市、三田市及び松川町に住所がある人も作ることができます。

カウンターにある「貸し出し申込書」に必要なことを書いて、図書館カードを受け取ってください。

その際、氏名・住所が確認できるもの（運転免許証・健康保険証・外国人登録証・住民票・学生証など）をお持ちください。中松市在勤、在学で、その他の市にお住まいの人は、その証明も合わせて必要です。

② 続けて使うとき、住所変更、カードをなくしたときの手続き

- 図書館カードは３年ごとに住所確認手続きが必要です。登録されている内容に変更がないか確認を行います。手続きをするときは、氏名・住所が確認できる書類をお持ちください。
- 図書館カードは中央図書館、市内公民館図書室共通で利用できます。３年ごとに住所確認のうえ、続けて利用できますので、なくさないようお願いいたします。
- 住所や電話番号等、登録内容に変更があった場合はカウンターにて変更手続きを行ってください。また、利用資格がなくなった場合は、図書館カードを図書館へお返しください。
- 図書館カードを紛失※された場合は、すぐに紛失届けを提出してください。カードをもう一度新しく作ってお渡しするには、紛失届けを提出された日から１週間かかります。

図書館カード

なまえ **マニラム・スレシュ**

中松市立図書館

〒 333-2212 中松市今中 1-22-3
☎ 0901-33-3211

4901301247407

※　紛失…なくすこと

次の（1）から(4)の文章を読んで、質問に答えなさい。答えは、1・2・3・4から最もよいものを一つえらびなさい。

（1）

　　日本で、東京と横浜の間に電話が開通したのは1890年です。当時、電話では「もしもし」ではなく、「もうす、もうす（申す、申す）」「もうし、もうし（申し、申し）」とか「おいおい」と言っていたそうです。その当時、電話はかなりお金持ちの人しか持てませんでしたので、「おいおい」と言っていたのは、ちょっといばっていたのかもしれません。それがいつごろ「もしもし」に変わったかについては、よくわかっていません。たくさんの人がだんだん電話を使うようになり、いつのまにか<u>そうなっていた</u>ようです。

　　この「もしもし」という言葉は、今は電話以外ではあまり使われませんが、例えば、前を歩いている人が切符を落とした時に、「もしもし、切符が落ちましたよ。」というように使うことがあります。

24　<u>そうなっていた</u>は、どんなことをさすのか。

1　電話が開通したこと

2　人々がよく電話を使うようになったこと

3　お金持ちだけでなく、たくさんの人が電話を使うようになったこと

4　電話をかける時に「もしもし」と言うようになったこと

(2)

「ペットボトル」の「ペット」とは何を意味しているのだろうか。もちろん動物のペットとはまったく関係がない。

ペットボトルは、プラスチックの一種であるポリエチレン・テレフタラート（Polyethylene terephthalate）を材料として作られている。実は、ペットボトルの「ペット（pet）」は、この語の頭文字をとったものだ。ちなみに「ペットボトル」という語と比べて、多くの国では「プラスチック　ボトル（plastic bottle）」と呼ばれているということである。

ペットボトルは日本では1982年から飲料用に使用することが認められ、今や、お茶やジュース、しょうゆやアルコール飲料などにも使われていて、毎日の生活になくてはならない存在である。

25 「ペットボトル」の「ペット」とは、どこから来たのか。

1　動物の「ペット」の意味からきたもの

2　「plastic bottle」を省略したもの

3　1982年に、日本のある企業が考え出したもの

4　ペットボトルの材料「Polyethylene terephthalate」の頭文字からとったもの

(3)

レストランの入り口に、お知らせが貼ってある。

お知らせ

2015 年 8 月 1 日から 10 日まで、ビル外がわの階段工事を行います。

ご来店のみなさまには、大変ご迷惑をおかけいたしますが、どうぞよろしくお願い申し上げます。

なお、工事期間中は、お食事をご注文のお客様に、コーヒーのサービスをいたします。

みなさまのご来店を、心よりお待ちしております。

レストラン　サンセット・クルーズ
店主　山村

---

26 このお知らせの内容と、合っているものはどれか。

1 レストランは、8 月 1 日から休みになる。

2 階段の工事には、10 日間かかる。

3 工事の間は、コーヒーしか飲めない。

4 工事中は、食事ができない。

(4)

これは、野口さんに届いたメールである。

結婚お祝いパーティーのご案内

[koichi.mizutani @xxx.ne.jp]
送信日時：2015/8/10（月）10:14
宛先：2015danceclub@members.ne.jp

このたび、山口友之（やまぐちともゆき）さんと三浦千恵（みうらちえ）さんが結婚されることになりました。
つきましてはお祝いのパーティーを行いたいと思います。

日時　2015 年 10 月 17 日（土）18:00 ～
場所　ハワイアンレストラン HuHu（新宿）
会費　5000 円

出席か欠席かのお返事は、8 月 28 日（金）までに、水谷 koichi.mizutani@xxx.ne.jp に、ご連絡ください。
楽しいパーティーにしたいと思います。ぜひ、ご参加ください。

世話係
水谷高一
koichi.mizutani@xxx.ne.jp

---

27 このメールの内容で、正しくないのはどれか。

1 山口友之さんと三浦千恵さんは、8 月 10 日（月）に結婚した。

2 パーティーは、10 月 17 日（土）である。

3 パーティーに出席するかどうかは、水谷さんに連絡をする。

4 パーティーの会費は、5000 円である。

つぎの (1) と (2) の文章を読んで、質問に答えなさい。答えは、1・2・3・4から最も
よいものを一つえらびなさい。

(1)

　　　日本では毎日、数千万人もの人が電車や駅を利用しているので、
①もちろんのことですが、毎日のように多くの忘れ物が出てきます。

　　　JR東日本※の方に聞いてみると、一番多い忘れ物は、マフラー
や帽子、手袋などの衣類、次が傘だそうです。傘は、年間約30
万本も忘れられているということです。雨の日や雨上がりの日な
どには、「傘をお忘れになりませんように。」と何度も車内アナ
ウンスが流れるほどですが、②効果は期待できないようです。

　　　ところで、今から100年以上も前、初めて鉄道が利用されはじ
めた明治時代には、③現代では考えられないような忘れ物が、非
常に多かったそうです。

　　　その忘れ物とは、いったい何だったのでしょうか。

　　　それは靴（履き物）です。当時はまだ列車に慣れていないので、
間違えて、駅で靴を脱いで列車に乗った人たちがいたのです。そ
して、降りる駅で、履きものがない、と気づいたのです。

　　　日本では、家にあがるとき、履き物を脱ぐ習慣がありますので、
つい、靴を脱いで列車に乗ってしまったということだったのでしょ
う。

※　JR東日本…日本の鉄道会社名

28 ①もちろんのこととは、何か。

1 毎日、数千万人もの人が電車を利用していること

2 毎日のように多くの忘れ物が出てくること

3 特に衣類の忘れ物が多いこと

4 傘の忘れ物が多いこと

29 ②効果は期待できないとはどういうことか。

1 衣類の忘れ物がいちばん多いということ

2 衣類の忘れ物より傘の忘れ物の方が多いこと

3 傘の忘れ物は少なくならないということ

4 車内アナウンスはなくならないということ

30 ③現代では考えられないのは、なぜか。

1 鉄道が利用されはじめたのは、100年以上も前だから

2 明治時代は、車内アナウンスがなかったから

3 現代人は、靴を脱いで電車に乗ることはないから

4 明治時代の日本人は、履き物を脱いで家に上がっていたから

（2）

　挨拶は世界共通の行動であるらしい。ただ、その方法は、社会や文化の違い、挨拶する場面によって異なる。日本で代表的な挨拶といえばお辞儀※1であるが、西洋でこれに代わるのは握手である。また、タイでは、体の前で両手を合わせる。変わった挨拶としては、ポリネシアの挨拶が挙げられる。ポリネシアでも、現代では西洋的な挨拶の仕方に変わりつつあるそうだが、①伝統的な挨拶は、お互いに鼻と鼻を触れ合わせるのである。

　日本では、相手に出会う時間や場面によって、挨拶が異なる場合が多い。

　朝は「おはよう」や「おはようございます」である。これは、「お早くからご苦労様です」などを略したもの、昼の「こんにちは」は、「今日はご機嫌いかがですか」などの略である。そして、夕方から夜にかけての「こんばんは」は、「今晩は良い晩ですね」などが略されて短い挨拶の言葉になったと言われている。

　このように、日本の挨拶の言葉は、相手に対する感謝やいたわり※2の気持ち、または、相手の体調などを気遣う※3気持ちがあらわれたものであり、お互いの人間関係をよくする働きがある。時代が変わっても、お辞儀や挨拶は、最も基本的な日本の慣習※4として、ぜひ残していきたいものである。

※1　お辞儀…頭を下げて礼をすること。

※2　いたわり…親切にすること。

※3　気遣う…相手のことを考えること。

※4　慣習…社会に認められている習慣。

31 ポリネシアの①伝統的な挨拶は、どれか。

1　お辞儀をすること

2　握手をすること

3　両手を合わせること

4　鼻を触れ合わせること

32 日本の挨拶の言葉は、どんな働きを持っているか。

1　人間関係がうまくいくようにする働き

2　相手を良い気持ちにさせる働き

3　相手を尊重する働き

4　日本の慣習をあとの時代に残す働き

33 この文章に、書かれていないことはどれか。

1　挨拶は世界共通だが、社会や文化によって方法が違う。

2　日本の挨拶の言葉は、長い言葉が略されたものが多い。

3　目上の人には、必ず挨拶をしなければならない。

4　日本の挨拶やお辞儀は、ずっと残していきたい。

つぎの文章を読んで、質問に答えなさい。答えは、1・2・3・4から最もよいものを一つえらびなさい。

「必要は発明の母」という言葉がある。何かに不便を感じてある物が必要だと感じることから発明が生まれる、つまり、必要は発明を生む母のようなものである、という意味である。電気洗濯機も冷蔵庫も、ほとんどの物は必要から生まれた。

しかし、現代では、必要を感じる前に次から次に新しい製品が生まれる。特にパソコンや携帯電話などの情報機器※がそうである。①その原因はいろいろあるだろう。

第一に考えられるのは、明確な目的を持たないまま機械を利用している人々が多いからであろう。新製品を買った人にその理由を聞いてみると、「新しい機能がついていて便利そうだから」とか、「友だちが持っているから」などだった。その機能が必要だから買うのではなく、ただ単に珍しいからという理由で、周囲に流されて買っているのだ。

第二に、これは、企業側の問題なのだが、②企業が新製品を作る競争をしているからだ。人々の必要を満たすことより、売れることを目指して、不必要な機能まで加えた製品を作る。その結果、人々は、機能が多すぎてかえって困ることになる。③新製品を買ったものの、十分に使うことができない人たちが多いのはそのせいだ。

次々に珍しいだけの新製品が開発されるため、古い携帯電話やパソコンは捨てられたり、個人の家の引き出しの中で眠っていたりする。ひどい資源のむだづかいだ。

確かに、生活が便利であることは重要である。便利な生活のために機械が発明されるのはいい。しかし、必要でもない新製品を作り続けるのは、もう、やめてほしいと思う。

※　情報機器 …パソコンや携帯電話など、情報を伝えるための機械。

34 ①その原因は、何を指しているか。

　1　ほとんどの物が必要から生まれたものであること

　2　パソコンや携帯電話が必要にせまられて作られること

　3　目的なしに機械を使っている人が多いこと

　4　新しい情報機器が次から次へと作られること

35 ②企業が新製品を作る競争をしている目的は何か。

　1　技術の発展のため

　2　工業製品の発明のため

　3　多くの製品を売るため

　4　新製品の発表のため

36 ③新製品を買ったものの、十分に使うことができない人たちが多
　いのは、なぜか

　1　企業側が、製品の扱い方を難しくするから

　2　不必要な機能が多すぎるから

　3　使う方法も知らないで新製品を買うから

　4　新製品の説明が不足しているから

37 この文章の内容と合っていないのはどれか。

　1　明確な目的・意図を持たないで製品を買う人が多い。

　2　新製品が出たら、使い方をすぐにおぼえるべきだ。

　3　どの企業も新製品を作る競争をしている。

　4　必要もなく新製品を作るのは資源のむだ使いだ。

右のページは、あるNPOが留学生を募集するための広告である。これを読んで、下の質問に答えなさい。答えは、1・2・3・4から最もよいものを一つえらびなさい。

[38] 東京に住んでいる留学生のジャミナさんは、日本語学校の夏休みにホームステイをしたいと思っている。その前に、北海道の友達の家に遊びに行くため、北海道までは一人で行きたい。どのプランがいいか。

1 Aプラン

2 Bプラン

3 Cプラン

4 Dプラン

[39] このプログラムに参加するためには、いつ申し込めばいいか。

1 8月20日までに申し込む。

2 6月23日が締め切りだが、早めに申し込んだ方がいい。

3 夏休みの前に申し込む。

4 6月23日の後で、できるだけ早く申し込む。

2015年　第29回夏のつどい留学生募集案内

北海道ホームステイプログラム「夏のつどい^{※1}」

北海道

函館空港
はこだて

東京駅

羽田空港
はねだ

関西空港
かんさい

福岡空港
ふくおか

日程	8月20日（木）〜 9月2日（水）14泊15日
募集人数	100名
参加費	Aプラン 68,000円（東京駅集合・関西空港解散）Bプラン 65,000円（東京駅集合・羽田空港解散）Cプラン 70,000円（福岡空港集合・福岡空港解散）Dプラン 35,000円（函館駅集合・現地^{※2}解散^{※3}）
定員	100名
申し込み締め切り	6月23日（火）まで

※毎年大人気のプログラムです。締め切りの前に定員に達する場
　合もありますので、早めにお申し込みください。

申し込み・問い合わせ先
(財) 北海道国際文化センター
〒040-0054 函館市元町××ー1
Tel : 0138-22-××××　Fax : 0138-22-××××
　　　http://www.×××.or.jp/
E-mail : ×××@hif.or.jp

※1　つどい…集まり

※2　現地…そのことを行う場所。

※3　解散…グループが別れること

次の（1）から(4)の文章を読んで、質問に答えなさい。答えは、1・2・3・4から最もよいものを一つえらびなさい。

（1）

　　最近、自転車によく乗るようになりました。特に休みの日には、気持ちのいい風を受けながら、のびのびとペダルをこいでいます。

　　自転車に乗るようになって気づいたのは、自転車は車に比べて、見える範囲がとても広いということです。車は、スピードを出していると、ほとんど風景を見ることができないのですが、自転車は走りながらでもじっくりと周りの景色を見ることができます。そうすると、今までどんなにすばらしい風景に気づかなかったかがわかります。小さな角を曲がれば、そこには、新しい世界が待っています。それはその土地の人しか知らない珍しい店だったり、小さなすてきなカフェだったりします。いつも何となく車で通り過ぎていた街には、実はこんな物があったのだという新しい感動に出会えて、<u>考えの幅も広がるような気</u>がします。

24 <u>考えの幅も広がるような気</u>がするのは、なぜか。

1　自転車では珍しい店やカフェに寄ることができるから

2　自転車は思ったよりスピードが出せるから

3　自転車ではその土地の人と話すことができるから

4　自転車だと新しい発見や感動に出会えるから

(2)

　　仕事であちらこちらの会社や団体の事務所に行く機会があるが、その際、よくペットボトルに入った飲み物を出される。日本茶やコーヒー、紅茶などで、夏は冷たく冷えているし、冬は温かい。ペットボトルの飲み物は、清潔な感じがするし、出す側としても手間がいらないので、忙しい現代では、とても便利なものだ。

　　しかし、たまにその場でいれた日本茶をいただくことがある。茶葉を入れた急須^{※1}から注がれる緑茶の香りやおいしさは、ペットボトルでは味わえない魅力がある。丁寧に入れたお茶をお客に出す温かいもてなし^{※2}の心を感じるのだ。

　　何もかも便利で簡単になった現代だからこそ、このようなもてなしの心は大切にしたい。それが、やがてお互いの信頼関係へとつながるのではないかと思うからである。

※1　急須…湯をさして茶を煎じ出す茶道具。

※2　もてなし…客への心をこめた接し方。

25　大切にしたい のはどんなことか。

1　お互いの信頼関係

2　ペットボトルの便利さ

3　日本茶の味や香り

4　温かいもてなしの心

(3)

ホテルのロビーに、下のようなお知らせの紙が貼ってある。

8月11日(金)
屋外プール休業について

お客様各位

　平素は山花レイクビューホテルをご利用いただき、まことにあり
がとうございます。台風12号による強風・雨の影響により、
8/11（金）、屋外※プールを休業とさせて頂きます。ご理解とご
協力を、よろしくお願い申し上げます。

　8/12（土）については、天候によって、営業時間に変更がござ
います。前もってお問い合わせをお願いいたします。

山花ホテル　総支配人

※　屋外…建物の外

26　このお知らせの内容と合っているものはどれか。

1　11日に台風が来たら、プールは休みになる。

2　11日も12日も、プールは休みである。

3　12日はプールに入れる時間がいつもと変わる可能性がある。

4　12日はいつも通りにプールに入ることができる。

(4)

　これは、一瀬さんに届いたメールである。

株式会社　山中デザイン
一瀬さゆり様

　いつも大変お世話になっております。
　私事※1ですが、都合により、8月31日をもって退職※2いたすことになりました。
　在職中※3はなにかとお世話になりました。心よりお礼を申し上げます。
　これまで学んだことをもとに、今後は新たな仕事に挑戦してまいりたいと思います。
　一瀬様のますますのご活躍をお祈りしております。
　なお、新しい担当は川島と申す者です。あらためて本人よりご連絡させていただきます。

　簡単ではありますが、メールにてご挨拶申しあげます。

株式会社　日新自動車販売促進部
加藤太郎
住所：〒111-1111　東京都○○区○○町1-2-3
TEL：03-＊＊＊＊-＊＊＊＊　／　FAX：03-＊＊＊＊-＊＊＊＊
URL：http://www. ×××.co.jp
Mail：×××@example.co.jp

※1　私事…自分自身だけに関すること。

※2　退職…勤めていた会社をやめること。

※3　在職中…その会社にいた間。

27　このメールの内容で、正しいのはどれか。

1　これは、加藤さんが会社をやめた後で書いたメールである。

2　加藤さんは、結婚のために会社をやめる。

3　川島さんは、現在、日新自動車の社員である。

4　加藤さんは、一瀬さんに、新しい担当者を紹介してほしいと頼んでいる。

つぎの (1) と (2) の文章を読んで、質問に答えなさい。答えは、1・2・3・4から最も
よいものを一つえらびなさい。

(1)

　　日本人は寿司が好きだ。日本人だけでなく外国人にも寿司が好
きだという人が多い。しかし、銀座などで寿司を食べると、目の
玉が飛び出るほど値段が高いということである。

　　私も寿司が好きなので、値段が安い回転寿司（かいてんずし）をよく食べる。い
ろいろな寿司をのせて回転している棚から好きな皿を取って食べ
るのだが、その中にも、値段が高いものと安いものがあり、お皿
の色で区別しているようである。

　　回転寿司屋には、チェーン店が多いが、作り方やおいしさには、
同じチェーン店でも①「差」があるようである。例えば、店内で
刺身を切って作っているところもあれば、工場で切った冷凍※1 の
刺身を、機械で握ったご飯の上に載せているだけの店もあるそう
だ。

　　寿司が好きな友人の話では、よい寿司屋かどうかは、「イカ」
を見るとわかるそうである。②イカの表面に細かい切れ目※2 が入っ
ているかどうかがポイントだという。なぜなら、生のイカの表面
には寄生虫※3 がいる可能性があって、冷凍すれば死ぬが、生で使
う場合は切れ目を入れることによって、食べやすくすると同時に
この寄生虫を殺す目的もあるからだ。こんなことは、料理人の常
識なので、イカに切れ目がない店は、この常識を知らない料理人
が作っているか、冷凍のイカを使っている店だと言えるそうだ。

※1　冷凍…保存のために凍らせること。

※2　切れ目…物の表面に切ってつけた傷。また，切り口。

※3　寄生虫…人や動物の表面や体内で生きる生物。

28　①「差」は、何の差か。

1　値段の「差」

2　チェーン店か、チェーン店でないかの「差」

3　寿司が好きかどうかの「差」

4　作り方や、おいしさの「差」

29　②イカの表面に細かい切れ目が入っているかどうかとあるが、この切れ目は何のために入っているのか。

1　イカが冷凍かどうかを示すため

2　食べやすくすると同時に、寄生虫を殺すため

3　よい寿司屋であることを客に知らせるため

4　常識がある料理人であることを示すため

30　回転寿司について、正しいのはどれか。

1　銀座の回転寿司は値段がとても高い。

2　冷凍のイカには表面に細かい切れ目がつけてある。

3　寿司の値段はどれも同じである。

4　イカを見るとよい寿司屋かどうかがわかる。

（2）

　　世界の別れの言葉は、一般に「Goodbye ＝神があなたととも
にいますように」か、「See you again ＝またお会いしましょ
う」か、「Farewell ＝お元気で」のどれかの意味である。つま
り、相手の無事や平安※1 を祈るポジティブ※2 な意味がこめら
れている。しかし、日本語の「さようなら」の意味は、その①
どれでもない。

　　恋人や夫婦が別れ話をして、「そういうことならば、②仕方
がない」と考えて別れる場合の別れに対するあきらめであると
ともに、別れの美しさを求める心を表していると言う人もいる。

　　または、単に「左様ならば（そういうことならば）、これで
失礼します」と言って別れる場合の「左様ならば」だけが残っ
たものであると言う人もいる。

　　いずれにしても、「さようなら」は、もともと、「左様であ
るならば＝そうであるならば」という意味の接続詞※3 であって、
このような、別れの言葉は、世界でも珍しい。ちなみに、私自
身は、「さようなら」という言葉はあまり使わず、「では、ま
たね」などと言うことが多い。やはり、「さようなら」は、な
んとなくさびしい感じがするからである。

※1　平安…穏やかで安心できる様子。

※2　ポジティブ…積極的なこと。ネガティブはその反対に消極的、否
　　　定的なこと。

※3　接続詞…言葉と言葉をつなぐ働きをする言葉。

31 ①どれでもない、とはどんな意味か。

1 日本人は、「Goodbye」や「See you again」「Farewell」を使わない。

2 日本語の「さようなら」は、別れの言葉ではない。

3 日本語の「さようなら」という言葉を知っている人は少ない。

4 「さようなら」は、「Goodbye」「See you again」「Farewell」のどの意味でもない。

32 仕方がないには、どのような気持ちが込められているか。

1 自分を反省する気持ち

2 別れたくないと思う気持ち

3 別れをつらく思う気持ち

4 あきらめの気持ち

33 この文章の内容に合っているのはどれか

1 「さようなら」は、世界の別れの言葉と同じくネガティブな言葉である。

2 「さようなら」には、別れに美しさを求める心がこめられている。

3 「さようなら」は、相手の無事を祈る言葉である。

4 「さようなら」は、永遠に別れる場合しか使わない。

つぎの文章を読んで、質問に答えなさい。答えは、1・2・3・4から最もよいものを一つえらびなさい。

日本語の文章にはいろいろな文字が使われている。漢字・平仮名・片仮名、そしてローマ字などである。

①漢字は、3000年も前に中国で生まれ、それが日本に伝わってきたものである。4～5世紀ごろには、日本でも漢字が広く使われるようになったと言われている。「仮名」には「平仮名」と「片仮名」があるが、これらは、漢字をもとに日本で作られた。ほとんどの平仮名は漢字をくずして書いた形から作られたものであり、片仮名は漢字の一部をとって作られたものである。例えば、平仮名の「あ」は、漢字の「安」をくずして書いた形がもとになっており、片仮名の「イ」は、漢字「伊」の左側をとって作られたものである。

日本語の文章を見ると、漢字だけの文章に比べて、やさしく柔らかい感じがするが、それは、平仮名や片仮名が混ざっているからであると言われる。

それでは、②平仮名だけで書いた文はどうだろう。例えば、「ははははつよい」と書いても意味がわからないが、漢字をまぜて「母は歯は強い」と書けばわかる。漢字を混ぜて書くことで、言葉の意味や区切りがはっきりするのだ。

それでは、③片仮名は、どのようなときに使うのか。例えば「ガチャン」など、物の音を表すときや、「キリン」「バラ」など、動物や植物の名前などは片仮名で書く。また、「ノート」「バッグ」など、外国から日本に入ってきた言葉も片仮名で表すことになっている。

このように、日本語は、漢字と平仮名、片仮名などを区別して使うことによって、文章をわかりやすく書き表すことができるのだ。

34 ①<u>漢字</u>について、正しいのはどれか。

1 3000 年前に中国から日本に伝わった。

2 漢字から平仮名と片仮名が日本で作られた。

3 漢字をくずして書いた形から片仮名ができた。

4 漢字だけの文章は優しい感じがする。

35 ②<u>平仮名だけで書いた文</u>がわかりにくいのはなぜか。

1 片仮名が混じっていないから

2 文に「、」や「。」が付いていないから

3 言葉の読み方がわからないから

4 言葉の意味や区切りがはっきりしないから

36 ③<u>片仮名は、どのようなときに使うのか</u>とあるが、普通、片仮名で書かないのはどれか

1 「トントン」など、物の音を表す言葉

2 「アタマ」など、人の体に関する言葉

3 「サクラ」など、植物の名前

4 「パソコン」など、外国から入ってきた言葉

37 日本語の文章について、間違っているものはどれか。

1 漢字だけでなく、いろいろな文字が混ざっている。

2 漢字だけの文章に比べて、やわらかく優しい感じを受ける。

3 いろいろな文字が区別して使われているので、意味がわかりやすい。

4 ローマ字が使われることは、ほとんどない。

つぎのページは、ホテルのウェブサイトにある着物体験教室の参加者を募集する広告である。下の質問に答えなさい。答えは、1・2・3・4から最もよいものを一つえらびなさい。

38 会社員のハンさんは、友人と日本に観光に行った際、着物を着てみたいと思っている。ハンさんと友だちが着物を着て散歩に行くには、料金は一人いくらかかるか。

1　6,000 円

2　9,000 円

3　6,000 円〜 9,000 円

4　10,000 円〜 13,000 円

39 この広告の内容と合っているものはどれか。

1　着物を着て、小道具や背景セットを作ることができる。

2　子どもも、参加することができる。

3　問い合わせができないため、予約はできない。

4　着物を着て出かけることはできないが、人力車観光はできる。

着物体験
参加者募集

【着物体験について】

1回：二人～三人程度、60分～90分

料金：〈大人用〉6,000円～9,000円／一人
　　　〈子ども用〉（12歳まで）4,000円／一人
　　　（消費税込み）

＊着物を着てお茶や生け花[※1]をする「日本文化体験コース」もあります。

＊着物を着てお出かけしたり、人力車[※2]観光をしたりすることもできます。

＊ただし、一部の着物はお出かけ不可

＊人力車観光には追加料金がかかります

【写真撮影について】

　振り袖から普通の着物・袴[※3]などの日本の伝統的な着物を着て写真撮影ができます。着物は、大人用から子ども用までございますので、お好みに合わせてお選びください。小道具[※4]や背景セットを使った写真が楽しめます。（デジカメ写真プレゼント付き）

ご予約時の注意点

①上の人数や時間は、変わることもあります。お気軽にお問い合わせください。（多人数の場合は、グループに分けさせていただきます。）

②予約制ですので、前もってお申し込みください。（土・日・祝日は、空いていれば当日受付も可能です。）

③火曜日は定休日です。（但し、祝日は除く）

④中国語・英語でも説明ができます。

ご予約承ります！
お問い合せ・お申込みは
富士屋
nihonntaiken@×××fujiya.co.jp
電話 03-××××-××××

※1　お茶・生け花…日本の伝統的な文化で、茶道と華道のこと。

※2　人力車…お客をのせて人が引いて走る二輪車。

※3　振り袖～袴…日本の着物の種類。

※4　小道具…写真撮影などのために使う道具。

次の（1）から(4)の文章を読んで、質問に答えなさい。答えは、1・2・3・4から最もよいものを一つえらびなさい。

(1)

> 　人類は科学技術の発展によって、いろいろなことに成功しました。例えば、空を飛ぶこと、海底や地底の奥深く行くこともできるようになりました。今や、宇宙へ行くことさえできます。
>
> 　しかし、人間の望みは限りがないもので、さらに、未来や過去へ行きたいと思う人たちが現れました。そうです。『タイムマシン』の実現です。
>
> 　いったいタイムマシンを作ることはできるのでしょうか？
>
> 　理論上は、できるそうですが、現在の科学技術ではできないということです。
>
> 　残念な気もしますが、でも、未来は夢や希望として心の中に描くことができ、また、過去は思い出として一人一人の心の中にあるので、それで十分ではないでしょうか。

24 「タイムマシン」について、文章の内容と合っていないのはどれか。

1　未来や過去に行きたいという人間の夢をあらわすものだ

2　理論上は作ることができるものだが実際には難しい

3　未来も過去も一人一人の心の中にあるものだ

4　タイムマシンは人類にとって必要なものだ

(2)

これは、田中さんにとどいたメールである。

あて先：jlpt1127.clear@nihon.co.jp
件名：パンフレット送付※のお願い
送信日時：2015 年 8 月 14 日　13:15
===============================

ご担当者様

　はじめてご連絡いたします。

　株式会社山田商事、総務部の山下花子と申します。

　このたび、御社のホームページを拝見し、新発売のエアコン「エコール」について、詳しくうかがいたいので、パンフレットをお送りいただきたいと存じ、ご連絡いたしました。2 部以上お送りいただけると助かります。

　どうぞよろしくお願いいたします。

【送付先】

〒 564-9999

大阪府〇〇市△△町 11-9　XX ビル 2F

TEL：066-9999-XXXX

株式会社　山田商事　総務部

担当：山下　花子

※　送付…相手に送ること。

25　このメールを見た後、田中さんはどうしなければならないか。

1　「エコール」について、メールで詳しい説明をする。

2　山下さんに「エコール」のパンフレットを送る。

3　「エコール」のパンフレットが正しいかどうか確認する。

4　「エコール」の新しいパンフレットを作る。

(3)

これは、大学内の掲示である。

台風９号による１・２時限※1休講※2について

　本日 (10 月 16 日)、関東地方に大型の台風が近づいているため、本日と、明日１・２時限目の授業を中止して、休講とします。なお、明日の３・４・５時限目につきましては、大学インフォメーションサイトの「お知らせ」で確認して下さい。

　　　　　　　　　　　　　　　　　　　　　　　　　　　　東青大学

※1　時限…授業のくぎり。

※2　休講…講義が休みになること。

26　正しいものはどれか。

1　台風が来たら、10 月 16 日の授業は休講になる。

2　台風が来たら、10 月 17 日の授業は行われない。

3　本日の授業は休みで、明日の３時限目から授業が行われる。

4　明日３、４、５時限目の授業があるかどうかは、「お知らせ」で確認する。

(4)

日本では、少し大きな駅のホームには、立ったまま手軽に「そば」や「うどん」を食べられる店（立ち食い屋）がある。

「そば」と「うどん」のどちらが好きかは、人によってちがうが、一般的に、関東では「そば」の消費量が多く、関西では「うどん」の消費量が多いと言われている。

地域毎に「そば」と「うどん」のどちらに人気があるかは、実は、駅のホームで簡単にわかるそうである。ホームにある立ち食い屋の名前を見ると、関東と関西で違いがある。関東では、多くの店が「そば・うどん」、関西では、「うどん・そば」となっている。「そば」と「うどん」、どちらが先に書いてあるかを見ると、その地域での人気がわかるというのだ。

27 駅のホームで簡単にわかるとあるが、どんなことがわかるのか。

1 自分が、「そば」と「うどん」のどちらが好きかということ

2 関東と関西の「そば」の消費量のちがい

3 駅のホームには必ず、「そば」と「うどん」の立ち食い屋があるということ

4 店の名前から、その地域で人気なのは「うどん」と「そば」のどちらかということ

つぎの (1) と (2) の文章を読んで、質問に答えなさい。答えは、1・2・3・4から最もよいものを一つえらびなさい。

(1)

　テクノロジーの進歩で、私たちの身の回りには便利な機械があふれています。特にITと呼ばれる情報機器は、人間の生活を便利で豊かなものにしました。①例えば、パソコンです。パソコンなどのワープロソフトを使えば、誰でもきれいな文字を書いて印刷まですることができます。また、何かを調べるときは、インターネットを使えばすぐに必要な知識や世界中の情報が得られます。今では、これらのものがない生活は考えられません。

　しかし、これらテクノロジーの進歩が②新たな問題を生み出していることも忘れてはなりません。例えば、ワープロばかり使っていると、漢字を忘れてしまいます。また、インターネットで簡単に知識や情報を得ていると、自分で努力して調べる力がなくなるのではないでしょうか。

　これらの機器は、便利な反面、人間の持つ能力を衰えさせる面もあることを、私たちは忘れないようにしたいものです。

28　①例えばは、何の例か。

1　人間の生活を便利で豊かなものにした情報機器

2　身の回りにあふれている便利な電気製品

3　文字を美しく書く機器

4　情報を得るための機器

29 ②新たな問題とは、どんな問題か。

1　新しい便利な機器を作ることができなくなること

2　ワープロやパソコンを使うことができなくなること

3　自分で情報を得る簡単な方法を忘れること

4　便利な機器に頼ることで、人間の能力が衰えること

30 ②新たな問題を生みだしているのは、何か。

1　人間の豊かな生活

2　テクノロジーの進歩

3　漢字が書けなくなること

4　インターネットの情報

（2）

　日本語を学んでいる外国人が、いちばん苦労するのが敬語の使い方だそうです。日本に住んでいる私たちでさえ難しいと感じるのですから、外国人にとって難しく感じるのは当然です。

　ときどき、敬語があるのは日本だけで、外国語にはないと聞くことがありますが、そんなことはありません。丁寧な言い回しというものは例えば英語にもあります。ドアを開けて欲しいとき、簡単に「Open the door.（ドアを開けて。）」と言う代わりに、「Will you 〜（Can you 〜）」や「Would you 〜（ Could you 〜）」を付けたりして丁寧な言い方をしますが、①これも敬語と言えるでしょう。

　私たちが敬語を使うのは、相手を尊重し敬う※気持ちをあらわすことで、人間関係をよりよくするためです。敬語を使うことで自分の印象をよくしたいということも、あるかもしれません。

　ところが、中には、相手によって態度や話し方を変えるのはおかしい、敬語なんて使わないでいいと主張する人もいます。

　しかし、私たちの社会に敬語がある以上、それを無視した話し方をすると、人間関係がうまくいかなくなることもあるかもしれません。

　確かに敬語は難しいものですが、相手を尊重し敬う気持ちがあれば、使い方が多少間違っていても構わないのです。

※　敬う…尊敬する。

31 ①<u>これ</u>は、何を指しているか。

1 「Open the door.」などの簡単な言い方

2 「Will (Would) you 〜」や「Can (Could) you 〜）」を付けた丁寧な
言い方

3 日本語にだけある難しい敬語

4 外国人にとって難しく感じる日本の敬語

32 敬語を使う主な目的は何か。

1 相手に自分をいい人だと思われるため

2 自分と相手との上下関係を明確にするため

3 日本の常識を守るため

4 人間関係をよくするため

33 「敬語」について、筆者の考えと合っているのはどれか。

1 言葉の意味さえ通じれば敬語は使わないでいい。

2 敬語は正しく使うことが大切だ。

3 敬語は、使い方より相手に対する気持ちが大切だ。

4 敬語は日本独特なもので、外国語にはない。

つぎの文章を読んで、質問に答えなさい。答えは、1・2・3・4から最もよいものを一つえらびなさい。

　信号機の色は、なぜ、赤・青（緑）・黄の３色で、赤は「止まれ」、黄色は「注意」、青は「進め」をあらわしているのだろうか。

　①当然のこと過ぎて子どもの頃から何の疑問も感じてこなかったが、実は、それには、しっかりとした理由があるのだ。その理由とは、色が人の心に与える影響である。

　まず、赤は、その「物」を近くにあるように見せる色であり、また、他の色と比べて、非常に遠くからでもよく見える色なのだ。さらに、赤は「興奮※¹色」とも呼ばれ、人の脳を活発にする効果がある。したがって、「止まれ」「危険」といった情報をいち早く人に伝えるためには、②赤がいちばんいいということだ。

　それに対して、青（緑）は人を落ち着かせ、冷静にさせる効果がある。そのため、　③　をあらわす色として使われているのである。

　最後に、黄色は、赤と同じく危険を感じさせる色だと言われている。特に、黄色と黒の組み合わせは「警告※²色」とも呼ばれ、人はこの色を見ると無意識に危険を感じ、「注意しなければ」、という気持ちになるのだそうだ。踏切や、「工事中につき危険！」を示す印など、黄色と黒の組み合わせを思い浮かべると分かるだろう。

　このように、信号機は、色が人に与える心理的効果を使って作られたものなのである。ちなみに、世界のほとんどの国で、赤は「止まれ」、青（緑）は「進め」を表しているそうだ。

※1　興奮…感情の働きが盛んになること。

※2　警告…危険を知らせること。

34　①当然のこととは、何か。

1　子どものころから信号機が赤の時には立ち止まり、青では渡っていること

2　さまざまなものが、赤は危険、青は安全を示していること

3　信号機が赤・青・黄の３色で、赤は危険を、青は安全を示していること

4　信号機に赤・青・黄が使われているのにはしっかりとした理由があること

35　②赤がいちばんいいのはなぜか。

1　人に落ち着いた行動をさせる色だから。

2　「危険！」の情報をすばやく人に伝えることができるから。

3　遠くからも見えるので、交差点を急いで渡るのに適しているから。

4　黒と組み合わせることで非常に目立つから。

36　＿＿③＿＿に適当なのは次のどれか。

1　危険　　　　　　2　落ち着き　　　　　3　冷静　　　　　4　安全

37　この文の内容と合わないものはどれか。

1　ほとんどの国で、赤は「止まれ」を示す色として使われている。

2　信号機には、色が人の心に与える影響を考えて赤・青・黄が使われている。

3　黄色は人を落ち着かせるので、「待て」を示す色として使われている。

4　黄色と黒の組み合わせは、人に危険を知らせる色として使われている。

右の文章は、ある文化センターの案内である。これを読んで、下の質問に答えなさい。答えは、1・2・3・4から最もよいものを一つえらびなさい。

38 男性会社員の井上正さんが平日、仕事が終わった後、18時から受けられるクラスはいくつあるか。

1 1つ

2 2つ

3 3つ

4 4つ

39 主婦の山本真理菜さんが週末に参加できるクラスはどれか。

1 BとA

2 BとC

3 BとD

4 BとE

小町文化センター秋の新クラス

	講座名	日時	回数	費用	対象	その他
A	男子力 UP!4回でしっかりおぼえる料理の基本	11・12月第1・3金曜日(11/7・21・12/5・12)18:00〜19:30	全4回	18,000円＋税(材料費含む)	男性18歳以上	男性のみ
B	だれでもかんたん!色えんぴつを使った植物画レッスン	10〜12月第1土曜日13:00〜14:00	全3回	5,800円＋税＊色えんぴつは各自ご用意下さい	15歳以上	静かな教室で、先生が一人一人ていねいに教えます
C	日本のスポーツで身を守る!女性のためのはじめての柔道:入門	10〜12月第1〜4火曜日18:00〜19:30	全12回	15,000円＋税＊柔道着は各自ご用意ください。詳しくは受付まで	女性15歳以上	女性のみ
D	緊張しないスピーチトレーニング	10〜12月第1・3木曜日(10/2・1611/6・2012/4・18)18:00〜20:00	全6回	10,000円(消費税含む)	18歳以上	まずは楽しくおしゃべりから始めましょう
E	思い切り歌ってみよう!「みんな知ってる日本の歌」	10〜12月第1・2・3土曜日10:00〜12:00	全9回	5,000円＋楽譜代500円(税別)	18歳以上	一緒に歌えばみんな友だち!カラオケにも自信が持てます!

問題四　翻譯與題解

第 4 大題　請閱讀以下（1）至（4）的文章，然後回答問題。答案請從 1・2・3・4 之中挑出最適合的選項。

（1）

　　ヘッドフォンで音楽を聞きながら作業をすると集中できる、という人が多い。その理由をたずねると、まわりがうるさい環境で仕事をしているような時でも、音楽を聞くことによって、うるさい音や自分に関係のない話を聞かずにすむし、じゃまをされなくてすむからだという。最近では、ヘッドフォンをつけて仕事をすることを認めている会社もある。

　　しかし、実際に調査を行った結果、ヘッドフォンで音楽を聞くことによって集中力が上がるというデータは、ほとんど出ていないという。また、ヘッドフォンを聞きながら仕事をするのは、オフィスでの作法やマナーに反すると考える人も多い。

24　調査は、どんな調査か。

1　うるさい環境で仕事をすることによって、集中力が下がるかどうかの調査

2　ヘッドフォンで音楽を聞くことで、集中力が上がるかどうかの調査

3　不要な情報を聞くことで集中力が下がるかどうかの調査

4　好きな音楽と嫌いな音楽の、どちらを聞けば集中できるかの調査

[翻譯]

　　許多人覺得做事時戴著耳機聽音樂有助於專注。詢問這些人為什麼這樣認為，他們的回答是：就算在吵雜的環境裡工作，由於聽著音樂，所以聽不到旁邊的噪音以及和自己無關的交談，因此也就不會受到干擾了。近來，也有些公司允許員工戴著耳機工作。

　　然而，根據實際調查的結果，幾乎沒有任何證據顯示戴耳機聽音樂有助於提高專注力。此外，也有許多人認為，工作時戴耳機聽音樂有違辦公室的規定和禮儀。

[24] 所謂的調查，是指什麼樣的調查呢？

1　有關在吵雜的環境裡工作是否會降低專注力的調查

2　有關戴耳機聽音樂是否有助於提高專注力的調查

3　有關聽到不需要的訊息是否會降低專注力的調查

4　有關聽喜歡或不喜歡的音樂，哪一種有助於專注的調查

[題解攻略]

答えは 2

1.×…「うるさい環境」で仕事をすることは、ヘッドフォンで音楽を聞きながら作業する理由の一つにすぎない。

2.〇…すぐ後に「集中力が上がるというデータは」とあることから、この調査だとわかる。

正確答案是 2

1.×…在「うるさい環境」（吵雜的環境）中工作只不過是工作時邊戴耳機聽音樂的其中一個理由而已。

2.〇…因為後面緊接著提到「集中力が上がるというデータは」（提高專注力的證據），由此可知就是這項調查。

3. ×…「不要な情報」とは「自分に関係のない話」のことだが、これもヘッドフォンで音楽を聞きながら作業する理由の一つにすぎない。

4. ×…「好きな音楽と嫌いな音楽」の比較は、文章中では述べられていない内容である。

3. ×…「不要な情報」（不需要的訊息）雖然是「自分に関係のない話」（和自己無關的交談），但不想聽到和自己無關的交談，同樣只是工作時邊戴耳機聽音樂的其中一個理由而已。

4. ×…文章中並沒有提到聽「好きな音楽と嫌いな音楽」（喜歡的音樂和不喜歡的音樂）的比較。

答案：2

單字的意思

□ まわり／周圍，周邊

□ 環境／環境

□ つける／配戴，穿上，裝上，掛上；評定，決定；寫上，記上

□ 調査／調查

□ 結果／結果，結局

□ データ【data】／論據，論證的事實；材料，資料；數據

□ オフィス【office】／辦公室，辦事處；公司；政府機關

□ マナー【manner】／禮貌，規矩；態度舉止，風格

文法的意思

□ によって／因為…；根據…；由…；依照…

□ ～に反する／與…相反…

小知識

「聽」除了「聞く」還可以怎麼說？把這些「聞く」相關的單字記下來，說起日語就會更生動哦！

1. 聞き入る（專心聽）
2. 聞きつける（得知）
3. 聞きほれる（聽得入迷）
4. 耳にする（聽到）
5. 耳を貸す（聽取）
6. 耳が痛い（刺耳）
7. 空耳（聽錯）
8. 初耳（前所未聞）

(2)

　変温動物^{※1}である魚は、氷がはるような冷たい水の中では生きていけない。では、冬、寒くなって池などに氷がはったとき、魚はどこにいるのだろう。実は、水の底でじっとしているのだ。

　気体や液体には、温度の高いものが上へ、低いものが下へ行くという性質があるので、水の底は水面より水温が低いはずである。それなのに、魚たちは、なぜ水の底にいるのだろう。実は、<u>水というのは変わった物質</u>で、他の液体や気体と同様、冷たい水は下へ行くのだが、ある温度より下がると、反対に軽くなるのだそうだ。その温度が、4℃つまり、水温がぐっと下がると、4℃の水が一番重く、もっと冷たい水はそれより軽いということである。冬、水面に氷がはるようなときも、水の底には4℃という温かい水があることを、魚たちは本能^{※2}として知っているらしい。

※1　変温動物…まわりの温度によって体温が変わる動物。
※2　本能…動物が生まれたときから自然に持っているはたらき。

25 <u>水というのは変わった物質</u>とあるが、どんなことが変わっているのか。

1　冬、気温が下がり寒くなると水面がこおること
2　温かい水は上へ、冷たい水は下へ行くこと
3　冷たい水は重いが、4℃より下がると逆に軽くなること
4　池の表面がこおるほど寒い日は、水は0℃以下になること

　　屬於變溫動物^{※1}的魚，如果處於表面結了冰那樣低溫的水裡，是無法生存的。那麼，到了冬天，當變得寒冷的池塘之類的水面結了冰的時候，魚待在哪裡呢？其實，牠們一直躲在水底。

　　由於氣體和液體具有溫度高者上浮、溫度低者下沉的性質，因此水底的溫度應該比水面來得低才對。既然如此，魚兒們為什麼會待在水底呢？其實，水是一種奇特的物質，它和其他液體與氣體一樣，冷水雖然會下沉，但是當降至某個特定溫度之後，反而會變得比較輕。那個特定溫度是 4℃。換言之，當水溫一直下降時，4℃ 的水是最重的，溫度更低的水比它來得輕。當冬天水面結冰的時候，魚兒們似乎基於本能^{※2}知道，水底那裡是 4℃ 的溫水。

※1 變溫動物：體溫隨著周圍環境的溫度而改變的動物。

※2 本能：動物與生俱來的自然能力。

[25] 所謂水是一種奇特的物質，是指什麼樣的性質奇特呢？

1　當冬天氣溫下降變冷時，水面會結冰的性質。

2　熱水往上浮、冷水往下沉的性質。

3　冷水雖然比較重，但是當溫度降到 4℃ 以下時，反而變得比較輕。

4　在池塘的水面會結冰那樣寒冷的日子裡，水溫會降到 0℃ 以下。

[題解攻略]

答えは3

1．×…「水面がこおること」は事実であるが、水が変わった物質であることとしては述べられていない。

正確答案是3

1．×…雖然「水面がこおること」（水面會結冰）是事實，可是這裡並沒有提到「水是一種奇特的物質」這件事。

2. ×…「冷たい水は下へ行くこと」は、「液体や水と同様」とある。したがって水が変わっていることではない。

3. ○…＿＿の後に「ある温度より下がると、反対に軽くなる」とある。「ある温度」とは4℃のこと。

4. ×…文章中では述べられていない内容。

2. ×…「冷たい水は下へ行くこと」（冷水會下沉），屬於「液体や水と同様」（和其他液體與氣體一樣）的現象。因此無法判斷水是奇特的物質。

3. ○…＿＿的後面提到「ある温度より下がると、反対に軽くなる」（當降至某個特定溫度之後，反而會變得比較輕），而「ある温度」（某個特定溫度）即是4℃。

4. ×…這是文章中沒有提及的內容。

答案：**3**

単字的意思

□ 氷（こおり）／冰

□ はる／覆蓋；延伸，伸展；膨脹，負擔過重；展平，擴張

□ 実は（じつ）／事實是，老實說，說真的，說實在的

□ 変わる（か）／與眾不同；變化；遷居，調任，改變時間地點

□ じっと／保持穩定，一動不動；凝神，聚精會神

□ 温度（おんど）／（空氣等）溫度，熱度

□ 反対（はんたい）／相反；反對

□ つまり／即…，也就是說；總之，說到底；阻塞，困窘；盡頭

□ 底（そこ）／底層，深處；最低處，限度；底，底子

□ 生まれる（う）／生；產生

□ 自然（しぜん）／自然，天然；大自然，自然界；自然地

□ はたらき／功能，機能；作用，功效；勞動，工作

□ 表面（ひょうめん）／表面

□ 〜ような／像…一樣的，宛如…一樣的…

□ 〜として／作為…，以…身分；如果是…的話，對…來説

（3）

秋元さんの机の上に、西田部長のメモがおいてある。

秋元さん、

お疲れさまです。

コピー機が故障したので山川OAサービスに修理をたのみました。

電話をして、秋元さんの都合に合わせて来てもらう時間を決めてください。

コピー機がなおったら、会議で使う資料を、人数分コピーしておいてください。

資料は、Aのファイルに入っています。

コピーする前に内容を確認してください。

西田

---

26 秋元さんが、しなくてもよいことは、下のどれか。

1 山川OAサービスに、電話をすること

2 修理が終わったら、西田部長に報告をすること

3 資料の内容を、確認すること

4 資料を、コピーしておくこと

[翻譯]

在秋元小姐的桌面上，放著一張西田經理留下的紙條。

秋元小姐：

辛苦了。

由於影印機故障了，已經拜託山川 OA 維修中心來修理了。

麻煩秋元小姐撥電話過去，請對方配合妳方便的時間過來。

等影印機修好了以後，請將會議資料依照出席人數複印。

資料已在 A 檔案裡。

影印前請先確認內容無誤。

西田

[26] 秋元小姐不必做的事是以下哪一項？

1 撥電話給山川 OA 維修中心

2 修好之後向西田經理報告

3 確認資料內容無誤

4 影印資料

[題解攻略]

答えは 2

1. ×…西田部長のメモに「電話をして」とある。

2. ○…西田部長のメモにはない内容。

3. ×…「コピーする前に内容を確認してください」とある。「内容」とは「資料の内容」のこと。

正確答案是 2

1. ×…西田部長的紙條上提到要「電話をして」（撥電話）。

2. ○…這是西田部長的紙條上沒有提到的內容。

3. ×…紙條中提到「コピーする前に内容を確認してください」（影印前請先確認內容無誤）。這裡的「内容」（內容）指的是「資料の内容」（資料的內容）。

4．×…「会議で使う資料を、人数分コピーしておいてください」とある。

4．×…紙條中提到「会議で使う資料を、人数分コピーしておいてください」（請將會議資料依照出席人數複印）。

答案：2

單字的意思

□ コピー／副本，抄本，謄本；（廣告等的）文稿

□ 修理（しゅうり）／修理，修繕

□ 合わせる（あ）／配合，調和；合併；對照，核對；加在一起，混合

□ なおす／修理；改正；治療

□ 内容（ないよう）／內容

□ 確認（かくにん）／確認，證實，判明

□ 報告（ほうこく）／報告，匯報，告知

(4)

次は、山川さんに届いたメールである。

あて先：jlpt1127.kukaku@group.co.jp
件名：製品について
送信日時：2015 年 7 月 26 日

::::::::::::::::::::::::::

前田化学

営業部　山川様

いつもお世話になっております。

　昨日は、新製品「スラーインキ」についての説明書をお送りいただき、ありがとうございました。くわしいお話をうかがいたいので、一度おいでいただけないでしょうか。現在の「グリードインキ」からの変更についてご相談したいと思います。どうぞよろしくお願いいたします。

新日本デザイン

鈴木

---

27 このメールの内容について、正しいのはどれか。

1 前田化学の社員は、新日本デザインの社員に新しい製品の説明書を送った。
2 新日本デザインは、新しい製品を使うことをやめた。
3 新日本デザインは、新しい製品を使うことにした。
4 新日本デザインの社員は、前田化学に行って、製品の説明をする。

以下是寄給山川先生的電子郵件。

收件地址：jlpt1127.kukaku@group.co.jp

主旨：關於產品

寄信時間：2015 年 7 月 26 日

：：：：：：：：：：：：：：：：：：：：：：：：：：：

前田化學

業務部　山川先生

承蒙平日惠予關照。

　感謝您昨天送來新產品「順滑墨水」的說明書。我想請教進一步的資料，不知可否請您來一趟？我希望和您商討由目前的「飽滿墨水」變更的相關事項。麻煩您了。

新日本設計

鈴木

[27] 關於這封電子郵件的內容，下列哪一項是正確的？

1　前田化學的員工將新產品的說明書送去給新日本設計的員工了。

2　新日本設計往後不再使用新產品了。

3　新日本設計決定使用新產品。

4　新日本設計的員工去前田化學說明產品。

［題解攻略］

答<ruby>こた</ruby>えは 1

　1．○…「新製品『スラーインキ』についての説明書<ruby>しんせいひん</ruby>をお送り<ruby>せつめいしょ</ruby>い<ruby>おく</ruby>ただき、ありがとうございました」とある。

正確答案是 1

　1．○…因郵件中提到「新製品『スラーインキ』についての説明書をお送りいただき、ありがとうございました」（感謝您昨天送來新產品「順滑墨水」的說明書）。

2．✕…「新しい製品を使うことをやめた」とは書かれていない。

3．✕…「くわしいお話をうかがいたい」、「現在の『グリードインキ』からの変更について相談したい」とあることから、まだ「新しい製品を使うこと」を決定していないことがわかる。

4．✕…「一度おいでいただけないでしょうか」とある。前田化学の社員が、新日本デザインに来ることに注意する。

2．✕…郵件中並沒有提到「新しい製品を使うことをやめた」（往後不再使用新產品）。

3．✕…郵件中提到「くわしいお話をうかがいたい」（想要了解產品細節）、「現在の『グリードインキ』からの変更について相談したい」（我希望和您商討由目前的「飽滿墨水」變更的相關事項），由此可知目前還沒決定要「新しい製品を使うこと」（使用新產品）。

4．✕…郵件中提到「一度おいでいただけないでしょうか」（可否請您來一趟）。請注意是前田化學的員工去拜會新日本設計。

答案：1

單字的意思

□ 届く／（送東西）送達；及，達到；周到；達到（希望）

□ 化学／化學

□ お世話になりました／承蒙關照，受您照顧了

□ 製品／產品，製品

□ インキ【ink】／墨水

□ くわしい／詳細；精通，熟悉

□ 変更／變更，更改，改變

□ デザイン【design】／設計（圖）；（製作）圖案

問題五　翻譯與題解

第 5 大題　請閱讀以下（1）至（2）的文章，然後回答問題。答案請從 1・2・3・4 之中挑出最適合的選項。

（1）

日本では、電車の中で、子どもたちはもちろん大人もよくマンガを読んでいる。私の国では見られない姿だ。日本に来たばかりの時は私も驚いたし、①恥ずかしくないのかな、と思った。大人の会社員が、夢中でマンガを読んでいるのだから。

しかし、しばらく日本に住むうちに、マンガはおもしろいだけでなく、とても役に立つことに気づいた。今まで難しいと思っていたことも、マンガで読むと分かりやすい。特に、歴史はマンガで読むと楽しい。それに、マンガといっても、本屋で売っているような歴史マンガは、専門家が内容を②しっかりチェックしているそうだし、それを授業で使っている学校もあるということだ。

私は高校生の頃、歴史にまったく関心がなく成績も悪かったが、日本で友だちから借りた歴史マンガを読んで興味を持ち、大学でも歴史の授業をとることにした。私自身、以前はマンガを馬鹿にしていたが、必要な知識が得られ、読む人の興味を引き出すことになるなら、マンガでも、本でも同じではないだろうか。

［翻譯］

　　在日本的電車裡，不單是兒童，連大人也常看漫畫。這是在我的國家不會出現的情景。剛到日本時，這個現象令我大為吃驚，①心想：他們不覺得難為情嗎？畢竟一個身為公司職員的成年人，居然在埋頭看漫畫。

　　不過，當我在日本住了一段時間以後，這才發現原來漫畫不只有趣，而且能發揮極大的功效。即使是以前覺得很難理解的知識，透過閱讀漫畫，就能夠輕鬆了解。尤其是藉由漫畫來讀歷史，更是特別有意思。況且雖說是漫畫，在書店裡販賣的歷史漫畫好像都經由專家②仔細審核過內容了，甚至有學校拿去當作授課教材呢。

　　我上高中時，對歷史科目完全沒有興趣，成績也很差，但在日本向朋友借閱歷史漫畫以後，便對歷史產生了興趣，在大學裡也選修歷史課了。我自己從前對漫畫嗤之以鼻，但漫畫既然可以讓人學得必要的知識，還能引發讀者的興趣，那麼，漫畫能發揮的功效，不也就和書籍一樣了嗎？

---

28 ①恥ずかしくないのかな、と思ったのはなぜか。

1 日本の子どもたちはマンガしか読まないから

2 日本の大人たちはマンガしか読まないから

3 大人が電車の中でマンガを夢中で読んでいるから

4 日本人はマンガが好きだと知らなかったから

[翻譯]

[28] ①心想：他們不覺得難為情嗎是基於什麼原因？

1 因為日本的孩童們只看漫畫

2 因為日本的成年人們只看漫畫

3 因為成年人在電車裡埋頭看漫畫

4 因為原本不曉得日本人喜歡看漫畫

[題解攻略]

答えは3

1. ×…「日本の子どもたちはマンガしか読まない」とは述べられていない。

2. ×…「日本の大人たちはマンガしか読まない」とは述べられていない。

1・2「マンガしか読まない」という、言い過ぎの表現に注意する。

3. ○…①____のすぐ後に、「大人の会社員が、夢中でマンガを読んでいるのだから」と理由を述べている。理由を表すことば「だから」に注意する。

4. ×…「日本人はマンガが好きだと知らなかった」かどうかは、この文章ではわからない。

正確答案是3

1. ×…文中並沒有提到「日本の子どもたちはマンガしか読まない」（日本的孩童們只看漫畫）。

2. ×…文中並沒有提到「日本の大人たちはマンガしか読まない」（日本的成年人們只看漫畫）。

1.2 請留意「マンガしか読まない」（只看漫畫）這種過於武斷的敘述。

3. ○…①____ 的後面接著說明理由「大人の会社員が、夢中でマンガを読んでいるのだから」（畢竟一個身為公司職員的成年人，居然在埋頭看漫畫），請注意表示理由的詞語「だから」（因為）。

4. ×…文章中並無說明作者是否「日本人はマンガが好きだと知らなかった」（原本不曉得日本人喜歡看漫畫）。

答案：**3**

29 どんなことを②しっかりチェックしているのか。

　1　そのマンガがおもしろいかどうか

　2　そのマンガの内容が正しいかどうか

　3　そのマンガが授業で使われるかどうか

　4　そのマンガが役に立つかどうか

[翻譯]

[29] ②仔細審核什麼東西呢？

1　那部漫畫是否有趣

2　那部漫畫的內容是否正確

3　那部漫畫是否被當作授課教材

4　那部漫畫是否能發揮極大的功效

[題解攻略]

答えは2

　「専門家」というのは、歴史の専門家のこと。専門家はマンガに書かれている内容が歴史的に見て正しいかどうか、チェックをしているのである。だから、歴史マンガの内容は信頼されて、授業で使っている学校もあるのである。

　正確答案是2

　「専門家」（專家）指的是歷史的專家。文中提到有專家仔細審核過漫畫的內容與史實是否相符。所以，歷史漫畫的內容是值得信賴的，可以將漫畫當作授課教材。

答案：2

30 この文章を書いた人は、マンガについて、どう思っているか。

1 マンガはやはり、子どもが読むものだ。
2 暇なときに読むのはよい。
3 むしろ、本より役に立つものだ。
4 本と同じように役に立つものだ。

[翻譯]

[30] 寫下這篇文章的人，對漫畫有什麼樣的看法呢？

1 漫畫畢竟是兒童讀物。

2 拿來打發時間還不錯。

3 甚至比書籍更能發揮功效。

4 能和書籍發揮同樣的功效。

[題解攻略]

答えは 4

1. ×…大人がマンガを読むことに驚いているが、「子どもが読むもの」とは言っていない。

2. ×…「暇なときに読むのはよい」は、文章中にない内容である。

3. ×…文章の最後に「マンガでも、本でも同じではないだろうか」に注意する。「本より役に立つ」とは述べていない。

正確答案是 4

1. ×…作者雖然對成人也讀漫畫感到訝異，但並沒有說是「子どもが読むもの」（兒童讀物）

2. ×…文章沒有提到「暇なときに読むのはよい」（拿來打發時間還不錯）。

3. ×…注意文章最後一段提到「マンガでも、本でも同じではないだろうか」（漫畫能發揮的功效，不也就和書籍一樣了嗎），但並沒有說「本より役に立つ」（比書籍更能發揮功效）。

4. ○…3で見たように、「マンガでも、本でも同じ」ように「役に立つもの」なのである。

4. ○…如3所示，文中提到「マンガでも、本でも同じ」（漫畫和書籍一樣）「役に立つもの」（能發揮功效）。

答案：**4**

單字的意思

□ 夢中（むちゅう）／著迷，沉醉，熱中，不顧一切；夢中，在睡夢裡

□ しばらく／好久；暫時

□ 特（とく）に／特，特別

□ 內容（ないよう）／內容

□ チェック【check】／確認，檢查

□ まったく／完全，全然；實在，簡直；（後接否定）絕對，完全

□ 持（も）つ／懷有；負擔

□ 以前（いぜん）／以前；（某時期）以前；更低階段（程度）的

□ 馬鹿（ばか）／愚蠢，糊塗

□ 知識（ちしき）／知識

□ 得（え）る／得到；領悟

□ やはり／果然，還是，仍然

文法的意思

□ 〜といっても／雖説…但…，雖説…也並不是很…

□ 〜ということだ／聽説…，據説…；…也就是説…，這就是…

小知識

　　日本的動漫風靡全球，日本人「光用紙和筆就能感動全世界」，無論是歷史、運動、甚至是各種靜態的主題都畫得扣人心弦。具豐富想像力的動漫世界搭配幽默的角色互動，也難怪再困難的內容只要透過動漫，都可以朗朗上口了！

（2）

　最近、パソコンやケータイのメールなどを使ってコミュニケーションをすることが多く、はがきは、年賀状ぐらいしか書かないという人が多くなったそうだ。私も、メールに比べて手紙やはがきは面倒なので、特別な用事のときしか書かない。

　ところが、昨日、友人からはがきが来た。最近、手紙やはがきをもらうことはめったにないので、なんだろうと思ってどきどきした。見てみると、「やっと暖かくなったね。庭の桜が咲きました。近いうちに遊びに来ない？　待っています。」と書いてあった。なんだか、すごく嬉しくて、すぐにも遊びに行きたくなった。

　私は、今まで、手紙やはがきは形式をきちんと守って書かなければならないと思って、①ほとんど書かなかったが、②こんなはがきなら私にも書けるのではないだろうか。長い文章を書く必要も、形式にこだわる必要もないのだ。おもしろいものに出会ったことや近況のお知らせ、小さな感動などを、思いつくままに軽い気持ちで書けばいいのだから。

　私も、これからは、はがきをいろいろなことに利用してみようと思う。

［翻譯］

　　近來，似乎有愈來愈多人使用電子郵件和手機簡訊與人溝通交流，至於明信片，就頂多只寫寫賀年卡而已。我也一樣，比起郵件和簡訊，嫌信箋或明信片麻煩，因此只在特殊情況下才寫。

　　不過，我昨天收到了朋友寄來的明信片。由於最近很少收到信箋或明信片，因此收到時心裡七上八下的，不知道發生什麼事了。仔細一看，上面寫的是「天氣終於變暖和囉！院子裡的櫻花開了，最近要不要找個時間來玩？等你喔！」看完以後感覺非常開心，真想立刻跑去他家玩。

　　我原先一直認為信箋和明信片一定要謹守書寫格式才行，因此①幾乎不曾寫過，但如果是②這種形式的明信片，那麼我也應該寫得出來吧。一來不必寫長篇大論，再者也無須拘泥於格式，大可放鬆心情，想到什麼就寫什麼，比方有趣的事、遇到的事、近況如何，或是小小的感動等等。我打算往後也要用明信片來做各種嘗試。

---

31 「私」は、なぜ、これまで手紙やはがきを①ほとんど書かなかったか。正しくないものを一つえらべ。

1 パソコンやケータイのメールのほうが簡単だから
2 形式を重視して書かなければならないと思っていたから
3 改まった用事のときに書くものだと思っていたから
4 簡単な手紙やはがきは相手に対して失礼だと思っていたから

[翻譯]

[31]「我」為什麼過去①幾乎不曾寫過信箋和明信片呢？請選出一項正確的敘述。

    1 因為電子郵件和手機簡訊比較方便。

    2 因為一直認為信箋和明信片一定要謹守書寫格式才行。

    3 因為一直認為只在特殊情況下才寫。

    4 因為一直認為內容簡要的信箋和明信片對收信人不夠尊重。

[題解攻略]

答えは 4

1. ×…「メールに比べて手紙やはがきは面倒」とある。

2. ×…①＿＿＿の前に「手紙やはがきは形式をきちんと守って書かなければならないと思って」とある。

3. ×…初めの段落に「特別な用事のときしか書かない」とある。

4. ○…「簡単な手紙やはがきは相手に対して失礼」ということは文章中にはない内容。

正確答案是 4

1. ×…因為文中提到「メールに比べて手紙やはがきは面倒」（比起郵件和簡訊，嫌信箋或明信片麻煩）。

2. ×…①＿＿＿的前面提到「手紙やはがきは形式をきちんと守って書かなければならないと思って」（我認為信箋和明信片一定要謹守書寫格式才行）。

3. ×…文中的第一段只提到「特別な用事のときしか書かない」（只在特殊情況下才寫），這是說明作者的情形，並非幾乎不寫明信片的原因。

4. ○…「簡単な手紙やはがきは相手に対して失礼」（內容簡要的信箋和明信片對收信人不夠尊重）是文章裡沒有提及的內容。

答案：**4**

32 ②こんなはがき、とは、どんなはがきを指しているか。

1 形式をきちんと守って書く特別なはがき

2 特別な人にきれいな字で書くはがき

3 急な用事を書いた急ぎのはがき

4 ちょっとした感動や情報を伝える気軽なはがき

[翻譯]

[32] ②所謂這種形式的明信片，是指什麼樣的明信片呢？

1 謹守書寫格式的特殊明信片

2 以漂亮的字體寫給特別的人的明信片

3 寫有緊急事項的緊急明信片

4 告訴對方小小的感動或訊息的小品明信片

[題解攻略]

答えは4

「こんなはがき」とは、昨日、友人から来たはがきを指す。そのはがきを読んで嬉しくなり、自分も「おもしろいものに出会ったことや近況のお知らせ、小さな感動などを、思いつくままに軽い気持ちで書けばいい」と思っている。「近況のお知らせ」「小さな感

正確答案是4

「こんなはがき」（這種形式的明信片）是指昨天朋友寄來的明信片。讀了這封明信片後覺得很開心，自己也有了「おもしろいものに出会ったことや近況のお知らせ、小さな感動などを、思いつくままに軽い気持ちで書けばいい」（大可放鬆心情，想到什麼就寫什麼，比方有趣的事、遇到的事、近況如何，或是小小的感動等等）的想法。針對「近況のお知らせ」（告知近況）、「小さな感動」（小小的感動）、「軽

動」「軽い気持ち」について述べ
ているのは、4「ちょっとした感
動や情報を伝える気軽なはがき」
である。

い気持ち」(放鬆心情)描述的是4「ちょっとした感動や情報を伝える気軽なはがき」(告訴對方小小的感動或訊息的小品明信片)。

答案：4

---

33 「私」は、はがきに関してこれからどうしようと思っているか。

1　特別な人にだけはがきを書こうと思っている。
2　いろいろなことにはがきを利用しようと思っている。
3　はがきとメールを区別したいと思っている。
4　メールをやめてはがきだけにしたいと思っている。

[翻譯]

[33] 關於明信片，「我」往後打算怎麼做呢？

1　打算只寫明信片給特別的人。
2　打算用明信片來做各種嘗試。
3　打算視情況分別使用明信片或是郵件和簡訊。
4　打算不再使用郵件和簡訊，只用明信片。

[題解攻略]

答えは2
1．×…「特別な人にだけはがきを書こう」とは思っていない。

正確答案是2
1．×…作者並沒有打算「特別な人にだけはがきを書こう」(只寫明信片給特別的人)。

2．○…最後の一文に「はがきをいろいろなことに利用してみよう」とある。

3．×…「はがきとメールを区別したい」とは思っていない。

4．×…「メールをやめてはがきだけにしたい」とは思っていない。

2．○…文章的最後提到「はがきをいろいろなことに利用してみよう」（往後也要用明信片來做各種嘗試）。

3．×…作者並沒有打算「はがきとメールを区別したい」（視情況分別使用明信片或是郵件和簡訊）。

4．×…作者並沒有打算「メールをやめてはがきだけにしたい」（不再使用郵件和簡訊，只用明信片）。

答案：**2**

單字的意思

□ コミュニケーション【communication】／（語言、思想、精神上的）交流，溝通；通訊，報導，信息

□ どきどき／七上八下，（心臟）撲通撲通地跳

□ 桜（さくら）／（植）櫻花，櫻花樹；淡紅色

□ すごい／（程度）非常；厲害；好的令人吃驚；可怕，嚇人

□ きちんと／規規矩矩地；如期，準時；整齊，乾乾淨淨

□ 守（まも）る／遵守，保持；保衛，守護；保持（忠貞）

□ 出会（であ）う／遇見，碰見，偶遇；約會，幽會

□ 知（し）らせ／通知；預兆，前兆

□ 感動（かんどう）／感動，感激

□ 思（おも）いつく／（忽然）想起，想起來

□ 相手（あいて）／對象；夥伴，共事者；對方，敵手

□ 指（さ）す／指，指示；使，叫，令，命令做

□ 急（いそ）ぎ／緊急，急忙，匆忙

□ 情報（じょうほう）／情報，信息

□ 伝（つた）える／傳達，轉告；傳導

□ に比<small>くら</small>べて／與…相比，跟…比較起來，比較…

□ ～に対<small>たい</small>して／向…，對（於）…

□ ～に関<small>かん</small>して／關於…，關於…的…

問題六　翻譯與題解

第 6 大題　請閱讀以下（1）至（2）的文章，然後回答問題。答案請從 1・2・3・4 之中挑出最適合的選項。

　　朝食は食べたほうがいい、食べるべきだということが最近よく言われている。その理由として、主に「朝食をとると、頭がよくなり、仕事や勉強に集中できる」とか、「朝食を食べないと太りやすい」などと言われている。本当だろうか。

　　初めの理由については、Ｔ大学の教授が、20人の大学院生を対象にして①実験を行ったそうだ。それによると、「授業開始30分前までに、ゆでたまごを一個朝食として食べるようにためしてみたが、発表のしかたや内容が上手になることはなく、ゆでたまごを食べなくても、発表の内容が悪くなることもなかった。」ということだ。したがって、朝食を食べると頭がよくなるという効果は期待できそうにない。

　　②あとの理由については、確かに朝早く起きる人が朝食を抜くと昼食を多く食べすぎるため、太ると考えられる。しかし、何かの都合で毎日遅く起きるために一日2食で済ませていた人が、無理に朝食を食べるようにすれば逆に当然太ってしまうだろう。また、脂質とでんぷん質ばかりの外食が続くときも、その上朝食をとると太ってしまう。つまり、朝食はとるべきだと思い込んで無理に食べることで、③体重が増えてしまうこともあるのだ。

　　確かに、朝食を食べると脳と体が目覚め、その日のエネルギーがわいてくるということは言える。しかし、朝食を食べるか食べないかは、その人の生活パターンによってちがっていいし、その日のスケジュールによってもちがっていい。午前中に重い仕事がある時は朝食をしっかり食べるべきだし、前の夜、食べ過ぎた時は、野菜ジュースだけでも十分だ。早く起きて朝食をとるのが理想だが、朝食は食べなければならないと思い込まず、自分の体にいちばん合うやり方を選ぶのがよいのではないだろうか。

[翻譯]

　　最近常聽到人家說，最好要吃早餐，或是一定要吃早餐。至於原因，主要是「吃早餐有助於頭腦運作，能夠幫助專心工作和讀書」，或是「不吃早餐容易變胖」等等。這些說法是真的嗎？

　　關於第一個原因，據說 T 大學的教授以 20 個研究生為對象做了①實驗。結果是，「雖然試過在開始上課的 30 分鐘前吃下一顆水煮蛋當作早餐，但無助於提升報告的方式和內容的精采度，就算不吃水煮蛋，也不會使報告內容變糟。」如此看來，人們不能期望吃早餐有助於頭腦的運作。

　　至於②第二個原因，的確，一大早起床的人如果沒吃早餐，中餐就會過量，於是導致變胖。可是，由於某些原因每天晚起以致於一天只吃兩餐的人，如果強迫他們還要吃早餐，當然反而會變胖。此外，若是一直在外面吃全都是油脂和澱粉質的食物時，如果再多吃早餐，自然也會變胖。換句話說，如果一心認定非吃早餐不可，因而強迫自己吃下肚，正是③造成體重增加的原因。

　　的確，吃早餐可以讓頭腦和身體醒過來，產生一整天的能量。但是，吃早餐或不吃早餐，應當隨著不同人的生活方式而有所調整，也可以根據當天的行程來調整。假如上午時段有粗重的工作，就應該吃一頓豐盛的早餐；如果前一天晚上吃太多了，那麼只喝蔬果汁就相當足夠了。儘管早早起床吃早餐是最理想的狀況，但是不需要認定非吃早餐不可，只要依照自己的身體狀況，選擇最適合的方式就好了。

34 この①実験（じっけん）では、どんなことがわかったか。

1　ゆでたまごだけでは、頭（あたま）がよくなるかどうかはわからない。
2　朝食（ちょうしょく）を食（た）べると頭（あたま）がよくなるとは言（い）えない。
3　朝食（ちょうしょく）としてゆでたまごを食（た）べると、発表（はっぴょう）の仕方（しかた）が上手（じょうず）になる。
4　朝食（ちょうしょく）を抜（ぬ）くと、エネルギー不足（ぶそく）で倒（たお）れたりすることがある。

[翻譯]

[34] 關於①實驗，明白了什麼結果呢？

1　不確定單吃水煮蛋，能否有助於頭腦的運作。

2　並不是吃早餐就有助於頭腦的運作。

3　吃下水煮蛋當作早餐，有助於提升報告的方式。

4　如果不吃早餐，就可能會因為能量不足而暈倒。

[題解攻略]

答えは2

1．×…この実験でわかったことはゆでたまごを食べても「頭がよくなるかどうかはわからない」ということだが、「ゆでたまごだけでは」ということにはふれていない。

2．○…この実験の結論として「朝食を食べると頭がよくなるという効果は期待できそうにない」とある。

3．×…「発表の仕方が上手になる」は、文章中にはない内容。

4．×…「朝食を抜くと、エネルギー不足で倒れたりする」は、文章中にはない内容。

正確答案是2

1．×…從這個實驗的結果得知，即使吃了水煮蛋也「頭がよくなるかどうかはわからない」（無法知道是否有助於頭腦運作），然而並沒有提到「ゆでたまごだけでは」（單吃水煮蛋）。

2．○…文中提到根據這個實驗的結果，「朝食を食ると頭がよくなるという効果は期待できそうにない」（人們不能期望吃早餐有助於頭腦的運作）。

3．×…「発表の仕方が上手になる」（有助於提升報告的方式）是文章中沒有寫到的內容。

4．×…「朝食を抜くと、エネルギー不足で倒れたりする」（如果不吃早餐，就可能會因為能量不足而暈倒）是文章中沒有寫到的內容。

答案：2

35 ②あとの理由は、どんなことの理由か。

1　朝食を食べると頭がよくなるから、朝食は食べるべきだという理由
2　朝食を抜くと太るから、朝食はとるべきだという理由
3　朝早く起きる人は朝食をとるべきだという理由
4　朝食を食べ過ぎるとかえって太るという理由

[翻譯]

[35] ②第二個原因是什麼樣的原因呢？

1　吃早餐有助於頭腦的運作，所以一定要吃早餐

2　不吃早餐會變胖，所以一定要吃早餐

3　一大早起床的人一定要吃早餐

4　早餐吃太多反而會變胖

[題解攻略]

答えは 2

初めの段落に注目する。初めの理由は「朝食をとると、頭がよくなり、仕事や勉強に集中できる」で、あとの理由は「朝食を食べないと太りやすい」である。このあとの理由に合うのは、2「朝食を抜くと太るから、朝食はとるべきだ」である。

正確答案是 2

請看第一段。第一個原因是「朝食をとると、頭がよくなり、仕事や勉強に集中できる」（吃早餐有助於頭腦運作，能夠幫助專心工作和讀書），下一個原因是「朝食を食べないと太りやすい」（不吃早餐容易變胖）。因此，符合"第二項原因"的是選項 2「朝食を抜くと太るから、朝食はとるべきだ」（不吃早餐會變胖，所以一定要吃早餐）。

答案：**2**

36 ③<ruby>体重<rt>たいじゅう</rt></ruby>が<ruby>増<rt>ふ</rt></ruby>えてしまうこともあるのはなぜか。

1 <ruby>外食<rt>がいしょく</rt></ruby>をすると、<ruby>脂質<rt>ししつ</rt></ruby>やでんぷん<ruby>質<rt>しつ</rt></ruby>が<ruby>多<rt>おお</rt></ruby>くなるから

2 <ruby>一日三食<rt>いちにちさんしょく</rt></ruby>をバランスよくとっているから

3 <ruby>朝食<rt>ちょうしょく</rt></ruby>をとらないといけないと<ruby>思<rt>おも</rt></ruby>い<ruby>込<rt>こ</rt></ruby>み<ruby>無理<rt>むり</rt></ruby>に<ruby>食<rt>た</rt></ruby>べるから

4 お<ruby>腹<rt>なか</rt></ruby>がいっぱいでも<ruby>無理<rt>むり</rt></ruby>に<ruby>食<rt>た</rt></ruby>べるから

[翻譯]

[36] ③造成體重增加的原因是什麼呢？

1 因為外食會吃太多油脂和澱粉質

2 因為一天三餐的營養均衡

3 因為一心認定非吃早餐不可，強迫自己吃下肚

4 因為就算已經很飽了還強迫自己吃下肚

[題解攻略]

<ruby>答<rt>こた</rt></ruby>えは3

1.×…「<ruby>脂質<rt>ししつ</rt></ruby>とでんぷん<ruby>質<rt>しつ</rt></ruby>ばかりの<ruby>外食<rt>がいしょく</rt></ruby>」が<ruby>続<rt>つづ</rt></ruby>いて「その<ruby>上<rt>うえ</rt></ruby><ruby>朝<rt>ちょう</rt></ruby><ruby>食<rt>しょく</rt></ruby>を<ruby>食<rt>た</rt></ruby>べると<ruby>太<rt>ふと</rt></ruby>ってしまう」のである。

2.×…「<ruby>一日三食<rt>いちにちさんしょく</rt></ruby>バランスよくとっているから」は<ruby>文章中<rt>ぶんしょうちゅう</rt></ruby>にはない<ruby>内容<rt>ないよう</rt></ruby>。

正確答案是3

1.×…因為在「脂質とでんぷん質ばかりの外食」（在外面吃全都是油脂和澱粉質的食物）後面緊接著提到「その上朝食を食べると太ってしまう」（再多吃早餐，自然也會變胖）。

2.×…「一日三食バランスよくとっているから」（因為取得了一天三餐的平衡）是文章中沒有寫到的內容。

119

3. ○…③＿＿の直前の「朝食
はとるべきだと思い込んで無理に
食べることで」に注目する。

4. ×…「お腹いっぱいでも無
理に食べるから」は、文章中には
ない内容。

3. ○…請注意③＿＿的前面提到「朝
食はとるべきだと思い込んで無理に食
べることで」（一心認定非吃早餐不
可，因而強迫自己吃下肚），這即是造
成體重增加的原因。

4. ×…「お腹いっぱいでも無理に食
べるから」（因為就算已經很飽了還強迫
自己吃下肚）是文章中沒有寫到的內容。

答案：3

---

37 この文章の内容と合っているのはどれか。
1 朝食をとると、太りやすい。
2 朝食は、必ず食べなければならない。
3 肉体労働をする人だけ朝食を食べればよい。
4 朝食を食べるか食べないかは、自分の体に合わせて決めればよい。

[翻譯]

[37] 以下哪一項敘述符合這篇文章的內容呢？

1 吃早餐容易變胖。

2 一定要吃早餐才行。

3 只有從事粗重工作的人需要吃早餐。

4 吃早餐或不吃早餐，可以依照自己的身體狀況選擇最適合的方式就好了。

[題解攻略]

答えは4

1．×…「朝食をとると、太りやすい」とは書かれていない。

2．×…「必ず食べなければならない」とは書かれていない。「必ず」などの言い過ぎの表現に注意する。

3．×…「肉体労働をする人」とは「体を使って労働をする人」。重い仕事をする場合が多い。文章中には「肉体労働をする人だけ」について限定した内容はない。

4．○…文章の最後に「朝食は食べなければならないと思い込まず、自分の体に合うやり方を選ぶのがよい」とある。

正確答案是4

1．×…文章中沒有提到「朝食をとると、太りやすい」（吃早餐容易變胖）。

2．×…文章中沒有提到「必ず食べなければならない」（一定要吃早餐才行）。請留意「必ず」（一定）之類過於武斷的敘述。

3．×…「肉体労働をする人」（從事粗重工作的人）就是「体を使って労働をする人」（消耗體力工作的人）。多指做粗重工作的情況。文章中沒有對「肉体労働をする人だけ」（只有從事粗重工作的人）的特定描述。

4．○…文章的最後提到「朝食は食べなければならないと思い込まず、自分の体に合うやり方を選ぶのがよい」（不需要認定非吃早餐不可，或許可以依照自己的身體狀況，選擇最適合的方式就好了）。

答案：4

單字的意思

□ 大学院／（大學的）研究所

□ 効果／效果，成效，成績；（劇）效果

□ 抜く／省去，減少；消除，排除；選出，摘引；抽出，拔去；超越

□ 起きる／起床；不睡；（倒著的東西）起來；發生

□ 済ませる／做完，完成；償還，還清；對付，將就，湊合

□ 当然／當然，理所當然

□ 続く／持續，連續，延續；接連
發生，接連不斷

□ その上／再加上，而且，兼之

□ 体重／體重

□ ジュース【juice】／果汁，汁
液，糖汁，肉汁

文法的意思

□ べきだ／必須…，應當…

□ ～によると／據…，據…説，根據…報導…

□ （の）ではないだろうか／我想…吧，不就…嗎

小知識

你知道世界各地的人們都吃什麼早餐嗎？「おかゆ」（粥）、「饅頭」（包子）再配上「豆乳」（豆漿）就是道地的中式早餐了。在日本，則多以「ご飯」（飯）和「みそ汁」（味噌湯）作為一天的開始。印度人早上會吃「野菜カレー」（蔬菜咖哩）或「お豆のカレー」（季豆咖哩）。美式早餐有「ハンバーガー」（漢堡）和「ベーコン」（培根），歐洲人則多以「パン」（麵包）或「ケーキ」（蛋糕）當作早餐。

第一回

問題七　翻譯與題解

第 7 大題　右頁是某家旅館的官網上刊載關於和服體驗教室參加者報名須知的廣告。
請閱讀後回答下列問題。答案請從 1・2・3・4 之中挑出最適合的選項。

さくらショッピングセンター

アルバイトをしませんか？

締め切り…8月20日！

【資格】18歳以上の男女。高校生不可。

【応募】メールか電話で応募してください。その時、希望する
仕事の種類をお知らせください。
面接は、応募から一週間以内に行います。写真をはっ
た履歴書※をお持ち下さい。

【連絡先】Email：sakuraXXX@sakura.co.jp か、
電話：03-3818-XXXX （担当：竹内）

仕事の種類	勤務時間	曜日	時給
レジ係	10:00 〜 20:00 (4時間以上できる方)	週に5日以上	900円
サービスカウンター	10:00 〜 19:00	木・金・ 土・日	1000円
コーヒーショップ	14:00 〜 23:00 (5時間以上できる方)	週に4日以上	900円
肉・魚の加工	8:00 〜 17:00	土・日を含み、 4日以上	850円
クリーンスタッフ (店内のそうじ)	5:00 〜 7:00	3日以上	900円

※ 履歴書…その人の生まれた年や卒業した学校などを書いた書類。
就職するときなどに提出する。

Part
3

1

2

3

4

5

6

問題7 ▼ 翻譯與題解

123

櫻花購物中心

要不要來兼職？

截止日期⋯8 月 20 日！

【資　　格】18 歲以上男女。高中生不得應徵。

【應徵方式】請以電子郵件或電話應徵。應徵時請告知想從事兼職工作的種類。

面試將於應徵後一星期內舉行。請攜帶貼有照片的履歷表[※]。

【聯絡方式】Email:sakuraXXX@sakura.co.jp 或

電話 :03-3818-XXXX　（洽詢人員：竹內）

工作種類	上班時間	工作日數	時薪
收銀台	10:00 ～ 20:00 （可工作 4 小時以上者）	一星期五天以上	900 圓
服務台	10:00 ～ 19:00	週四、五、六、日	1000 圓
咖啡店	14:00 ～ 23:00 （可工作 5 小時以上者）	一星期四天以上	900 圓
肉類、魚類加工	8:00 ～ 17:00	包含週六、日，四天以上	850 圓
清潔人員（清掃店內）	5:00 ～ 7:00	3 天以上	900 圓

※ 履歷表：載明本人出生年與畢業學校等資料的文件，於求職時繳交。

38 留学生のコニンさん (21 歳) は、日本語学校で日本語を勉強している。授業は毎日 9 時～ 12 時までだが、火曜日と木曜日はさらに 13 ～ 15 時まで特別授業がある。土曜日と日曜日は休みである。学校からこのショッピングセンターまでは歩いて 5 分かかる。

コニンさんができるアルバイトは、いくつあるか。

1 一つ
2 二つ
3 三つ
4 四つ

[翻譯]

[38] 留學生科寧先生 (21 歲) 正在日語學校學習日語。上課時間是每天 9 點～ 12 點，但是週二和週四的 13 ～ 15 點另有特別講義。週六和週日則沒有課。從學校走到這家購物中心要花 5 分鐘。

請問科寧先生可以做的兼職工作有幾項呢？

1 1 項
2 2 項
3 3 項
4 4 項

[題解攻略]

答えは 3
留学生のコニンさんができるアルバイトをチェックしよう。

正確答案是 3
清點留學生科寧先生可以做的兼職工作吧！

レジ係…月・水・金・土・日ができる。また、火・木も4時間以上ならできる。○

サービスカウンター…土・日しか働けない。×

コーヒーショップ…5時間以上で、毎日可能。○

肉・魚の加工…土・日しか働けない。×

クリーンスタッフ…毎日可能。○

収銀臺…星期一、三、五、六、日都可以工作。另外，星期二、四工作時間是四小時以上的話也可以。○

服務台…只能在星期六、日工作。×

咖啡廳…工作時間在五小時以上，每天都可以。○

肉類、魚類加工…只能在星期六、日工作。×

清潔人員…每天都可以工作。○

答案：3

---

39 アルバイトがしたい人は、まず、何をしなければならないか。
1 8月20日までに、履歴書をショッピングセンターに送る。
2 一週間以内に、履歴書をショッピングセンターに送る。
3 8月20日までに、メールか電話で、希望するアルバイトの種類を伝える。
4 一週間以内に、メールか電話で、希望するアルバイトの種類を伝える。

[翻譯]

[39] 想做兼職工作的人，首先必須做什麼才行呢？

1 在 8 月 20 日前，把履歷表送去購物中心。

2 在一星期內，把履歷表送去去購物中心。

3 在 8 月 20 日前，以電子郵件或電話告知想從事兼職工作的種類。

4 在一星期內，以電子郵件或電話告知想從事兼職工作的種類。

[題解攻略]

答え_{こた}は 3

1・2. ×…8 月 20 日_{がつ はつか}までにメールか電話_{でんわ}で応募_{おうぼ}する。履歴書_{りれきしょ}は面接_{めんせつ}のときに持_もっていく。

3. ○

4. ×…「一週間以内_{いっしゅうかん い ない}」ではなく、8 月 20 日_{がつ はつか}まで。

正確答案是 3

1・2. ×…8 月 20 日前以電子郵件或電話應徵。履歷表於面試的時候攜帶。

3. ○

4. ×…不是「1 週間以內」（一星期內），而是 8 月 20 日前。

答案：3

単字的意思

□ 締め切り_{し き}／（時間、期限等）截止，屆滿；封死，封閉；截斷

□ 希望_{き ぼう}／希望，期望，願望

□ 種類_{しゅるい}／種類

□ 面接_{めんせつ}／（為考察人品、能力而舉行的）面試，接見，會面

□ 書類_{しょるい}／文件，文書，公文

□ 就職_{しゅうしょく}／就職，就業，找到工作

□ 留学_{りゅうがく}／留學

□ できる／能夠；完成

文法比一比

● **にはんして、にはんし、にはんする、にはんした**
「與…相反…」

說明 ［Nにはんして］；［Nにはんし］。接「期待」、「予想」等詞後面，表示後項的結果，跟前項所預料的相反，形成對比的關係。相當於「て…とは反対に」、「…に背いて」。

例句 期待に反して、収穫量は少なかった。／與預期的相反，收穫量少很多。

● **にくらべて、にくらべ**
「與…相比」，「跟…比較起來」，「比較…」

說明 ［Nにくらべて］；［Vのにくらべて］。表示比較、對照。相當於「…に比較して」。

例句 平野に比べて、盆地は夏暑いです。／跟平原比起來，盆地的夏天熱多了。

● **にかんして（は）、にかんしても、にかんする**
「關於…」，「關於…的…」

說明 ［Nにかんして］；［NにかんするN］。表示就前項有關的問題，做出「解決問題」性質的後項行為。有關後項多用「言う」（說）、「考える」（思考）、「研究する」（研究）、「討論する」（討論）等動詞。多用於書面。

例句 経済に関する本をたくさん読んでいます。／看了很多關於經濟的書。

● **に対して**
「向…」，「對（於）…」

說明 ［Nにたいして］；［Naなのにたいして］；［A-いのにたいして］；［Vのにたいして］。表示動作、感情施予的對象。可以置換成「に」。

例句 この問題に対して、ご意見を聞かせてください。／針對這問題請讓我聽聽您的意見。

● **（の）ではないだろうか、ないかとおもう**
「我認為不是…嗎」，「我想…吧」

說明 ［N／Na（なの）ではないだろうか］；［A／Vのではないだろうか］；［N／Naではないか］；［A-くないか］；［V-ないか］。表示意見跟主張。是對某事能否發生的一種預測，有一定的肯定意味。意思是：「不就…嗎」等；「（の）ではないかと思う」表示說話人對某事物的判斷。

例句 彼は誰よりも君を愛していたのではないかと思う。／我覺得他應該比任何人都還要愛妳吧。

● **ないこともない、ないことはない**
「並不是不…」，「不是不…」

說明 ［V-ないこともない］；［V-ないことはない］。使用雙重否定，表示雖然不是全面肯定，但也有那樣的可能性，是一種有所保留的消極肯定說法。相當於「…することはする」。

例句 彼女は病気がちだが、出かけられないこともない。／她雖然多病，但並不是不能出門的。

問題四　翻譯與題解

第4大題　請閱讀以下（1）至（4）的文章，然後回答問題。答案請從1・2・3・4之中挑出最適合的選項。

(1)

外国のある大学で、お酒を飲む人160人を対象に次のような心理学の実験を行った。

上から下まで同じ太さのまっすぐのグラス(A)と、上が太く下が細くなっているグラス(B)では、ビールを飲む速さに違いがあるかどうかという実験である。

その結果、Bのグラスのほうが、Aのグラスより、飲むスピードが2倍も速かったそうだ。

実験をした心理学者は、その理由を、ビールの残りが半分以下になると、人は話すことよりビールを飲み干す※ことを考えるからではないか、また、Bのグラスでは、自分がどれだけ飲んだのかが分かりにくいので、急いで飲んでしまうからではないか、と、説明している。

A

B

※　飲み干す…グラスに入った飲み物を飲んでしまうこと。

24 この実験で、どんなことが分かったか。

1 Aのグラスより、Bのグラスの方が、飲むのに時間がかかること
2 Aのグラスより、Bのグラスの方が、飲み干すのに時間がかからないこと
3 AのグラスでもBのグラスでも、飲み干す時間は変わらないこと
4 Bのグラスで飲むと、自分が飲んだ量が正確に分かること

[翻譯]

國外某一所大學以會飲酒的 160 人為研究對象做了以下的心理實驗。

該實驗是請研究對象分別使用直徑上下相同的（A）酒杯，與直徑上寬下窄的（B）酒杯，來驗證玻璃杯的形狀會不會影響人們喝啤酒的速度。

實驗結果，使用 B 酒杯的人喝啤酒的速度，比使用 A 酒杯的人快了兩倍。

完成該實驗的心理學家對此結果提出的解釋是，當杯子裡的啤酒少於一半時，人們可能傾向把啤酒趕快喝完 ※，而不是放著沒喝完的啤酒與朋友慢慢聊天。除此之外，使用 B 酒杯的人或許由於比較不容易估計自己已經喝下多少酒了，因此會把杯子裡的酒趕快喝掉。

A

B

※ 飲み干す：將杯中的飲品喝完。

[24] 從這項實驗可以得知以下哪項結論：

1　相較於Ａ酒杯，使用Ｂ酒杯的人需要較長的時間才能喝完

2　相較於Ａ酒杯，使用Ｂ酒杯的人在較短的時間內就能喝完

3　不論是使用Ａ酒杯或Ｂ酒杯的人，喝完的時間都一樣

4　使用Ｂ酒杯的人，能夠正確計算自己喝下多少酒了

[題解攻略]

答えは２

1．×…「Ｂのグラスのほうが、Ａのグラスより、飲むスピードが２倍も速かった」とある。

2．○…「飲み干すのに時間がかからない」とは、飲んでしまうのが速いということ。

3．×…Ｂのグラスのほうが、飲み干す時間が速い。

4．×…「Ｂのグラスでは、自分がどれだけ飲んだのかが分かりにくい」とある。

正確答案是２

1．×…因為文中提到「Ｂのグラスのほうが、Ａのグラスより、飲むスピードが２倍も速かった」（使用Ｂ酒杯的人喝啤酒的速度，比使用Ａ酒杯的人快了兩倍）。

2．○…「飲み干すのに時間がかからない」（在較短的時間內就能喝完）是指很快就能喝完。

3．×…使用Ｂ酒杯的人較快將酒喝完。

4．×…因為文中提到「Ｂのグラスでは、自分がどれだけ飲んだのかが分かりにくい」（使用Ｂ酒杯的人比較不容易估計自己已經喝下多少酒了）。

答案：２

單字的意思

□ 酒／酒（的總稱），日本酒，清酒　　□ 正確／正確，準確

□ 倍／倍，加倍（數助詞的用法）倍

□ ～次のような／如下…

□ ～という／（內容）…的…；是…，叫…的，這個…，所謂的…

---

(2)

これは、中村さんにとどいたメールである。

あて先：jlpt1127.kukaku@group.co.jp

件　名：資料の確認

送信日時：2015 年 8 月 1 4 日　13:15

===============================

海外事業部

中村　様

　お疲れさまです。

　8 月 10 日にインドネシア工場についての資料 4 部を郵便でお送りし

ましたが、とどいたでしょうか。

　内容をご確認の上、何か問題があればご連絡ください。

　よろしくお願いします。

　山下

===================

東京本社　企画営業部

山下　花子

内線　XXXX

===================

25 このメールを見た後、中村さんはどうしなければならないか。

1 インドネシア工場に資料がとどいたかどうか、確認する。

2 山下さんに資料がとどいたかどうか、確認する。

3 資料を見て、問題があればインドネシア工場に連絡する。

4 資料の内容を確認し、問題があれば山下さんに連絡する。

[翻譯]

（2）這是寄給中村先生的一封電子郵件：

收件地址：jlpt1127.kukaku@group.co.jp
主　旨：敬請詳閱資料
寄件日期：2015 年 8 月 14 日　13:15
======================================
海外事業部
中村先生　敬覽

　辛苦您了。
　已於 8 月 10 日以郵寄方式送去四份印尼工廠的相關資料，請問收到了嗎？
詳閱資料內容之後如有任何問題，歡迎隨時聯繫。
　敬請惠予關照。

山下
======================================
東京本部　企劃營業部
山下 花子
分機號碼　XXXX

======================================

[25] 看完這封電子郵件以後，中村先生應該採取什麼樣的行動？

1 向印尼工廠確認是否已收到資料。

2 聯絡山下小姐，確認對方是否已經收到資料了。

3 看完資料後，如果有問題，與印尼工廠聯絡。

4 詳閱資料內容之後，如果有問題，與山下小姐聯絡。

[題解攻略]

答えは4

このメールは、山下さんが中村さんに送ったメール。

1・3. ×…中村さんに送られてきたのは「インドネシア工場について」の資料である。「インドネシア工場に」ではない。

2. ×…資料を送ったのは山下さんである。

4. ○…メールの最後に「内容を確認の上、何か問題があればご連絡ください」とある。

正確答案是4

這封郵件，是山下小姐寄給中村先生的郵件。

1・3. ×…因為山下小姐是將「インドネシア工場について」（印尼工廠相關）資料寄給中村先生，而不是要他「インドネシア工場に」（向印尼工廠確認是否有收到資料）。

2. ×…因為寄送資料的是山下小姐。

4. ○…郵件最後提到「内容を確認の上、何か問題があればご連絡ください」（詳閱資料內容之後如有任何問題，歡迎隨時聯繫）。

答案：4

　　現代人已經逐漸習慣以電子郵件取代書信了，因為電子郵件非常方便。寫電子郵件時，開頭和結束時的寒暄都是不可缺少的，以下是常用到的寫法，現在記起來，下次寫郵件時就可以派上用場了！

1. いつもお世話になっております。（承蒙平日惠予關照。）

2. 突然のメールで恐れ入ります。（冒昧致信，尚乞海涵。）

3. お忙しいところ、失礼いたします。（在您百忙中打擾，深感抱歉。）

4. では、失礼いたします。（恕我寫到這裡為止。）

5. では、よろしくお願いいたします。（萬事拜託。）

6. 長文メールにて、失礼いたします。（含文冗長，十分抱歉。）

(3)

これは、大学の学習室を使う際の申し込み方法である。

【学習室の利用申し込みについて】

① 利用が可能な曜日と時間

　・月曜日〜土曜日　9:00 〜 20:45

② 申し込みの方法

　・月曜日〜金曜日　利用する1週間前から受け付けます。

　・8:45 〜 16:45 に学生部の受付で申し込みをしてください。

　　＊なお、土曜日と平日の 16:45 〜 20:45 の間は自由にご使用ください。

③ 使用できない日時

　・上の①以外の時間帯

　・日曜、祝日 ※、大学が決めた休日

※　祝日…国で決めたお祝いの日で、学校や会社は休みになる。

26 学習室の使い方で、正しいものはどれか。

1　月曜日から土曜日の9時から20時45分までに申し込む。

2　平日は、一日中自由に使ってもよい。

3　土曜日は、16時45分まで使うことができる。

4　朝の9時前は、使うことができない。

[翻譯]

這是使用大學自習室的申請辦法：

【使用自習室之相關規定】

① 可使用的日期與時間
　・星期一～星期六　9:00-20:45

② 申請辦法
　・星期一～星期五　自使用日期的一週前開始受理申請。
　・請於 8:45 ～ 16:45 向學生部櫃臺提出申請。
　＊此外，星期六與平日的 16:45-20:45 時段可自由使用。

③ 不可使用的日期與時間
　・上述①以外的時段
　・星期日、國定假日 ※，以及本校規定的休假日

※ 祝日：國家規定的假日，學校與公司行號於當天放假。

[26] 關於自習室的使用規定，以下哪一項正確？

1　可申請的時段為星期一到星期六的 9 時到 20 時 45 分。

2　平日全天均可自由使用。

3　星期六於 16 時 45 分之前可自由使用。

4　上午 9 時前不得使用。

[題解攻略]

答えは 4
問題は「学習室の使い方」であることに注意する。

正確答案是 4
請注意題目中的「學習室の使い方」
（自習室的使用規定）。

1. ×…「月曜日から土曜日　9時から20時45分まで」というのは、「利用が可能な曜日と時間」である。「申し込む」曜日や時間ではない。

2. ×…平日自由に使ってよいのは、16:45 ～ 20:45。

3. ×…土曜日使えるのは9:00 ～ 20:45。

4. ○…利用できるのは9:00 からなので、「朝の9時前は、使うことができない」。

1. ×…「月曜日から土曜日　9時から20時45分まで」（星期一～星期六　9:00-20:45）是指「利用が可能な曜日と時間」（可使用的日期與時間），並非「申し込む」（申請）的日期與時間。

2. ×…平日可以自由使用的時間是16:45 ～ 20:45。

3. ×…星期六可以使用的時間是9:00 ～ 20:45。

4. ○…可使用的時間從9:00 開始，所以「朝の9時前は、使うことができない」（上午9時前不得使用）。

答案：4

單字的意思

□ 可能／可能

□ 方法／方法，辦法

□ 申し込む／申請；報名；提議，提出；訂購；預約

□ 平日／（星期日、節假日以外）平日；平常；平素

（4）

> 　インターネットの記事によると、鼻で息をすれば、口で息をするより空気中のごみやウイルスが体の中に入らないということです。また、鼻で息をする方が、口で息をするより多くの空気、つまり酸素を吸うことができるといいます。
>
> 　（中略）
>
> 　普段は鼻から呼吸をしている人も、ぐっすりねむっているときは、口で息をしていることが結構多いようですね。鼻で深く息をするようにすると、体に酸素が十分回るので、体が活発に働き、ストレスも早くなくなる。したがって、常に、鼻から深くゆっくりとした呼吸をするよう習慣づければ、体によいばかりでなく、精神もかなり落ち着いてくるということです。

27　鼻から息をすることによる効果でないものは、次のどれか。

1　空気中のウイルスが体に入らない。

2　ぐっすりねむることができる。

3　体が活発に働く。

4　ストレスを早くなくすことができる。

[翻譯]

　　根據網路報導，相較於用嘴巴呼吸，用鼻子呼吸比較不會將空氣中的雜質與病毒吸入體內。此外，用鼻子呼吸的人，可以比用嘴巴呼吸的人吸入更多空氣，也就是能夠吸入更多氧氣。

　　（中略）

　　不過，即使是平常都用鼻子呼吸，也有不少人在熟睡時變成用嘴巴呼吸。當用鼻子深呼吸時，可以讓體內充滿氧氣，促進身體活化，有助於快速釋放壓力。因此，只要養成從鼻子深緩呼吸的習慣，不僅對身體有好處，也能夠幫助情緒穩定。

[27] 以下何者不是用鼻子呼吸帶來的效果？

1　空氣中的病毒不會進入體內。

2　能夠幫助熟睡。

3　促進身體活化。

4　有助於快速釋放壓力。

[題解攻略]

答えは2

1．×…「鼻で息をすれば、口で息をするより空気中のごみやウイルスが体の中に入らない」とある。

2．○…文章中には「ぐっすりねむることができる」という記述はない。

正確答案是2

1．×…因為文中提到「鼻で息をすれば、口で息をするより空気中のごみやウイルスが体の中に入らない」（相較於用嘴巴呼吸，用鼻子呼吸比較不會將空氣中的雜質與病毒吸入體內）。

2．○…文章裡沒有提到「ぐっすりねむることができる」（能夠幫助熟睡）。

3・4．×…因為文中寫道「体に酸素

はない。

　3・4. ×…「体に酸素が十分回るので、体が活発に働き、ストレスも早くなくなる」とある。

Part
3

1
2
3
4
5
6

問題4 ▼ 翻譯與題解

　3・4. ×…因為文中寫道「体に酸素が十分回るので、体が活発に働き、ストレスも早くなくなる」（可以讓體內充滿氧氣，促進身體活化，有助於快速釋放壓力）。

答案：2

單字的意思	
□ インターネット【Internet】／網路	□ 働く／作用，功效；勞動，工作；功勞，功績；功能，機能
□ 記事／記事，報導	□ ストレス【stress】／（精神）緊張狀態；（理）壓力
□ つまり／即…，也就是説；總之，說到底	□ かなり／相當，頗
□ できる／能夠；完成	□ 効果／效果，成效，成績；（劇）效果
□ ぐっすり／熟睡，酣睡	
□ ねむる／睡覺；埋藏	

文法的意思
□ ～によると／據…，據…説，根據…報導
□ ～ということだ／聽説…，據説…；…也就是説…，這就是…

小知識
以下是和鼻子相關的慣用語： 1. 鼻が高い。（洋洋得意。） 2. 鼻にかける。（驕傲自滿。） 3. 鼻につく。（膩煩，討厭。） 4. 目と鼻の先。（近在咫尺。）

問題五　翻譯與題解

第5大題　請閱讀以下（1）至（2）的文章，然後回答問題。答案請從 1・2・3・4 之中挑出最適合的選項。

(1)

亡くなった父は、いつも「人と同じことはするな」と繰り返し言っていました。子どもにとって、その言葉はとても不思議でした。なぜなら、周りの子どもたちは大人の人に「＿＿①＿＿」と言われていたからです。みんなと仲良く遊ぶには、一人だけ違うことをしないほうがいいという大人たちの考えだったのでしょう。

思い出してみると、父は②仕事の鬼で、高い熱があっても決して仕事を休みませんでした。小さい頃からいっしょに遊んだ思い出は、ほとんどありません。それでも、父の「人と同じことはするな」という言葉は、とても強く私の中に残っています。

今、私は、ある会社で商品の企画※の仕事をしていますが、父のこの言葉は、③非常に役に立っています。今の時代は新しい情報が多く、商品やサービスはあまっているほどです。そんな中で、ただ周りの人についていったり、真似をしたりしていたのでは勝ち残ることができません。自分の頭で人と違うことを考え出してこそ、自分の企画が選ばれることになるからです。

※　企画…あることをしたり、新しい商品を作るために、計画を立てること。

[翻譯]

　　先父經常將「不要和別人做同樣的事」這句話掛在嘴邊。但是我小時候聽到這句話，總覺得很奇怪。因為其他大人都告訴我身邊的玩伴「①」。我想，那些大人的想法應該是，為了能讓小孩和大家一起玩得開開心心的，最好不要自己一個人做和別人不一樣的事。

　　回想起來，先父是個②工作狂，即使發高燒也絕不向公司請假。我幾乎想不起來小時候先父陪我玩耍的記憶。儘管如此，先父的那一句「不要和別人做同樣的事」始終深深印在我的心底。

　　現在，我在某家公司從事產品企劃※工作，先父的這句話③使我受益良多。在這個資訊日新月異的時代，產品和服務多不勝數。在這樣的時代裡，若只是一昧跟隨其他人、模仿的話是無法勝出的。唯有想出不同凡響的創意，自己提出的企劃案才能脫穎而出。

※ 企画：有關製造嶄新產品的規劃。

28　「①」に入る文はどれか。

1　人と同じではいけない

2　人と同じようにしなさい

3　人の真似をしてはいけない

4　人と違うことをしなさい

[翻譯]

[28]「①」裡面應該填入以下哪一句？

1　不可以和別人一樣

2　要和別人一樣

3　不可以模仿別人

4　要和別人做不一樣的事

[題解攻略]

答えは 2

「人と同じことをするな」ということばを聞いて、この文章を書いた人は「とても不思議」と感じている。したがって、①＿＿＿には、「人と同じことをするな」と違った考え方が入ることがわかる。また、①＿＿＿の後に「みんなと仲良く遊ぶには、一人だけ違うことをしないほうがいいという大人たちの考えだった」とあることにも注目する。この考えは言い換えれば、2「人と同じようにしなさい」ということ。

1「人と同じではいけない」は、「人と同じことをするな」と同じ考えなので×。3「人のまねをしてはいけない」、4「人と違うことをしなさい」もつまり、「人と同じことをするな」ということなので×。

正確答案是 2

本文的作者在聽到「人と同じことをするな」（不要和別人做同樣的事）這句話後感覺「とても不思議」（非常不可思議）。由此可知①＿＿＿需填入和「人と同じことをするな」（不要和別人做同樣的事）不同的觀點。另外，請注意①＿＿＿的後面提到「みんなと仲良く遊ぶには、一人だけ違うことをしないほうがいいという大人たちの考えだった」（那些大人的想法應該是，為了能讓小孩和大家一起玩得開開心心的，最好不要自己一個人做和別人不一樣的事）。換句話說，這個想法即是選項2「人と同じようにしなさい」（要和別人一樣）。

選項1「人と同じではいけない」（不可以和別人一樣）和「人と同じことをするな」（不要和別人做同樣的事）是相同的意思，所以錯誤。選項3「人のまねをしてはいけない」（不可以模仿別人）、選項4「人と違うことをしなさい」（要和別人做不一樣的事）也都是「人と同じことをするな」（不要和別人做同樣的事）的意思，所以錯誤。

答案：2

29 筆者はなぜ父を②仕事の鬼だったと言うのか。

1 周りの大人たちと違うことを自分の子どもに言っていたから

2 高い熱があっても休まず、仕事第一だったから

3 子どもと遊ぶことがまったくなかったから

4 子どもには厳しく、まるで鬼のようだったから

［翻譯］

[29] 為什麼筆者稱他父親是②工作狂呢？

1 因為他父親告訴孩子的話和身邊大人們說的不一樣

2 因為他父親即使發高燒也絕不向公司請假，總是把工作放在第一位

3 因為他父親從來不陪孩子玩耍

4 因為他父親對孩子很嚴厲，簡直和惡魔一樣

［題解攻略］

答えは２

「仕事の鬼」とは「非常に熱心で、ものごとに打ち込む人」のことをいう。父の仕事の取り組みを読み取る。②＿＿の後に「高い熱があっても決して仕事を休みませんでした」とある。ここから、２「仕事第一」であったことがわかる。

１と３と４は、「仕事」について触れていないので×。

正確答案是２

「仕事の鬼」（工作狂）是指「非常に熱心で、ものごとに打ち込む人」（拚命投入工作的人）。由此得知爸爸的工作態度。還有，②＿＿＿的後面提到「高い熱があっても決して仕事を休みませんでした」（即使發高燒也絕不向公司請假）。由上述可以知道，選項２指的是「仕事第一」（工作第一）。

選項１、３、４都和工作無關。

答案：2

30 ③非常に役に立っていますとあるが、なぜか。

1 周りの人についていけば安全だから

2 人のまねをすることはよくないことだから

3 人と同じことをしていても仕事の場で勝つことはできないから

4 自分で考え自分で行動するためには、自信が大切だから

[翻譯]

[30] 為什麼③使我受益良多呢？

1 因為只要跟著別人就很安全

2 因為模仿別人是不好的行為

3 因為如果和別人做相同的事情，就無法在職場上出類拔萃

4 因為若要訓練自己能夠獨立思考並且採取行動，自信非常重要

[題解攻略]

答えは3

1. ×…「周りの人についていけば安全だから」とは書かれていない。

2. ×…「よくないことだ」とは書かれていない。言い過ぎの表現である。

3. ○…「ただ周りの人についていったり、真似をしたりしていたのでは勝ち残ることができません」とある。

正確答案是3

1. ×…文中沒有提到「周りの人についていけば安全だから」（只要跟著別人就很安全）。

2. ×…文中並沒有寫到模仿是「よくないことだ」（不好的行為）。請小心這種過於武斷的敘述。

3. ○…文中提到「ただ周りの人についていったり、真似をしたりしていたのでは勝ち残ることができません」（在這樣的時代裡，若只是一味跟隨其他人、模仿的話是無法勝出的）。

4．×…「自信が大切だから」
とは書かれていない。

4．×…文中沒有提到「自信が大切だ
から」（自信非常重要）。

答案：3

單字的意思	
□ 亡くなる／去世，死亡	□ 考え／思想，想法，意見；念頭，信念；考慮，思考
□ 繰り返す／反覆，重覆	□ 思い出／回憶，追憶，追懷；紀念
□ 不思議／奇怪，難以想像，不可思議	□ 残す／留下，剩下；存留；遺留
□ なぜなら／因為，原因是	□ 商品／商品，貨品
□ 周り／周圍，周邊	□ 勝ち残る／取得下次比賽的資格
□ 仲／交情；（人和人之間的）關係	

文法的意思	
□ ～にとって（は／も／の）／對於…來說	

（2）

　　ある留学生が入学して初めてのクラスで自己紹介をした時、緊張していたためきちんと話すことができず、みんなに笑われて恥ずかしい思いをしたという話を聞きました。彼はそれ以来、人と話すのが苦手になってしまったそうです。①とても残念な話です。確かに、小さい失敗が原因で性格が変わることや、ときには仕事を失ってしまうこともあります。

　　では、失敗はしない方がいいのでしょうか。私はそうは思いません。昔、ある本で、「人の②心を引き寄せるのは、その人の長所や成功よりも、短所や失敗だ」という言葉を読んだことがあります。その時はあまり意味がわかりませんでしたが、今はわかる気がします。

　　その学生は、失敗しなければよかったと思い、失敗したことを後悔したでしょう。しかし、周りの人、特に先輩や先生から見たらどうでしょうか。その学生が失敗したことによって、彼に何を教えるべきか、どんなアドバイスをすればいいのかがわかるので、声をかけやすくなります。まったく失敗しない人よりもずっと親しまれ愛されるはずです。

　　そう思えば、失敗もまたいいものです。

[翻譯]

　　我聽說，有一位留學生於入學後第一次上課的自我介紹時由於太緊張了，講得結結巴巴的，結果淪為大家的笑柄，使他很難為情。自從那次出糗以後，他變得害怕和別人交談。①這件事令人感到相當遺憾。的確，有時候某些小小的挫敗會導致性格的改變，甚至造成失去工作的後果。

　　那麼，是否不要受挫比較好呢？我不這樣認為。我曾在某本書上讀到這樣一段話：「真正②具有魅力的，不是他的優點或成功，而是他的缺點或失敗」。當時，我不太懂這段話是什麼意思，但是現在似乎能夠領悟了。

　　那位學生想必對於那件糗事感到懊悔，多麼希望當時沒有出糗。可是，他身邊的人們，尤其是他的學長和師長，對這件事又會有什麼樣的看法呢？藉由那位學生出糗的狀況，使他們能夠了解應該教導他什麼，也更容易知道應該提供他哪些實用的建議，因而找到話題和他多聊聊。比起那些從未出糗的人，他應當更能獲得學長和師長親切的關愛。

　　如此轉念一想，出糗反而是件好事呢。

---

31 なぜ筆者は、①とても残念と言っているのか。

1　学生が、自己紹介で失敗して、恥ずかしい思いをしたから

2　学生が、自己紹介の準備をしていなかったから

3　学生が、自己紹介で失敗して、人前で話すのが苦手になってしまったから

4　ある小さい失敗が原因で、仕事を失ってしまうこともあるから

[翻譯]

[31] 為什麼筆者要說①這件事令人感到相當遺憾呢？

1　因為學生在自我介紹時出糗，覺得很難為情

2　因為學生沒有事先準備自我介紹

3　因為學生在自我介紹時出糗，從此變得害怕和別人交談

4　因為某些小小的挫敗，甚至可能造成失去工作的後果

答えは３

1．×…学生が「恥ずかしい思い」をしたことが、筆者にとって残念なわけではない。

2．×…「自己紹介の準備をしていなかったから」ではない。

3．○…①＿＿＿の前に「彼はそれ以来、人と話すのが苦手になってしまった」とある。

4．×…一般に言われていることで、留学生のことではない。

正確答案是 3

1．×…筆者並沒有對學生「恥ずかしい思い」（覺得很難為情）這件事感到遺憾。

2．×…並不是因為「自己紹介の準備をしていなかったから」（因為學生沒有事先準備自我介紹）而感到遺憾。

3．○…①＿＿＿的前面提到「彼はそれ以来、人と話すのが苦手になってしまった」（自從那次出糗以後，他變得害怕和別人交談）。

4．×…這句話說明普遍可能發生的情形，而非單指留學生的事件。

答案：3

----

32 ②心を引き寄せると、同じ意味の言葉は文中のどれか。

1 失敗をする

2 教える

3 叱られる

4 愛される

[翻譯]

[32] 以下文中的哪個詞語和②<u>具有魅力</u>的意思相同？

1　出糗

2　教導

3　遭到斥責

4　得到關愛

[題解攻略]

答えは4

「引き寄せる」は「引っ張って自分のほうに近づける」こと。「心を引き寄せる」のだから、自分にとっていい感情である。そんな感情のことばをさがすと、文章の終わりのほうに「親しまれ愛される」とある。したがって4「愛される」が適切。

正確答案是4

「引き寄せる」（具有魅力的）是指「引っ張って自分のほうに近づける」（吸引人親近自己）。正因為「心を引き寄せる」（具有魅力），所以能讓人對自己產生正向的情感。於文章中搜尋有關這種情感的字句，發現文章最後提到「親しまれ愛される」（獲得親切的關愛）。所以選項4「愛される」（得到關愛）最為適當。

答案：**4**

33　この文章の内容と合っているものはどれか。

1　緊張すると、失敗しやすくなる。

2　大きい失敗をすると、人に信頼されなくなる。

3　失敗しないことを第一に考えるべきだ。

4　失敗することは悪いことではない。

[翻譯]

[33] 以下哪一段敘述這篇文章的內容相符？

1 緊張的時候容易出糗。

2 大出洋相的話，別人就不再信任自己了。

3 要把不出糗視為第一優先考量。

4 出糗並不是件壞事。

[題解攻略]

<ruby>答<rt>こた</rt></ruby>えは 4

1．×…<ruby>緊張<rt>きんちょう</rt></ruby>して<ruby>失敗<rt>しっぱい</rt></ruby>したのは、<ruby>留学生<rt>りゅうがくせい</rt></ruby>の<ruby>経験<rt>けいけん</rt></ruby>にすぎず、この<ruby>文章<rt>ぶんしょう</rt></ruby>では、「<ruby>緊張<rt>きんちょう</rt></ruby>すると、<ruby>失敗<rt>しっぱい</rt></ruby>しやすくなる」とは、はっきり<ruby>書<rt>か</rt></ruby>かれていない。

2．×…「<ruby>人<rt>ひと</rt></ruby>に<ruby>信頼<rt>しんらい</rt></ruby>されなくなる」とは<ruby>書<rt>か</rt></ruby>かれていない。

3．×…<ruby>文章<rt>ぶんしょう</rt></ruby>の<ruby>最後<rt>さいご</rt></ruby>に「<ruby>失敗<rt>しっぱい</rt></ruby>もまたいいものです」とある。

4．○…「<ruby>失敗<rt>しっぱい</rt></ruby>もまたいいもの」とは、つまり、「<ruby>失敗<rt>しっぱい</rt></ruby>することは<ruby>悪<rt>わる</rt></ruby>いことではない」ということ。

正確答案是 4

1. ×…因為緊張而失敗只不過是留學生的經驗，文章並沒有明確寫到「緊張すると、失敗しやすくなる」（緊張的時候容易出糗）。

2. ×…文章沒有提到「人に信頼されなくなる」（別人就不再信任自己）。

3. ×…文章的最後提到「失敗もまたいいものです」（出糗反而是件好事）。

4. ○…所謂「失敗もまたいいもの」（出糗反而是件好事），也就是「失敗することは悪いことではない」（出糗並不是一件壞事）。

答案：4

單字的意思

□ 留学生（りゅうがくせい）／留學生

□ 緊張（きんちょう）／緊張

□ きちんと／好好地，牢牢地；整齊，乾乾淨淨；恰好，恰當

□ 苦手（にがて）／不擅長的事物；棘手的人或事

□ 性格（せいかく）／（人的）性格，性情；（事物的）性質，特性

□ 変（か）わる／改變；變化；與眾不同；改變時間地點，遷居，調任

□ 成功（せいこう）／成功，成就，勝利；功成名就，成功立業

□ 後悔（こうかい）／後悔，懊悔

□ アドバイス【advice】／忠告，勸告，提意見；建議

□ まったく／完全，全然；實在，簡直；（後接否定）絕對，完全

文法的意思

□ ～によって／藉由…；根據…；因為…；依照…

□ ～という／（內容）…的…；所謂的…，…指的是；叫…的

153

問題六　翻譯與題解

第 6 大題　請閱讀以下的文章，然後回答問題。答案請從 1・2・3・4 之中挑出最適合的選項。

　　2015 年の 6 月、日本の選挙権が 20 歳以上から 18 歳以上に引き下げられることになった。1945 年に、それまでの「25 歳以上の男子」から「20 歳以上の男女」に引き下げられてから、なんと、70 年ぶりの改正である。2015 年現在、18・19 歳の青年は 240 万人いるそうだから、①この 240 万人の人々に選挙権が与えられるわけである。

　　なぜ 20 歳から 18 歳に引き下げられるようになったかについては、若者の声を政治に反映させるためとか、諸外国では大多数の国が 18 歳以上だから、などと説明されている。

　　日本では、小学校から高校にかけて、係や委員を選挙で選んでいるので、選挙には慣れているはずなのに、なぜか、国や地方自治体の選挙では②若者の投票率が低い。2014 年の冬に行われた国の議員を選ぶ選挙では、60 代の投票率が 68% なのに対して、50 代が約 60%、40 代が 50%、30 代が 42%、そして、③20 代は 33% である。三人に一人しか投票に行っていないのである。選挙権が 18 歳以上になったとしても、いったい、どれぐらいの若者が投票に行くか、疑問である。それに、18 歳といえば大学受験に忙しく、政治的な話題には消極的だという意見も聞かれる。

　　しかし、投票をしなければ自分たちの意見は政治に生かされない。これからの長い人生が政治に左右されることを考えれば、若者こそ、選挙に行って投票すべきである。

　　そのためには、学校や家庭で、政治や選挙についてしっかり教育することが最も大切であると思われる。

[翻譯]

　　2015 年 6 月起，日本的投票年齡自年滿 20 歲調降至年滿 18 歲。距離 1945 年自「年滿 25 歲男子」修改為「年滿 20 歲男女」，已是時隔 70 年修訂相關法條了。2015（今）年的 18、19 歲青年約有 240 萬人，亦即①這 240 萬人取得了選舉權。

　　關於為何要將投票年齡自 20 歲調降至 18 歲，政府解釋是為了要讓年輕人的意見能夠反映在現行政治上，以及其他絕大多數國家的相關規定均為年滿 18 歲的緣故。

　　在日本，從小學到高中均會透過選舉的方式選出各種股長與幹部，國民應該已經很習慣選舉過程才對，但不知道什麼原因，國家層級與地方自治團體的相關選舉中，②年輕人的投票率卻不高。在 2014 年冬季舉辦的國會議員選舉，相較於 60 至 69 歲年齡層的投票率高達 68%，50 至 59 歲年齡層約 60%、40 至 49 歲年齡層約 50%、30 至 39 歲年齡層約 42%，而③ 20 至 29 歲年齡層為 33%，亦即，每三人只有一人投票。如此現狀不禁令人懷疑，即使年滿 18 歲者擁有了選舉權，究竟有多少年輕人願意去投票呢？此外，也有部分人士認為，18 歲的年紀正忙著準備大學的入學考試，對於政治話題並不關心。

　　然而，假如不投票，就無法使自己的意見為政治所採納。考慮到往後長久的人生都將受到政治的深遠影響，年輕人更應該踴躍投票以行使選舉權。

　　為此，最重要是學校與家庭教育應當充分教導青少年關於政治與選舉的議題。

34 ①この 240 万人（まんにん）の人々（ひとびと）について、正（ただ）しいのはどれか。

1　2015 年（ねん）に選挙権（せんきょけん）を失（うしな）った人々（ひとびと）

2　1945 年（ねん）に新（あら）たに選挙権（せんきょけん）を得（え）た人々（ひとびと）

3　2015 年（ねん）に初（はじ）めて選挙（せんきょ）に行（い）った人々（ひとびと）

4　2015 年（ねん）の時点（じてん）で、18 歳（さい）と 19 歳（さい）の人々（ひとびと）

[翻譯]

[34] 關於①這 240 萬人，以下何者正確？

1　2015 年失去了選舉權的人們

2　1945 年首度獲得了選舉權的人們

3　2015 年第一次行使了投票的人們

4　2015（今）年為 18 歲與 19 歲的人們

[題解攻略]

答えは 4

　①＿＿の「この」に注目する。
直前の「2015 年現在、18・19 歳
の青年」のことを指している。

正確答案是 4

　請注意①＿＿的「この」（這）。這
指的是前面寫的「2015 年現在、18・
19 歳の青年」（2015（今）年的 18、
19 歲青年）。

答案：4

---

[35]　②若者の投票率が低いことについて、筆者はどのように考えている
か。

1　若者は政治に関心がないので、仕方がない。
2　投票しなければ自分たちの意見が政治に反映されない。
3　もっと選挙に行きやすくすれば、若者の投票率も高くなる。
4　年齢とともに投票率も高くなるので、心配いらない。

[翻譯]

[35] 關於②年輕人的投票率卻不高，筆者認為是什麼原因呢？

1　由於年輕人對政治缺乏關心，這是沒辦法的事。

2　假如不投票，就無法使自己的意見反映在政治上。

3　如果讓選舉方式變得更簡便，就能提高年輕人的投票率。

4　投票率隨著年齡層的增加而逐步提高，所以不必擔心。

[題解攻略]

答えは 2

1．×…「仕方がない」とは言っていない。

2．○…終わりから二つ目の段落に「投票しなければ自分たちの意見は政治に生かされない」とある。

3．×…「もっと選挙に行きやすくすれば」は文章中にない内容。

4．×…「心配いらない」とは言っていない。

正確答案是 2

1．×…文中沒有說這是「仕方がない」（沒辦法的事）。

2．○…倒數第二段提到「投票しなければ自分たちの意見は政治に生かされない」（假如不投票，就無法使自己的意見為政治所採納）。

3．×…「もっと選挙に行きやすくすれば」（如果讓選舉方式變得更簡便）是文章中沒有提到的內容。

4．×…文中沒有提到「心配いらない」（不必擔心）。

答案：2

36 ③20代は 33% であるとあるが、他の年代と比べてどのようなことが言えるか。

1 20代の投票率は、30代の次に高い。

2 20代の投票率は、40代と同じくらいである。

3 20代の投票率は、60代の約半分である。

4 20代の投票率が一番低く、四人に一人しか投票に行っていない。

[翻譯]

[36] 關於③20至29歲年齡層為33%，和其他年齡層相較，可以得到以下哪項結論呢？

1 20至29歲年齡層的投票率，高於30至39歲年齡層。

2 20至29歲年齡層的投票率，和40至49歲年齡層差不多。

3 20至29歲年齡層的投票率，約為60至69歲年齡層的一半。

4 20至29歲年齡層的投票率最低，每四人只有一人投票。

[題解攻略]

答えは 3

1. ×…30代は 42% なので、30代のほうが高い。

2. ×…40代は 50% なので、「40代と同じくらい」ではない。

3. ○…60代は 68% なので「60代の約半分」である。

正確答案是 3

1. ×…因為30至39歲年齡層的投票率是42%，所以30至39歲年齡層的投票率較高。

2. ×…因為40至49歲年齡層的投票率是50%，所以20至29歲年齡層的投票率並沒有「40代と同じくらい」（和40至49歲年齡層差不多）。

3. ○…因為60至69歲年齡層的投票率是68%，所以20至29歲年齡層的投票率「60代の約半分」（約為60至69歲年齡層的一半）。

4. ×…「四人に一人」ではな
く「三人に一人」である。

4. ×…並非「四人に一人」（每四人
只有一人投票），而是「三人に一人」
（每三人只有一人投票）。

答案：3

----

[37] 若者が選挙に行くようにするには、何が必要か。

1　選挙に慣れさせること
2　投票場をたくさん設けること
3　学校や家庭での教育
4　選挙に行かなかった若者の名を発表すること

［翻譯］

[37] 為了鼓勵年輕人踴躍投票，必須採取以下哪種方法？

1　讓年輕人習慣選舉

2　廣設投票所

3　強化學校與家庭教育

4　公布未投票年輕人的姓名

［題解攻略］

答えは3
筆者のいちばん言いたいこと
は、最後の段落に書かれている。
「学校や家庭で、政治や選挙につ
いてしっかり教育することが最も
大切」と述べている。したがっ

正確答案是3
作者最想表達的看法寫在最後一段
「学校や家庭で、政治や選挙について
しっかり教育することが最も大切」（最
重要是學校與家庭教育應當充分教導青
少年關於政治與選舉的議題）。所以，

て、3「学校や家庭での教育」が
適切。

1・2・4は文章中で述べられて
いない内容。

答案是選項3「学校や家庭での教育」
（強化學校與家庭教育）。

選項1・2・4都是文章中沒有提到
的內容。

答案：3

單字的意思	□ 選挙／選舉，推選	□ 地方／地方，地區；（相對首都與大城市而言的）地方，外地
	□ ぶり／相隔	□ 若者／年輕人，青年
	□ 青年／青年，年輕人	□ 消極的／消極的
	□ 諸／諸	

文法的意思	□ 〜とか／説是…啦，好像…，聽説…
	□ 〜に対して／向…，對（於）…
	□ 〜こそ／才是…，正是…，唯有…才…
	□ 〜べき／必須…，應當…

問題七　翻譯與題解

第 7 大題　右頁是某家公司的員工旅遊公告。請閱讀後回答下列問題。答案請從 1・2・3・4之中挑出最適合的選項。

平成 27 年 7 月 1 日

社員のみなさまへ

総務部

社員旅行のお知らせ

　本年も社員旅行を次の通り行います。参加希望の方は、下の申込書にご記入の上、7 月 20 日までに、山村（内線番号 XX）に提出してください。多くの方のお申し込みを、お待ちしています。

記

1. 日時　9 月 4 日（土）〜 5 日（日）
2. 行き先　　静岡県富士の村温泉
3. 宿泊先　　星山温泉ホテル（TEL：XXX-XXX-XXXX）
4. 日程
　　9 月 4 日（土）
　　午前 9 時　本社出発 ― 月川 PA ― ビール工場見学 ― 富士の村温泉着 午後 5 時頃

　　9 月 5 日（日）
　　午前 9 時　ホテル出発 ― ピカソ村観光（アイスクリーム作り）― 月川 PA ― 本社着　午後 5 時頃　＊道路が混雑していた場合、遅れます
5. 費用　一人 15,000 円（ピカソ村昼食代は別）

申し込み書

氏名
部署名
ご不明な点は、総務部山村（内線番号 XX）まで、お問い合わせ下さい。

平成 27 年 7 月 1 日

敬致全體員工

總務部

員工旅遊相關公告

今年依照往例舉辦員工旅遊，方式如下：擬參加者，請填寫下述報名表，並於 7 月 20 日前提交山村（分機ＸＸ）彙整。期待各位踴躍報名！

報名表

1. 日期 9 月 4 日（六）～5 日（日）

2. 目的地 靜岡縣富士之村溫泉

3. 住宿 星山溫泉旅館（電話 ＸＸＸ - ＸＸＸ - ＸＸＸＸ）

4. 行程

   9 月 4 日（六）
   上午 9 時於公司出發—月川休息站—參觀啤酒工廠—下午 5 時左右抵達富士之村溫泉

   9 月 5 日（日）
   上午 9 時於旅館出發—遊覽畢卡索村（製作冰淇淋）—月川休息站—下午 5 時左右抵達公司 ＊若遇塞車的情況則可能延遲

5. 費用 一人 15000 圓（畢卡索村的午餐費另計）

-- 切 割 線 --

報名表

姓名
部門
關於這次旅遊如有問題，請洽詢山村（分機ＸＸ）。

38 この旅行に参加したいとき、どうすればいいか。

1　7月20日までに、社員に旅行代金の15,000円を払う。

2　7月20日までに、山村さんに申込書を渡す。

3　7月20日までに、申込書と旅行代金を山村さんに渡す。

4　7月20日までに、山村さんに電話する。

[翻譯]

[38] 想參加這次旅遊的人，應該怎麼做呢？

1　於7月20日前，將旅費15,000圓支付給員工。

2　於7月20日前，將報名表交給山村小姐。

3　於7月20日前，將報名表和旅費交給山村小姐。

4　於7月20日前，打電話給山村小姐。

[題解攻略]

答えは2

1．×…7月20日までにすることは、「旅行代金」の支払いではなく、「申込書」の提出である。

2．○…「参加希望の方は、下の申込書にご記入の上、7月20日までに、山村（内線番号××）に提出してください」とある。

3．×…「旅行代金」の支払いは7月20日までではない。

正確答案是2

1．×…7月20日是「申込書」（報名表）的提交期限，而非「旅行代金」（旅費）的支付期限。

2．○…文中提到「参加希望の方は、下の申込書にご記入の上、7月20日までに、山村（内線番号××）に提出してください」（擬參加者，請填寫下述報名表，並於7月20日前擲提交山村〈分機××〉彙整）。

3．×…「旅行代金」（旅費）的支付期限不是7月20日。

4. ×…不明な点があったら山
村さんに電話する。

4. ×…如有問題，才需要洽詢山村小
姐。

答案：2

----

39 この旅行について、正しくないものはどれか。

1　この旅行は、帰りは新幹線を使う。
2　旅行代金15,000円の他に、2日目の昼食代がかかる。
3　本社に帰って来る時間は、午後5時より遅くなることがある。
4　この旅行についてわからないことは、山村さんに聞く。

[翻譯]

[39] 關於這次旅遊，以下哪一項敘述不正確？

1　這次旅遊的回程將搭乘新幹線。

2　除了旅費 15,0000 以外，尚須支付第二天的午餐費。

3　回到公司的時間將可能晚於下午 5 時。

4　關於這次旅遊如有問題，請洽詢山村小姐。

[題解攻略]

答えは1
1. ○…帰りの行程で月川PA
（パーキングエリア）に寄るし、
また、「道路が混雑していた場
合、遅れます」とあることから、
バスだとわかる。

正確答案是1
1. ○…回程時會經過月川休息站，而
且「道路が混雑していた場合、遅れま
す」（若遇塞車的情況則可能延遲），
因此可以得知回程時搭的是巴士。

2. ×…「ピカソ村昼食代は別」とある。「別」とは「含まない」ということ。つまり、「2日目の昼食代がかかる」は正しい。

3. ×…「道路が混雑していた場合、遅れます」とあることから「午後5時より遅くなることがある」は正しい。

4. ×…「ご不明な点は、総務部山村（内線番号××）まで、お問い合わせください」とある。「ご不明な点」とは「わからないこと」ということ。

2. ×…公告裡提到「ピカソ村昼食代は別」（畢卡索村的午餐費另計），而且「別」（另計）是「含まない」（不含）的意思。也就是說「2日目の昼食代がかかる」（尚須支付第二天的午餐費）是正確的。

3. ×…公告裡提到「道路が混雑していた場合、遅れます」（若遇塞車的情況則可能延遲），所以「午後5時より遅くなることがある」（回到公司的時間可能晚於下午5時）是正確的。

4. ×…因為公告裡最後提到「ご不明な点は、総務部山村（内線番号××）まで、お問い合わせください」（關於這次旅遊如有問題，請洽詢山村〈分機××〉）。「ご不明な点」（如有問題）是指「わからないこと」（不清楚的事）。

答案：1

<table>
<tr><td rowspan="8">單字的意思</td></tr>
</table>

單字的意思	
□ 参加／ 參加，加入	□ 混雑／擁擠；混亂，混雜，混染
□ 観光／觀光，遊覽，旅遊	□ 別／另外；分別，區分；分別
□ アイスクリーム【ice cream】／冰淇淋	□ 点／地方，部分；點；方面；（得）分
□ 道路／道路	□ 新幹線／日本鐵道新幹線

□ 〜までに／到…為上；在…之前

　　在「電子郵件」或「告示」、「通知」等的最後，多會附上"諮詢處"，以便有疑問者能找到地方詢問。關於"諮詢處"還有以下説法：

1. ご不明な点は、山村まで。（如有不明之處，請與山村聯繫。）
2. 何かありましたら、山村まで。（如有需幫忙之處，請與山村聯繫。）
3. 本件に関するお問い合わせは山村まで。（洽詢本案相關事宜，請與山村聯繫。）
4. 何かご質問がありましたら、山村までメールでお願いします。（如有任何疑問，請以郵件請與山村聯繫。）
5. この件についてのお問い合わせは山村まで。（洽詢本案相關事宜，請與山村聯繫。）

文法比一比

● **とか**
「好像…」,「聽說…」;「說是…啦」

說明 [N / 引用句＋とか]。是「…とかいっていた」、「…とかいうことだ」的省略形式,用在句尾,
表示不確切的傳聞。比表示傳聞的「…そうだ」、「…ということだ」更加不確定,或是迴避
明確說出。相當於「…と聞いているが」。

例句 当時はまだ新幹線がなかったとか。／聽說當時還沒有新幹線。

● **っけ**
「是不是…來著」,「是不是…呢」

說明 [N / Na　だ（った）っけ];[A- かったっけ];[V - たっけ];[…んだ（った）っけ]。用
在想確認自己記不清,或已經忘掉的事物時。「っけ」是終助詞,接在句尾。也可以用在一個
人自言自語,自我確認的時候。是對平輩或晚輩使用的口語說法,對長輩最好不要用。

例句 君は今どこに勤めているんだっけ。／您現在是在哪裡高就來著?

● **こそ**
「正是…」,「才（是）…」;「正（因為）…才…」

說明 [Nこそ]。(1)表示特別強調某事物。(2)表示強調充分的理由。前面常接「から」或「ば」。
相當於「…ばこそ」。

例句 こちらこそよろしくお願いします。／彼此彼此,請多多關照。

● **だけ**
「只」,「僅僅」

說明 [N（＋助詞＋）だけ];[N / Na　なだけ];[A / V　だけ]。表示只限於某範圍,除此以外
沒有別的了。

例句 小川さんはお酒だけ飲みます。／小川先生只喝酒。

● **とおり、とおりに**
「按照…」,「按照…那樣」

說明 [V - る / V - た　とおり（に）]。表示按照前項的方式或要求,進行後項的行為、動作。

例句 先生に習ったとおりに、送り仮名をつけた。／按照老師所教,寫送假名。

● **まま**
「…著」

說明 [Nのまま（で）];[Na　なまま（で）];[A- いまま（で）];[V - たまま（で）]。表示附
帶狀況。表示一個動作或作用的結果,在這個狀態還持續時,進行了後項的動作,或發生了後
項的事態。後項大多是不尋常的動作。動詞多接過去式。

例句 テレビをつけたまま寝てしまった。／開著電視就睡著了。

問題四　翻譯與題解

第4大題　請閱讀以下（1）至（4）的文章，然後回答問題。答案請從 1・2・3・4 之中挑出最適合的選項。

(1)

　　私たち日本人は、食べ物を食べるときには「いただきます」、食べ終わったときには「ごちそうさま」と言う。自分で料理を作って一人で食べる時も、お店でお金を払って食べる時も、誰にということもなく、両手を合わせて「いただきます」「ごちそうさま」と言っている。

　　ある人に「お金を払って食べているんだから、レストランなどではそんな挨拶はいらないんじゃない？」と言われたことがある。

　　しかし、私はそうは思わない。「いただきます」と「ごちそうさま」は、料理を作ってくれた人に対する感謝の気持ちを表す言葉でもあるが、それよりも、私たち人間の食べ物としてその生命をくれた動物や野菜などに対する感謝の気持ちを表したものだと思うからである。

24　作者は「いただきます」「ごちそうさま」という言葉について、どう思っているか。

1　日本人としての礼儀である。

2　作者の家族の習慣である。

3　料理を作ってくれたお店の人への感謝の気持ちである。

4　食べ物になってくれた動物や野菜への感謝の表れである。

［翻譯］

　　我們日本人飲食時會說「我開動了」，吃完以後則說「我吃飽了」。即使是自己做菜一個人吃的時候，或是到餐廳付錢吃飯時，也會雙手合掌自己對自己說「我開動了」、「我吃飽了」。

　　有人曾經問我：「既然是付錢吃飯，應該不必對餐廳的人那麼客氣吧？」

　　但是，我並不這樣認為。因為「我開動了」、「我吃飽了」不但是對為我們烹調食物的人表達謝意的話語，更是對獻出生命成為我們人類的食物的動物和蔬菜表達謝意的話語。

[24] 作者對於「我開動了」、「我吃飽了」這些話有什麼看法？

1　　是身為日本人的禮儀

2　　是作者家裡的習慣

3　　是向為我們烹調食物的餐廳員工表達謝意

4　　是向成為食物的動物和蔬菜表達謝意

［題解攻略］

答えは 4
1．×…「日本人としての礼儀」だとは言っていない。
2．×…「家族の習慣」だとは言っていない。
3．×…「料理を作ってくれた人に対する感謝の気持ちを表す言葉でもあるが、それよりも……」とあることに注意する。「それよ

正確答案是 4
1．×…文中並沒有說這是「日本人としての礼儀」（身為日本人的禮儀）。
2．×…文中沒有說這是作者「家族の習慣」（家裡的習慣）。
3．×…請注意文中指出「料理を作ってくれた人に対する感謝の気持ちを表す言葉でもあるが、それよりも……」（不但是對為我們烹調食物的人表達謝意的話語，更是……），在「それより

169

りも」の後の「人間の食べ物としてその生命をくれた動物や野菜などに対する感謝の気持ち」が、作者がいちばん思っていることである。

4. ○…最後の一文に注目する。

「も」（更是）的後面提到「人間の食べ物としてその生命をくれた動物や野菜などに対する感謝の気持ち」（對獻出生命成為我們人類的食物的動物和蔬菜表達謝意），這是作者最想表達的事。

4. ○…請注意文章的最後一句"對獻出生命成為我們人類的食物的動物和蔬菜表達謝意"。

答案：4

單字的意思

□ お金／錢，金錢；金屬

□ 合わせる／合併；核對，對照；加在一起，混合；配合，調合

□ 感謝／感謝

□ 表す／表現出，表達；象徵

□ 礼儀／禮儀，禮節，禮法，禮貌

文法的意思

□ 〜んじゃない／不…嗎，莫非是…

□ 〜にたいする／向…，對（於）…

□ 〜として／作為…，以…身份；如果是…的話，對…來説

（2）

　　暑い時に熱いものを食べると、体が熱くなるので当然汗をか
く。その汗が蒸発※1するとき、体から熱を奪うので涼しくなる。
だから、インドなどの熱帯地方では熱くてからいカレーを食べ
るのだ。

　　では、日本人も暑い時には熱いものを食べると涼しくなるの
か。

　　実は、そうではない。日本人の汗は他の国の人と比べると塩
分濃度※2が高く、かわきにくい上に、日本は湿度が高いため、
ますます汗は蒸発しにくくなる。

　　だから、暑い時に熱いものを食べると、よけいに暑くなって
しまう。インド人のまねをしても涼しくはならないということ
である。

※1　蒸発…気体になること。
※2　濃度…濃さ。

25　暑い時に熱いものを食べると、よけいに暑くなってしまう理由はど

れか。

1　日本は、インドほどは暑くないから
2　カレーなどの食べ物は、日本のものではないから
3　日本人は、必要以上に汗をかくから
4　日本人の汗は、かわきにくいから

[翻譯]

天氣熱的時候吃熱食會讓體溫上升，理所當然就會流汗。當汗液蒸發[1]的時候會帶走身體的熱度，因而感覺涼快一些。所以，諸如印度等熱帶地區的人會吃辛辣燙口的咖哩。

那麼，日本人在天氣熱的時候，也能靠吃熱食來圖個涼快嗎？

其實並不然。因為和其他國家的人做比較，日本人的汗液含鹽濃度[2]較高，原本就不容易乾了，再加上日本濕度較高，使得汗液更難蒸發。

因此，在天氣熱的時候吃熱食，反而會變得更悶熱。就算模仿印度人的消暑良方，也沒有辦法感覺涼快。

※1 蒸発：變成氣體。

※2 濃度：濃稠的程度。

[25] 在天氣熱的時候吃熱食，反而會變得更悶熱的理由是以下哪一項？

1 因為日本不像印度那麼熱

2 因為咖哩之類的食物不是日本的傳統食物

3 因為日本人流太多汗了

4 因為日本人的汗液不容易乾

[題解攻略]

答えは4

1・2. ×…文章中には説明されていない内容である。

3. ×…「必要以上に汗をかく」からではない。

正確答案是4

1・2. ×…這是文章中沒有說明的內容。

3. ×…日本人並沒有「必要以上に汗をかく」（流太多汗）。

4. 〇…「塩分濃度が高く、か
わきにくい」とある。

4. 〇…文中提到日本人的汗液「塩分
濃度が高く、かわきにくい」（含鹽濃
度較高，不容易乾）。

Part
3

1

2

3

4

5

6

問題4 ▼ 翻譯與題解

單字的意思

□ 当然／當然，理所當然

□ 地方／地區，地方；（相對首都
　 與大城市而言的）地方，外地

□ 国／國家；政府；國際，國有

□ 濃度／濃度

□ 湿度／濕度

□ ますます／越發，益發，更加

□ 濃い／色或味濃深；濃稠，密

（3）

佐藤さんの机の上に、メモがおいてある。

佐藤さん、

お疲れ様です。
本日 15 時頃、北海道支社の川本さんより、電話がありました。
出張※の予定表を金曜日までに欲しいそうです。
また、ホテルの希望を聞きたいので、
今日中に携帯 090-XXXX-XXXX に連絡をください、とのことです。
よろしくお願いします。

18:00 田中

※　出張…仕事のためにほかの会社などに行くこと

26 佐藤さんは、まず、何をしなければならないか。

1 川本さんに、ホテルの希望を伝える。

2 田中さんに、ホテルの希望を伝える。

3 川本さんに、出張の予定表を送る。

4 田中さんに、出張の予定表を送る。

[翻譯]

佐藤先生的辦公桌上擺著一張字條：

佐藤先生：

辛苦了。

今天 15 時左右，北海道分公司的川本先生來電。

他希望能在星期五之前收到出差※計畫表。

此外，他也想知道您希望預訂哪家旅館，請於今天之內撥手機 090-XXXX-XXXX 和他聯絡。

謝謝您。

18:00 田中

※ 出張：為工作而到其他公司等處。

[26] 川本先生首先必須做什麼事呢？

1 告知川本先生想預訂哪家旅館。

2 告知田中先生想預訂哪家旅館。

3 把出差計畫表寄給川本先生。

4 把出差計畫表寄給田中先生。

[題解攻略]

答えは1

1．○…今日中に「ホテルの希望」を伝えなければならない。

2．×…「田中さん」はメモを書いた人である。電話があった「川本さん」に伝える。

3．×…「出張の予定表を送る」のは、金曜日まで。今日中にしなければならないのは、「ホテルの希望」を伝えること。

4．×…「田中さんに」ではない。まずすることは「出張の予定表を送る」ことではない。

正確答案是1

1．○…今天之內必須告知「ホテルの希望」（希望預訂哪家旅館）。

2．×…「田中さん」（田中先生）是留下字條的人。告知的對象應是留下電話的川本先生。

3．×…「出張の予定表を送る」（出差計畫表）必須在星期五前寄出，至於今天之內必須要做的事是告知「ホテルの希望」（希望預訂哪家旅館）。

4．×…並不是「田中さんに」（給田中先生），必須優先處理的事也不是「出張の予定表を送る」（寄送出差計畫表）。

答案：1

單字的意思

□ 希望／希望，期望，願望　　　□ 伝える／傳達，轉告；傳導

(4)

これは、病院にはってあったポスターである。

病院内(びょういんない)では携帯電話(けいたいでんわ)をマナーモードにしてください

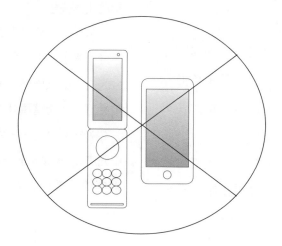

1. お電話(でんわ)は、決(き)められた場所(ばしょ)でしてください。
　（携帯電話(けいたいでんわ)コーナー、休憩室(きゅうけいしつ)、病棟個室等(びょうとうこしつなど)）
2. 病院内(びょういんない)では、電源(でんげん) off エリアが決(き)められています。
　（診察室(しんさつしつ)、検査室(けんさしつ)、処置室(しょちしつ)、ICU 等(など)）
3. 歩(ある)きながらのご使用(しよう)はご遠慮(えんりょ)ください。
4. 診察(しんさつ)に邪魔(じゃま)になる場合(ばあい)は、使用中止(しようちゅうし)をお願(ねが)いすること
　があります。

27 この病院の中の携帯電話の使い方で、正しくないものはどれか。

1 休憩室では、携帯電話を使うことができる。

2 検査室では、マナーモードにしなければならない。

3 携帯電話コーナーでは、通話してもよい。

4 歩きながら使ってはいけない。

[翻譯]

這是張貼在醫院裡的海報。

在院內請將手機設定為震動模式

1. 請至指定區域內撥打或接聽。

   （包括手機使用區、休息室、病房等處）

2. 於院內的部分區域必須關閉電源。

   （包括診察室、檢查室、治療室、ICU 等處）

3. 請不要邊走邊撥打或接聽。

4. 若會影響診察，將請您暫停使用。

[27] 在這家醫院內使用手機的規定，以下哪一項敘述不正確？

1 在休息室可以使用手機 。

2 在檢查室必須設定為震動模式。

3 在手機使用區內可以通話沒關係。

4 不可以邊走邊撥打或接聽。

[題解攻略]

答えは 2

1．×…携帯電話を使用できる場所は、「携帯電話コーナー、休憩室、病棟個室等」である。

2．○…「診察室、検査室、処置室、ICU 等」は「電源 off エリア」。したがって「検査室」ではマナーモードもだめである。

3．×…「携帯電話コーナー」では使用してもよい。

4．×…「歩きながらのご使用はご遠慮ください」とある。

正確答案是 2

1. ×…海報中提到可以使用手機的區域是「携帯電話コーナー、休憩室、病棟個室等」（手機使用區、休息室、病房等處）。

2. ○…「診察室、検査室、処置室、ICU 等」（診察室、檢查室、治療室、ICU 等處）必須「電源 off エリア」（關閉電源）。所以在「検査室」（檢查室）就連設定為震動模式也是不行的。

3. ×…可以在「携帯電話コーナー」（手機使用區）使用手機。

4. ×…海報中提到「歩きながらのご使用はご遠慮ください」（請不要邊走邊撥打或接聽）。

答案：2

單字的意思

□ マナー【manner】／禮貌，規矩；態度舉止，風格

□ 休憩／休息

□ 等／等等；（助數詞用法，計算階級或順位的單位）等（級）

□ 検査／檢查，檢驗

問題五　翻譯與題解

第 5 大題　請閱讀以下（1）至（2）的文章，然後回答問題。答案請從 1・2・3・4 之中挑出最適合的選項。

（1）

　　私は、仕事で人と会ったり会社を訪問したりするとき、①服の色に気をつけて選ぶようにしている。

　　例えば、仕事でほかの会社を訪問するとき、私は、黒い色の服を選ぶ。黒い色は、冷静で頭がよく自立[※1]した印象を与えるため、仕事の場では有効な色だと思うからだ。また、初対面の人と会うときは、白い服を選ぶことが多い。初対面の人にあまり強すぎる印象は与えたくないし、その点、白は上品で清潔な印象を与えると思うからだ。

　　入社試験の面接[※2]などでは、濃い青色の服を着る人が多い。「②リクルートスーツ」などと呼ばれているが、青は、まじめで落ち着いた印象を与えるので、面接等に適しているのだろう。

　　このように、服の色によって人に与える印象が変わるだけでなく、③服を着ている人自身にも影響を与える。私は、赤が好きなのだが、赤い服を着ると元気になり、行動的になるような気がする。

　　服だけでなく、色のこのような作用は、身の回りのさまざまなところで利用されている。

　　それぞれの色の特徴や作用を知って、改めて商品の広告や、道路や建物の中のマークなどを見ると、その色が選ばれている理由がわかっておもしろい。

※1　自立…人に頼らないで、自分の考えで決めることができること。
※2　面接…会社の入社試験などで、試験を受ける人に会社の人が直接考えなどを聞くこと。

[翻譯]

我在工作上與人會面或拜訪公司前，①總會用心挑選服裝的顏色。

舉例來說，工作上拜訪其他公司時，我選擇黑色的服裝。因為黑色給人的印象是冷靜、聰明、獨立 ※1，很適合在職場上穿著。此外，與人第一次見面時，我通常選擇白色的服裝，原因是不希望讓第一次見面的人感覺太強勢，而白色恰好能給人高尚且清爽的印象。

人們在求職面試 ※2 時，通常穿著藍色的衣服。這種服裝稱為「②求職套裝」，理由應該是藍色給人認真而穩重的印象，因此很適合在面試時穿著。

如同上面提到的，不同顏色的服裝會給別人不同的印象，不僅如此，③這對穿上服裝的人本身也會帶來影響。比方我喜歡紅色，只要穿上紅衣服就會覺得精力充沛，變得很積極。

顏色的這種效用不只可以運用在服裝上，更被大量運用在我們周遭的各種事物上。

當我們了解各種顏色的特色和效用後，再重新審視商品廣告，以及街道和建築物上的標誌，就能夠了解選擇那種顏色的用意，十分有意思。

※1 自立：不依賴他人，能夠憑著自己意志做決定。

※2 面接：參加公司的求職考試時，公司的主管直接詢問受試者的過程。

28 ①服の色に気をつけて選ぶようにしているとあるが、それはなぜか。

1　服の色は、その日の自分の気分を表しているから

2　服の色によって、人に与える印象も変わるから

3　服の色は服のデザインよりも人にいい印象を与えるから

4　服の色は、着る人の性格を表すものだから

[翻譯]

[28] 文中提到①總會用心挑選服裝的顏色，為什麼呢？

1　因為服裝的顏色能夠顯示出自己當天的心情

2　因為不同顏色的服裝會給別人不同的印象

3　因為服裝的顏色比服裝的設計更能給人好印象

4　因為服裝的顏色能夠展現出穿著者的個性

[題解攻略]

答えは2

1．×…筆者は「自分の気分」ではなく、人に与える印象を大切にしている。

2．○…4段落の初めに「服の色によって人に与える印象が変わる」とある。

3．×…「服のデザイン」については文章中にはない内容。

4．×…「着る人の性格を表す」とは書かれていない。

正確答案是2

1．×…作者要表達的並非「自分の気分」（自己的心情），而是必須注重自己給別人留下的印象。

2．○…第四段的開頭提到「服の色によって人に与える印象が変わる」（不同顏色的服裝會給別人不同的印象）。

3．×…「服のデザイン」（服裝的設計）是文中沒有提到的內容。

4．×…「着る人の性格を表す」（展現出穿著者的個性）是文中沒有提到的內容。

答案：2

29 入社試験などで着る②「リクルートスーツ」は、濃い青色が多いのはなぜだと筆者は考えているか。

1 青は、まじめで落ち着いた印象を人に与えるから
2 青は、上品で清潔な印象を人に与えるから
3 入社試験には、青い服を着るように決まっているから
4 青は、頭がよさそうな印象を人に与えるから

[翻譯]

[29] 為什麼面試時穿的「②求職套裝」通常是藍色的呢？

1 因為藍色給人認真而穩重的印象
2 因為藍色給人高尚且清爽的印象
3 因為求職考試規定必須穿著藍色服裝
4 因為藍色給人聰明的印象

[題解攻略]

答えは1
3段落の「リクルートスーツ」の説明に注目する。「青は、まじめで落ち着いた印象を与えるので、面接等に適しているのだろう」とある。
2・3・4は文章中には書かれていない内容。

正確答案是1
請注意第三段關於「リクルートスーツ」（求職套裝）的說明。「青は、まじめで落ち着いた印象を与えるので、面接等に適しているのだろう」（藍色給人認真而穩重的印象，因此很適合在面試時穿著吧）。

2・3・4是文章中沒有提到的內容。

答案：1

30 ③服を着ている人自身にも影響を与えるとあるが、その例として、どのようなことが書かれているか。

1 白い服は、人に強すぎる印象を与えないこと
2 黒い服を着ると、冷静になれること
3 青い服を着ると、仕事に対するファイトがわくこと
4 赤い服を着ると、元気が出て行動的になること

[翻譯]

[30] 文中提到③這對穿上服裝的人本身也會帶來影響,關於這點,舉了什麼樣的例子呢?

1 白色的服裝給人不至於太強勢的印象
2 穿著黑色的服裝就能冷靜下來
3 穿著藍色的服裝就能產生工作鬥志
4 只要穿上紅衣服就會覺得精力充沛,變得很積極

[題解攻略]

答えは 4

1.×…「白い服」については書かれていない。

2.×…「黒い服」については書かれていない。

3.×…「青い服」については書かれていない。

4.○…「赤い服を着ると元気になり、行動的になるような気がする」とある。

正確答案是 4

1.×…舉例中沒有提到「白い服」(白色的服裝)。

2.×…舉例中沒有提到「黒い服」(黑色的服裝)。

3.×…舉例中沒有提到「青い服」(藍色的服裝)。

4.○…舉例中說明「赤い服を着ると元気になり、行動的になるような気がする」(只要穿上紅衣服就會覺得精力充沛,變得很積極)。

答案:4

□ 訪問（ほうもん）／訪問，拜訪

□ 印象（いんしょう）／印象

□ 与える（あたえる）／給與，供給；授與；使蒙受；分配

□ 場（ば）／場，場所；場面

□ 清潔（せいけつ）／乾淨的，清潔的；廉潔；純潔

□ 濃い（こい）／色或味濃深；濃稠，密

□ 変わる（かわる）／改變；變化；與眾不同；改變時間地點，遷居，調任

□ 影響（えいきょう）／影響

□ さまざま／種種，各式各樣的，形形色色的

□ それぞれ／每個（人），分別，各自

□ 特徴（とくちょう）／特徵，特點

□ 広告（こうこく）／廣告；作廣告，廣告宣傳

□ 道路（どうろ）／道路

□ 直接（ちょくせつ）／直接

□ 性格（せいかく）／（人的）性格，性情；（事物的）性質，特性

□ 的（てき）／表示狀態或性質；（前接名詞）關於，對於

□ ～によって／藉由…；根據…；因為…；依照

□ ～に決（き）まっている／肯定是…，一定是…

關於服裝，除了顏色的「白（しろ）い」、「青色（あおいろ）」，還能怎麼表達呢？

1. ストライプ（直條紋）

2. ボーダー（橫條紋）

3. ドット（圓點圖案）

4. 水玉（みずたま）（點點花樣）

5. 花柄（はながら）（碎花，花朵圖樣）

6. ギンガム（方格紋）

7. ヒョウ柄（がら）（豹紋）

8. 幾何学模様（きかがくもよう）（幾何圖騰）

9. 千鳥格子（ちどりごうし）（千鳥紋）

(2)

最近、野山や林の中で昆虫採集※1をしている子どもを見かけることが少なくなった。私が子どものころは、夏休みの宿題といえば昆虫採集や植物採集だった。男の子はチョウやカブトムシなどの虫を捕る者が多く、虫捕り網をもって、汗を流しながら野山を走り回ったものである。うまく虫を捕まえた時の①わくわく、どきどきした気持ちは、今でも忘れられない。

なぜ、今、虫捕りをする子どもたちが減っているのだろうか。

一つには、近くに野山や林がなくなったからだと思われる。もう一つは、自然を守ろうとするあまり、学校や大人たちが、虫を捕ることを必要以上に強く否定し、禁止するようになったからではないだろうか。その結果、子どもたちは生きものに直接触れる貴重な機会をなくしてしまっている。

分子生物学者の平賀壮太博士は、「子どもたちが生き物に接したときの感動が大切です。生き物を捕まえた時のプリミティブ※2な感動が、②自然を知る入口だといって良いかもしれません。」とおっしゃっている。そして、実際、多くの生きものを捕まえて研究したことのある人の方が自然の大切さを知っているということである。

もちろんいたずらに生きものを捕まえたり殺したりすることは許されない。しかし、自然の大切さを強調するあまり、子どもたちの自然への関心や感動を奪ってしまわないように、私たち大人や学校は気をつけなければならないと思う。

※1　昆虫採集…勉強のためにいろいろな虫を集めること。

※2　プリミティブ…基本的な、最初の。

185

最近愈來愈少看到孩童在山野和樹林間採集昆蟲[*1]了。我小時候提到暑假作業，就會聯想到採集昆蟲或植物。男孩多半去捉蝴蝶或獨角仙之類的昆蟲，總是帶著捕蟲網滿身大汗地在山野間到處奔跑。我到今天依然忘不了順利捉到蟲子時①那種雀躍、激動的心情。

為什麼現在捉昆蟲的孩童們一天比一天少了呢？

我認為，首先是住家附近的山野和樹林變少了，另一個原因恐怕是過度保育自然環境。學校和大人們太過強烈排斥、甚至禁止捉蟲的行為，結果導致孩童們失去了直接觸摸生物的寶貴機會。

分子生物學家平賀壯太博士說過，「孩子們接觸生物時得到的感動非常重要。在捕捉生物時的那種原始的[*2]感動，甚至可以說是②認識大自然的第一步。」事實上，採集各種生物來做研究的人，最了解自然環境的重要性了。

當然，我們絕不允許濫捉濫殺生物的行為。然而，我們這些成年人和學校必須留意，千萬不要過度強調自然環境的寶貴，而抹煞了孩童們對大自然的關心與感動。

※1 昆虫採集：為了求知而採集各種昆蟲。

※2 プリミティブ：最原始的。

---

31 ①わくわく、どきどきした気持ちとは、どんな気持ちか。

1 虫に対する恐怖心や不安感

2 虫をかわいそうに思う気持ち

3 虫を捕まえたときの期待感や緊張感

4 虫を逃がしてしまった残念な気持ち

[翻譯]

[31] 文中提到①那種雀躍、激動的心情，是什麼樣的心情呢？

1　對昆蟲的恐懼與害怕

2　覺得昆蟲很可憐

3　捉到昆蟲時的期待與緊張

4　被昆蟲脫逃後的遺憾

[題解攻略]

　　答えは３

　　「わくわく、どきどき」は「期待や喜び、緊張などで心が落ち着かない様子を表す」ことば。「わくわく、どきどき」の気持ちに合うことばを探す。

　　1．×…「恐怖心や不安感」ではない。

　　2．×…「かわいそうに思う気持ち」ではない。

　　3．○…「期待感や緊張感」に合う。

　　4．×…「残念な気持ち」ではない。

　　正確答案是３

　　「わくわく、どきどき」（雀躍、激動）是「期待や喜び、緊張などで心が落ち着かない様子を表す」（描述因期待、歡欣或緊張等而無法平靜的心情）的詞語。因此只要搜尋符合「わくわく、どきどき」（雀躍、激動）的心情的詞語即是答案。

　　1．×…不是「恐怖心や不安感」（恐懼與害怕）。

　　2．×…不是「かわいそうに思う気持ち」（覺得昆蟲很可憐）。

　　3．○…和這種心情吻合的是「期待感や緊張感」（期待與緊張）。

　　4．×…不是「残念な気持ち」（遺憾的心情）。

答案：３

32 ②自然を知る入口とはどのような意味か。

1 自然から教えられること

2 自然の恐ろしさを知ること

3 自然を知ることができないこと

4 自然を知る最初の経験

[翻譯]

[32] 文中提到②認識大自然的第一步，是什麼意思呢？

1 能夠從大自然學到的事

2 了解大自然的可怕

3 無法了解大自然

4 了解大自然的第一次體驗

[題解攻略]

答えは 4

「入口」は「人や物が入っていく所」という意味と、「ものごとの初め」という意味がある。ここでは、後者の意味。つまり、②＿＿は「自然を知る初め」ということである。「入口」を適切にとらえているのは 4「自然を知る最初の経験」である。

正確答案是 4

「入口」（入口）除了具有「人や物が入っていく所」（人或物一開始進入的地方）的意思，另外也有「ものごとの初め」（事物的第一步）的意思。在本文中是指後者。也就是說，②＿＿指的是「自然を知る初め」（認識大自然的第一步）。因此，符合此處「入口」意涵的是選項 4「自然を知る最初の経験」（了解大自然的第一次體驗）。

答案：4

33 この文章を書いた人の意見と合うのは次のどれか。

1 自然を守るためには、生きものを捕らえたり殺したりしないほうがいい。

2 虫捕りなどを禁止してばかりいると、かえって自然の大切さを理解できなくなる。

3 学校では、子どもたちを叱らず、自由にさせなければならない。

4 自然を守ることを強く主張する人々は、自然を深く愛している人々だ。

[翻譯]

[33] 以下哪一段敘述與寫這篇文章的人的意見相同？

1 為了保護大自然，最好不要補捉和殺害生物。

2 一味禁止採集昆蟲，反而無法了解大自然的寶貴。

3 學校師長不要斥責孩童們，而必須讓他們隨心所欲。

4 強烈主張保護自然環境的人們，就是深愛大自然的人們。

[題解攻略]

答えは2

1．×…最後の段落で「いたずらに生きものを捕まえたり殺したりすることは許されない」と言っているが、その後「自然の大切さを強調するあまり、子どもたちの自然への関心や感動を奪ってしまわないように」と言っている。

正確答案是2

1．×…雖然最後一段說「いたずらに生きものを捕まえたり殺したりすることは許されない」（絕不允許濫捉濫殺生物的行為），然而其後又提到「自然の大切さを強調するあまり、子どもたちの自然への関心や感動を奪ってしまわないように」（不要過度強調自然環境的寶貴，而抹煞了孩童們對大自然的關心與感動）。

2. ○…3段落で虫捕りを必要以上に否定し、禁止することによって、「子どもたちは生きものに直接触れる貴重な機会をなくしてしまっている」と言っている。

3. ×…「子どもたちを叱らず、自由にさせなければならない」とは言っていない。

4. ×…文章では述べられていない内容である。

2. ○…第三段提到因為太過強烈排斥、甚至禁止捉蟲的行為，結果導致「子どもたちは生きものに直接触れる貴重な機会をなくしてしまっている」（孩童們失去了直接觸摸生物的寶貴機會）。

3. ×…文中沒有提到「子どもたちを叱らず、自由にさせなければならない」（不要斥責孩童們，而必須讓他們隨心所欲）。

4. ×…這是文章中沒有提到的內容。

答案：2

單字的意思

□ 流す／使流動；沖走；使漂走；流（出）；放逐；使流產；傳播

□ 捕まる／抓住，被捉住，逮捕；抓緊，揪住

□ どきどき／（心臟）撲通撲通地跳，七上八下

□ 減る／減，減少；磨損；（肚子）餓

□ 禁止／禁止

□ 直接／直接

□ 生物／生物

□ 感動／感動，感激

□ かもしれません／也許，也未可知

□ いたずら／淘氣，惡作劇；玩笑，消遣

□ 殺す／殺死，致死；抑制，忍住，消除；埋沒

□ 許す／允許，批准；寬恕；免除；容許；承認

□ 強調／強調；權力主張；（行情）看漲

□ 基本／基本，基礎，根本

□ 不安／不安，不放心，擔心；不穩定

□ 理解／理解，領會，明白；體諒，諒解

□ 守る／保衛，守護；遵守，保守；保持（忠貞）

<table>
<tr><td>文法的意思</td><td>

□ （よ）うとする／想…，打算…

□ 〜ように／為了…而…；希望…，請…；如同…

</td></tr>
</table>

<table>
<tr><td>小知識</td><td>

　　「わくわく」（興奮雀躍）、「うきうき」（樂不可支）、「有頂天」<ruby>う<rt></rt></ruby><ruby>ちょうてん<rt></rt></ruby>（欣喜若狂）都是形容情緒高漲的詞語，以後遇到開心的事，別再老是用「嬉しい」（高興）和「<ruby>楽<rt>たの</rt></ruby>しい」（愉快）啦！

</td></tr>
</table>

問題六　翻譯與題解

第6大題　請閱讀以下的文章，然後回答問題。答案請從1・2・3・4之中挑出最適合的選項。

　　二人で荷物を持って坂や階段を上がるとき、上と下ではどちらが重いかということが、よく問題になる。下の人は、物の重さがかかっているので下のほうが上より重いと言い、上の人は物を引き上げなければならないから、下より上のほうが重いと言う。

　　実際はどうなのだろうか。実は、力学※1的に言えば、荷物が二人の真ん中にあるとき、二人にかかる重さは全く同じなのだそうである。このことは、坂や階段でも平らな道を二人で荷物を運ぶときも同じだということである。

　　ただ、①これは、荷物の重心※2が二人の真ん中にある場合のことである。しかし、②もし重心が荷物の下の方にずれていると下の人、上の方にずれていると上の人の方が重く感じる。

　　③重い荷物を長い棒に結びつけて、棒の両端を二人でそれぞれ持つ場合、棒の真ん中に荷物があれば、二人の重さは同じであるが、そうでなければ、荷物に遠いほうが軽く、近いほうが重いということになる。

　　このように、重い荷物を二人以上で運ぶ場合、荷物の重心から、一番離れた場所が一番軽くなるので、④覚えておくとよい。

※1　力学…物の運動と力との関係を研究する物理学の一つ。
※2　重心…物の重さの中心。

[翻譯]

　　　人們經常提出對此抱持疑問：當兩個人一起搬東西爬上坡道或是樓梯時，在上面和在下面的人，哪一個人承受的重量比較多？有人說，物體的重量壓在下面那個人的身上，所以下面比上面來得重；也有人說，上面那個人必須把物體往上扛，所以上面比下面來得重。

　　　那麼事實又是如何呢？其實，就力學^{※1}而言，當物體位於兩個人的正中央時，兩人所承受的重量完全相同。無論兩個人是在坡道、樓梯或是平坦的路上搬運東西，都是同樣的結論。

　　　不過，①這指的是當物體的重心位於兩個人的正中央的情況。②假如物體的重心往下移動，下面的人就會感覺比較重；若是物體的重心^{※2}往上移動，上面的人就會感覺比較重。

　　　③如果是將重物綁在長棍上，由兩人各自扛著棍子的兩端的情況，當物體位於棍子的正中央時，兩人承受的重量相同；若不是位在正中央，那麼物體離自己較遠者感覺比較輕、離自己較近者感覺比較重。

　　　如同以上所述，當超過兩個人合力搬運重物時，距離物體的重心最遠的位置會感覺最輕，④請各位牢記在心。

※1 力学：研究物體的運動與作用力之相關性的一種物理學。

※2 重心：物體重量的中心。

34　①これは何（なに）を指（さ）すか。

1　物（もの）が二人（ふたり）の真（ま）ん中（なか）にあるとき、力学的（りきがくてき）には二人（ふたり）にかかる重（おも）さは同（おな）じであること

2　坂（さか）や階段（かいだん）を上（あ）がるとき、下（した）の方（ほう）の人（ひと）がより重（おも）いということ

3　坂（さか）や階段（かいだん）を上（あ）がるとき、上（うえ）の方（ほう）の人（ひと）により重（おも）さがかかるということ

4　物（もの）が二人（ふたり）の真（ま）ん中（なか）にあるときは、どちらの人（ひと）も重（おも）く感（かん）じるということ

[34] ①這指的是什麼？

1 當物體位於兩個人的正中央的時候，就力學而言，兩人所承受的重量完全相同

2 當爬上坡道或是樓梯時，在下面的人覺得比較重

3 當爬上坡道或是樓梯時，在上面的人必須承受較多重量

4 當物體位於兩個人的正中央的時候，不論是哪一個人都感覺很重

[題解攻略]

答えは1

指示語の指す内容は、前の部分から探すとよい。「これ」が指す内容は、2段落の「荷物が二人の真ん中にあるとき、二人にかかる重さは全く同じ」だということ。この部分を「これ」に当てはめて意味が通るかどうかを確認する。

正確答案是1

往前找尋指示語所敘述的內容即可。「これ」（這）是指第二段的「荷物が二人の真ん中にあるとき、二人にかかる重さは全く同じ」（當物體位於兩個人的正中央時，兩人所承受的重量完全相同）。請把「これ」（這）套換成這個部分，再確認文義是否通順。

答案：1

---

35 坂や階段を上るとき、②もし重心が荷物の下の方にずれていると、どうなるか。

1 上の人のほうが重くなる。

2 下の人のほうが重くなる。

3 重心の位置によって重さが変わることはない。

4 上の人も下の人も重く感じる。

[翻譯]

[35] 當爬上坡道或是樓梯時，②假如物體的重心往下移動，會怎麼樣呢？

1　在上面的人覺得比較重。

2　在下面的人覺得比較重。

3　重量不會隨著重心位置的不同而有所改變。

4　在上面的人和在下面的人都感覺很重。

[題解攻略]

答えは２

②＿＿のすぐ後に「下の人」とある。「下の人」に続くのは「下の人の方が重く感じる」である。

正確答案是２

緊接在②＿＿後面的是「下の人」（下面的人）而接續於「下の人」（下面的人）之後表示「下の人の方が重く感じる」（下面的人就會感覺比較重）。

答案：2

- -

36　③重い荷物を長い棒に結びつけて、棒の両端を二人でそれぞれ持つ場合、二人の重さを同じにするは、どうすればよいか。

1　荷物を長いひもで結びつける。

2　荷物をもっと長い棒に結びつける。

3　荷物を二人のどちらかの近くに結びつける。

4　荷物を棒の真ん中に結びつける。

[翻譯]

[36] ③如果是將重物綁在長棍上，由兩人各自扛著棍子的兩端的情況，該怎麼做，才能讓兩人承受的重量相同呢？

1　把物體用長繩子綁起來。

2　把物體綁在更長的棍子上。

3　把物體綁在靠近兩個人的其中一人的位置。

4　把物體綁在棒子的正中央。

[題解攻略]

答えは4
　③____のすぐ後に「棒の真ん中に荷物があれば、二人の重さは同じである」とある。それを説明しているのは4。

正確答案是4
　緊接在③____後面的是「棒の真ん中に荷物があれば、二人の重さはある」（當物體位於棍子的正中央時，兩人承受的重量相同），而說明這點的是選項4。

答案：4

- -

37　④覚えておくとよいのはどんなことか。

1　荷物の重心がどこかわからなければ、どこを持っても重さは変わらないということ

2　荷物を二人で運ぶ時は、棒にひもをかけて持つと楽であるということ

3　荷物を二人以上で運ぶ時は、重心から最も離れたところを持つと軽いということ

4　荷物を二人以上で運ぶ時は、重心から一番近いところを持つと楽であるということ

[翻譯]

[37] ④請各位牢記在心是指什麼事呢？

1　當不知道物體的重心位於哪裡時，不論搬哪一端重量都不會改變

2　當兩個人搬運物體時，把物體用繩子綁在棍子上，扛起來最輕鬆

3　當超過兩個人合力搬運物體時，握在距離物體的重心最遠的位置感覺最輕

4　當超過兩個人合力搬運重物時，握在距離物體的重心最近的位置最輕鬆

[題解攻略]

答えは 3

④____のすぐ前のことばに注目する。「重い荷物を二人以上で運ぶ場合、荷物の重心から、一番離れた場所が一番軽くなる」とある。それを説明しているのは 3。

正確答案是 3

請注意④____前方的句子「重い荷物を二人以上で運ぶ場合、荷物の重心から、一番離れた場所が一番軽くなる」（當超過兩個人合力搬運重物時，距離物體的重心最遠的位置會感覺最輕），而說明這點的是選項 3。

答案：3

單字的意思

□ 坂／坡道，斜面；（比喻人生或工作的關鍵時刻）大關，陡坡

□ 実は／其實，說真的，老實說，事實是，說實在的

□ それぞれ／每個（人），分別，各自

□ 離れる／距離，相隔；離去；離開，分開；脫離（關係），背離

□ 物理／物理（學）；(文)事物的道理

□ 中心／中心，當中；中心，重點，焦點；中心地，中心人物

文法的意思

□ ～ように／如同…；為了…而…；希望…，請…

問題七　翻譯與題解

第7大題　右頁是申請某間圖書館借閱證時的相關規定。請閱讀後回答下列問題。答案請從 1・2・3・4 之中挑出最適合的選項。

図書館カードの作り方

① はじめて本を借りるとき
- 中松市に住んでいる人
- 中松市内で働いている人
- 中松市内の学校に通学する人は、

  カードを作ることができます。

図書館カード	4901301247407
なまえ **マニラム・スレシュ**	
中松市立図書館	
〒 333-2212 中松市今中 1-22-3	
☎ 0901-33-3211	

- また、坂下市、三田市及び松川町に住所がある人も作ることができます。

  カウンターにある「貸し出し申込書」に必要なことを書いて、図書館カードを受け取ってください。

  その際、氏名・住所が確認できるもの（運転免許証・健康保険証・外国人登録証・住民票・学生証など）をお持ちください。中松市在勤、在学で、その他の市にお住まいの人は、その証明も合わせて必要です。

② 続けて使うとき、住所変更、カードをなくしたときの手続き
- 図書館カードは 3 年ごとに住所確認手続きが必要です。登録されている内容に変更がないか確認を行います。手続きをするときは、氏名・住所が確認できる書類をお持ちください。
- 図書館カードは中央図書館、市内公民館図書室共通で利用できます。3 年ごとに住所変更のうえ、続けて利用できますので、なくさないようお願いいたします。
- 住所や電話番号等、登録内容に変更があった場合はカウンターにて変更手続きを行ってください。また、利用資格がなくなった場合は、図書館カードを図書館へお返しください。
- 図書館カードを紛失 ※ された場合は、すぐに紛失届けを提出してください。カードをもう一度新しく作ってお渡しするには、紛失届けを提出された日から 1 週間かかります。

※　紛失…なくすこと

[翻譯]

圖書館借閱證的製發規定

① 第一次借書時

圖書館借閱證
姓名 **馬尼拉姆・司雷舒**
中松市立圖書館
〒 333-2212 中松市今中 1-22-3 ☎ 0901-33-3211

- 中松市的居民
- 於中松市工作者
- 於中松市在學者
- 符合上述資格者，得申請借閱證。此外，坂下市、三田市及松川町的居民亦可申請。

請於放置於櫃臺上的「借閱證申請書」上填寫必要資料後，領取借閱證。

申請時，請攜帶能夠檢核姓名與住址的證件（例如：駕照、健保卡、外僑居留證、戶口名簿、學生證等）。於中松市工作或在學者，或是其他市町的居民，亦必須攜帶相關證件。

② 申請延長使用期限、住址異動，以及借閱證遺失時之手續

- 借閱證每三年必須辦理一次檢核住址的手續，以核對登載的資料是否異動。辦理時請攜帶能夠檢核姓名與住址的證明文件。
- 本借閱證亦可於中央圖書館及市內公民館圖書室使用，每三年一次完成住址檢核後即可延長使用期限，務請妥善保管。
- 當住址、聯絡電話、登載資料異動時，請至櫃臺辦理異動手續。此外，當不再具有借閱資格時，請將借閱證歸還圖書館。
- 假如遺失[※]借閱證，請立刻辦理掛失。借閱證將於申辦日起一星期後補發借閱證。

※ 紛失：遺失

38 中松市に住んでいる留学生のマニラムさん（21歳）は、図書館で本を借りるための手続きをしたいと思っている。マニラムさんが図書館カードを作るにはどうしなければならないか。

1　お金をはらう。

2　パスポートを持っていく。

3　貸し出し申込書に必要なことを書いて、学生証か外国人登録証を持っていく。

4　貸し出し申込書に必要なことを書いて、お金をはらう。

［翻譯］

[38] 住在中松市的留學生馬尼拉姆先生（21歲）為了能在圖書館借書而想辦理相關手續。請問馬尼拉姆先生要申辦借閱證時，應該完成以下哪項程序呢？

1　支付款項。

2　帶護照去。

3　在借閱證申請書上填寫必要資料，以及攜帶學生證或外僑居留證。

4　在借閱證申請書上填寫必要資料，以及付款。

［題解攻略］

答えは３

図書館のカードを作るためには、「貸し出し申込書」を書く必要がある。その際、氏名・住所が確認できるもの（運転免許証・健康保険証・外国人登録証・住民票・学生証など）が必要である。マニラ

正確答案是3

申請借閱證必須填寫「貸し出し申込書」（借閱證申請書）。申請時，必須攜帶能夠檢核姓名與住址的證件（例如：駕照、健保卡、外僑居留證、戶口名簿、學生證等）。因為馬尼拉姆先生

ムさんは、中松市に住んでいる留学生なので、学生証か外国人登録証をカウンターで見せる。

是住在中松市的留學生，所以必須向櫃臺出示學生證或外僑居留證。

答案：3

39 図書館カードについて、正しいものはどれか。

1 図書館カードは、中央図書館だけで使うことができる。

2 図書館カードは、三年ごとに新しく作らなければならない。

3 住所が変わった時は、電話で図書館に連絡をしなければならない。

4 図書館カードをなくして、新しく作る時は一週間かかる。

[翻譯]

[39] 關於借閱證的敘述，以下哪一項正確？

1 借閱證只能在中央圖書館使用。

2 借閱證每三年就必須重新製發一次。

3 住址異動時，必須以電話通知圖書館。

4 遺失借閱證時，需花一個星期重新製發。

[題解攻略]

答えは4

1．×…図書館カードは「中央図書館、市内公民館図書室共通で利用できます」とある。

正確答案是4

1．×…規定中提到借閱證「中央図書館、市内公民館図書室共通で利用できます」（可於中央圖書館及市內公民館圖書室使用）。

2．×…「３年ごとに住所確認のうえ、続けて利用できます」とある。

3．×…「住所や電話番号等、登録内容に変更があった場合はカウンターにて変更手続きを行ってください」とある。電話ではなくて、カウンターに行く必要がある。

4．○…「カードをもう一度新しく作ってお渡しするには、紛失届けを提出された日から１週間かかります」とある。

2．×…規定中提到「３年ごとに住所確認のうえ、続けて利用できます」（每三年一次完成住址檢核後即可延長使用期限）。

3．×…規定中提到「住所や電話番等、登録内容に変更があった場合はカウンターにて変更手続きを行ってください」（當住址、聯絡電話、登載資料異動時，請至櫃臺辦理異動手續）。這項異動手續不可使用電話通知，而必須親自到櫃台辦理。

4．○…規定中提到「カードをもう一度新しく作ってお渡しするには、紛失届けを提出された日から１週間かかります」（借閱證將於申辦日起一星期後補發借閱證）。

答案：4

單字的意思

□ カード【card】／卡片；撲克牌

□ できる／能夠；完成

□ 貸し出し／出借；出租；貸款

□ 健康／健康的，健全的

□ 在学／在校學習，上學

□ 証明／證明

□ 続ける／繼續…；接連不斷

□ 変更／變更，更改，改變

□ 氏名／姓與名，姓名

□ 書類／文書，公文，文件

□ 共通／共同，通用

□ 資格／資格，身份；水準

□ パスポート【passport】／護照；身分證

近幾年來，日本具特色、質感的圖書館已經成為旅客必訪的景點之一，例如「東京北區中央圖書館」以紅磚打造外牆，古色古香、「秋田國際大學圖書館」木製的半圓環設計溫暖又壯觀、「石川金澤海洋未來圖書館」搶眼的純白色設計，頗具前衛的時尚感。

文法比一比

● **んじゃない、んじゃないかとおもう**

「不…嗎」，「莫非是…」

說明 [N／Na（なん）じゃない]；[A／Vんじゃない]。是「のではないだろうか」的口語形。表示意見跟主張。

例句 花子？もう帰ったんじゃない。／花子？她不是已經回去了嗎？

● **にちがいない**

「一定是…」，「准是…」

說明 [N／Na（である）にちがいない]；[A／Vにちがいない]。表示說話人根據經驗或直覺，做出非常肯定的判斷。常用在自言自語的時候。相當於「…きっと…だ」。

例句 この写真は、ハワイで撮影されたに違いない。／這張照片，肯定是在夏威夷拍的。

● **にたいして（は）、にたいし、にたいする**

「向…」，「對（於）…」

說明 [Nにたいして]；[Naなのにたいして]；[A-いのにたいして]；[Vのにたいして]；[NにたいするN]。表示動作、感情施予的對象。可以置換成「に」。

例句 この問題に対して、ご意見を聞かせてください。／針對這問題請讓我聽聽您的意見。

● **について（は）、につき、についても、についての**

「有關…」，「就…」，「關於…」

說明 [Nについて]；[Nにつき]；[NについてのN]。表示前項先提出一個話題，後項就針對這個話題進行說明。相當於「…に関して、に対して」。

例句 中国の文学について勉強しています。／我在學中國文學。

● **にきまっている**

「肯定是…」，「一定是…」

說明 [N／A／Vにきまっている]。表示說話人根據事物的規律，覺得一定是這樣，不會例外，充滿自信的推測。相當於「きっと…だ」。

例句 私だって、結婚したいに決まっているじゃありませんか。ただ、相手がいないだけです。／我也是想結婚的不是嗎？只是沒有對象呀。

● **より（ほか）ない、よりしかたがない**

「只有…」，「除了…之外沒有…」

說明 [V-るより（ほか）ない]；[V-るよりしかたがない]。後面伴隨著否定，表示這是唯一解決問題的辦法。

例句 こうなったら一生懸命やるよりない。／事到如今，只能拚命去做了。

問題四　翻譯與題解

第4大題　請閱讀以下（1）至（4）的文章，然後回答問題。答案請從1・2・3・4之中挑出最適合的選項。

（1）

日本で、東京と横浜の間に電話が開通したのは1890年です。当時、電話では「もしもし」ではなく、「もうす、もうす（申す、申す）」「もうし、もうし（申し、申し）」とか「おいおい」と言っていたそうです。その当時、電話はかなりお金持ちの人しか持てませんでしたので、「おいおい」と言っていたのは、ちょっといばっていたのかもしれません。それがいつごろ「もしもし」に変わったかについては、よくわかっていません。たくさんの人がだんだん電話を使うようになり、いつのまにかそうなっていたようです。

この「もしもし」という言葉は、今は電話以外ではあまり使われませんが、例えば、前を歩いている人が切符を落とした時に、「もしもし、切符が落ちましたよ。」というように使うことがあります。

24 そうなっていた は、どんなことをさすのか。

1 電話が開通したこと

2 人々がよく電話を使うようになったこと

3 お金持ちだけでなく、たくさんの人が電話を使うようになったこと

4 電話をかける時に「もしもし」と言うようになったこと

在日本，東京與橫濱之間的電話於 1890 年開通。據說當時電話接通後，人們說的不是「欸／もしもし」，而是「說話／もうす、もうす（申す、申す）」、「講話／もうし、もうし（申し、申し）」，或是「喂／おいおい」。那時候，只有財力相當雄厚的人才裝得起電話，因此用「喂／おいおい」聽起來似乎有點傲慢。後來不知道什麼時候，接通後改成了「もしもし」。可能是當愈來愈多人使用電話以後，逐漸變成了這種用法。

關於「もしもし」這句話，如今除了撥接電話時，很少用在其他場合，但是如果當我們發現走在前方的人車票掉落的時候，可以採取「欸，您車票掉了喔」這樣的用法。

[24] 所謂變成了這種用法，是指哪種用法呢？

1　指電話開通了

2　指人們經常使用電話了

3　指不只是有錢人，一般民眾都能普遍使用電話了

4　指電話接通後改成說「もしもし」

[題解攻略]

答えは 4

「そうなっていた」の「そう」のさす内容を前の部分から探す。前の文に「いつごろ『もしもし』に変わったかについては、よくわかっていません」とある。いつのまにか、電話をかける時、「もしもし」と言うようになったということである。したがって、4 が適切である。

正確答案是 4

可以往前尋找「そうなっていた」（變成了這種用法）的「そう」（這種）所指的內容。前面的文章提到「いつごろ『もしもし』に変わったかについては、よくわかっていません」（不知道什麼時候，接通後改成了「もしもし」）。意思是不知道什麼時候開始，接起電話時就變成回答「もしもし」了。所以，選項 4 是最適切的答案。

答案：4

單字的意思

□ おい／（主要是男性對同輩或晚輩使用）打招呼的喂，唉；（表示輕微的驚訝）呀！啊！

□ かもしれません／也許，也未可知

□ いつのまにか／不知不覺地，不知什麼時候

□ 前^{まえ}／前方，前面；（時間）早；預先；從前

文法的意思

□ ～ようになる／變得…，逐漸會…

小知識

　　日本人接電話時，習慣先報上自己的姓名、自己的家或公司名，然後才開始談話。由於講電話看不見對方的表情，所以說話要慢，中途適當地停頓一下，讓對方反應或紀錄。另外，切忌說「わかりましたか」（你懂嗎）這類直接的讓人感到無禮的話哦！

(2)

「ペットボトル」の「ペット」とは何を意味しているのだろうか。もちろん動物のペットとはまったく関係がない。

ペットボトルは、プラスチックの一種であるポリエチレン・テレフタラート（Polyethylene terephthalate）を材料として作られている。実は、ペットボトルの「ペット（pet）」は、この語の頭文字をとったものだ。ちなみに「ペットボトル」という語と比べて、多くの国では「プラスチック　ボトル（plastic bottle）」と呼ばれているということである。

ペットボトルは日本では1982年から飲料用に使用することが認められ、今や、お茶やジュース、しょうゆやアルコール飲料などにも使われていて、毎日の生活になくてはならない存在である。

25 「ペットボトル」の「ペット」とは、どこから来たのか。

1　動物の「ペット」の意味からきたもの

2　「plastic bottle」を省略したもの

3　1982年に、日本のある企業が考え出したもの

4　ペットボトルの材料「Polyethylene terephthalate」の頭文字からとったもの

[翻譯]

「保特瓶（PET bottle）」的「保特（PET）」是指什麼意思呢？這當然和動物的 pet（寵物）沒有任何關係。

保特瓶是用一種名為聚對苯二甲酸乙二酯（Polyethylene terephthalate）的塑膠原料製作而成的。其實，保特瓶的「保特（PET）」就是這個字的簡稱。順帶一提，「保特瓶」這個名稱似乎只在日本這樣用，其他多數國家都稱為「塑膠瓶（Plastic bottle）」。

在日本，保特瓶是從 1982 年起通過得以用來盛裝飲料，現在也被廣泛當成茶飲、果汁、醬油或含酒精飲料等等的容器，成為日常生活中不可或缺的用品。

[25]「保特瓶（PET bottle）」的「保特（PET）」是從何得名的呢？

1 從動物的「pet（寵物）」的意思而來

2 「plastic bottle」的簡稱

3 由日本的某家公司於 1982 年想出來的名稱

4 保特瓶的原料「Polyethylene terephthalate」這個詞的簡寫

[題解攻略]

答えは 4

1．×…「動物のペットとはまったく関係がない」とある。

2．×…「plastic bottle」と呼ばれているのは、日本以外の国である。

正確答案是 4

1．×…文中提到「動物のペットとはまったく関係がない」（和動物的 pet〈寵物〉沒有任何關係）。

2．×…把保特瓶稱作「plastic bottle」的是日本以外的其他國家。

3. ×…1892年は、ペットボトルを飲料用に使用することが認められた年である。

4. ○…「ポリエチレン・テレフタラート(Polyethylene terephthalate)を材料として作られている」とある。また、「『ペット(pet)』は、この語の頭文字をとったもの」と述べられている。

3. ×…1892年發生的事是通過得以用保特瓶來盛裝飲料。

4. ○…文中提到保特瓶「ポリエチレン・テレフタラート(Polyethylene terephthalate)を材料として作られている」(是用一種名為聚對苯二甲酸乙二酯(Polyethylene terephthalate)的塑膠原料製作而成的),並且說明「『ペット(pet)』は、この語の頭文字をとったもの」(「保特(PET)」就是這個字的簡稱)。

答案:4

| 單字的意思 | □ まったく/完全,全然;實在,簡直;(後接否定)絕對,完全 | □ ジュース【juice】/果汁,汁液,糖汁,肉汁 |
| | □ プラスチック【plastic】/(化)塑膠,塑料 | □ 省略/省略,從略 |

| 文法的意思 | □ ~として/作為…,以…身份;如果是…的話,對…來說 |
| | □ ~に比べて/與…相比,跟…比較起來,比較… |

(3)

　　レストランの入り口に、お知らせが貼ってある。

お知らせ

　2015年8月1日から10日まで、ビル外がわの階段工事を行います。
ご来店のみなさまには、大変ご迷惑をおかけいたしますが、どうぞよ
ろしくお願い申し上げます。

　なお、工事期間中は、お食事をご注文のお客様に、コーヒーのサービ
スをいたします。
みなさまのご来店を、心よりお待ちしております。

レストラン　サンセット・クルーズ

店主　山村

26　このお知らせの内容と、合っているものはどれか。

1　レストランは、8月1日から休みになる。
2　階段の工事には、10日間かかる。
3　工事の間は、コーヒーしか飲めない。
4　工事中は、食事ができない。

[翻譯]

餐廳的門口張貼著一張告示：

敬告顧客

自 2015 年 8 月 1 日至 10 日，本大樓的室外階梯將進行修繕工程。

非常抱歉造成各位來店顧客的不便，敬請多多包涵。

此外，於施工期間點餐的顧客，本店將致贈咖啡。

由衷期待您的光臨。

餐廳 日落・克魯茲

店長 山村

---

[26] 以下哪一段敘述符合這張告示的內容？

1　餐廳從 8 月 1 日起公休。

2　階梯修繕工程需要 10 天的工期。

3　施工期間只供應咖啡。

4　施工時無法提供餐點。

[題解攻略]

答えは 2

1．×…工事期間中でもレストランは開いている。

2．○…「2015 年 8 月 1 日から 10 日まで」とある。つまり 10 日間である。

3．×…食事を注文したお客に「コーヒーをサービス」するのであって、「コーヒーしか飲めない」わけではない。

正確答案是 2

1．×…施工期間餐廳仍然照常營業。

2．○…告示上表明修繕工程是「2015 年 8 月 1 日從 10 日まで」（2015 年 8 月 1 日至 10 日）。也就是 10 天。

3．×…告示上寫的是將「コーヒーをサービス」（致贈咖啡）給點餐的客人，而不是「コーヒーしか飲めない」（只供應咖啡）。

4．×…「お食事をご注文のお客様に」とあることから、食事ができることがわかる。

4．×…告示上提到「お食事をご注文のお客様に」（點餐的顧客），由此得知仍然可以在餐廳內用餐。

答案：2

單字的意思

□ 知らせ／通知；預兆，前兆

□ 工事／工程，工事

□ 迷惑／麻煩，煩擾；為難，困窘；討厭，妨礙，打擾

□ 期間／期間，期限內

□ 注文／點餐，訂貨，訂購；希望，要求，願望

□ 合う／正確，適合；一致，符合；對，準；合得來；合算。

小知識

　　日文的日期可不像中文從一到十數一遍就好，其中一日到十日的特定念法更是常常讓人反應不及。建議大家可以像下表一樣，在家裡的月曆或常用的行事曆上寫下每一天的念法，多寫、多讀，就能朗朗上口了！

２０１７ 年 ６ 月

日曜日 （星期日）	月曜日 （星期一）	火曜日 （星期二）	水曜日 （星期三）	木曜日 （星期四）	金曜日 （星期五）	土曜日 （星期六）
				1 日	2 日	3 日
				ついたち	ふつか	みっか
4 日	5 日	6 日	7 日	8 日	9 日	10 日
よっか	いつか	むいか	なのか	ようか	ここのか	とおか
11 日	12 日	13 日	14 日	15 日	16 日	17 日
じゅういちにち	じゅうににち	じゅうさんにち	じゅうよっか	じゅうごにち	じゅうろくにち	じゅうしちにち
18 日	19 日	20 日	21 日	22 日	23 日	24 日
じゅうはちにち	じゅうくにち	はつか	にじゅういちにち	にじゅうににち	にじゅうさんにち	にじゅうよっか
25 日	26 日	27 日	28 日	29 日	30 日	
にじゅうごにち	にじゅうろくにち	にじゅうしちにち	にじゅうはちにち	にじゅうくにち	さんじゅうにち	

(4)

これは、野口さんに届いたメールである。

結婚お祝いパーティーのご案内

[koichi.mizutani @xxx.ne.jp]
送信日時：2015/8/10（月）10:14
宛先：2015danceclub@members.ne.jp

このたび、山口友之さんと三浦千恵さんが結婚されることになりました。
つきましてはお祝いのパーティーを行いたいと思います。

日時　2015 年 10 月 17 日（土）18:00 〜
場所　ハワイアンレストラン HuHu（新宿）
会費　5000 円

出席か欠席かのお返事は、8 月 28 日（金）までに、水谷 koichi.
mizutani@xxx.ne.jp に、ご連絡ください。
楽しいパーティーにしたいと思います。ぜひ、ご参加ください。

世話係
水谷高一
koichi.mizutani@xxx.ne.jp

27 このメールの内容で、正しくないのはどれか。

1　山口友之さんと三浦千恵さんは、8月10日（月）に結婚した。

2　パーティーは、10月17日（土）である。

3　パーティーに出席するかどうかは、水谷さんに連絡をする。

4　パーティーの会費は、5000円である。

[翻譯]

這是寄給野口先生的一封電子郵件：

結婚祝賀酒會相關事宜

[koichi.mizutani @xxx.ne.jp]
日期：2015/8/10（一）10:14
收件地址：2015danceclub@members.ne.jp

山口友之先生與三浦千惠小姐將要結婚了！
我們即將為這對新人舉行祝賀派對。

日期　2015年10月17日（六）18:00～
地點　夏威夷餐廳HuHu（新宿）
出席費　5000圓

敬請於8月28日（五）前，通知水谷 koichi.mizutani @xxx.ne.jp 您是否出席。
竭誠邀請您一起來為他們辦一場充滿歡樂的派對！

幹事
水谷高一
koichi.mizutani @xxx.ne.jp

[27] 關於這封電子郵件的內容，以下何者不正確？

1　山口友之先生與三浦千惠小姐在8月10日（一）結婚了。

2　派對將在10月17日（六）舉行。

3　是否出席派對，請通知水谷先生。

4　派對的出席費是5000圓。

［題解攻略］

答えは 1

メールが届いたのが 8 月 10 日。「山口知之さんと三浦千恵さんが結婚されることになりました」とあることから、まだこのとき結婚していないことがわかる。したがって、1 がメールの内容が正しくないものである。

2. ×…「日時　2015 年 10 月 17 日（土）18:00 ～」とある。

3. ×…「出席か欠席かのお返事は、8 月 28 日（金）までに、水谷 koichi.mizutani@xxx.ne.jp に、ご連絡ください」とある。「水谷さん」はこのメールを出した人である。

4. ×…「会費　5000 円」とある。

正確答案是 1

寄送郵件的日期是 8 月 10 日，而郵件中提到「山口知之さんと三浦千恵さんが結婚されることになりました」（山口友之先生與三浦千惠小姐將要結婚了），因此可知此時兩人還沒有結婚，所以選項 1 是不正確的。

2. ×…郵件確實提到結婚祝賀酒會將於「日時　2015 年 10 月 17 日（土）18:00 ～」（日期　2015 年 10 月 17 日(六) 18:00 ～）舉行。

3. ×…郵件上提到「出席か欠席かのお返事は、8 月 28 日（金）までに、水谷 koichi.mizutani@xxx.ne.jp に、ご連絡ください」（敬請於 8 月 28 日（五）前，通知水谷 koichi.mizutani @xxx.ne.jp 您是否出席），由此可知「水谷さん」（水谷先生）是寄送郵件的人。

4. ×…郵件上確實提到「会費　5000 円」（出席費 5000 圓）。

答案：1

單字的意思	
□ 欠席／缺席	□ 参加／參加，加入
□ ぜひ／務必；好與壞	□ 世話係／幹事

問題五 翻譯與題解

第 5 大題　請閱讀以下（1）至（2）的文章，然後回答問題。答案請從 1・2・3・4 之中挑出最適合的選項。

（1）

日本では毎日、数千万人もの人が電車や駅を利用しているので、①もちろんのことですが、毎日のように多くの忘れ物が出てきます。

JR 東日本※の方に聞いてみると、一番多い忘れ物は、マフラーや帽子、手袋などの衣類、次が傘だそうです。傘は、年間約 30 万本も忘れられているということです。雨の日や雨上がりの日などには、「傘をお忘れになりませんように。」と何度も車内アナウンスが流れるほどですが、②効果は期待できないようです。

ところで、今から 100 年以上も前、初めて鉄道が利用されはじめた明治時代には、③現代では考えられないような忘れ物が、非常に多かったそうです。

その忘れ物とは、いったい何だったのでしょうか。

それは靴（履き物）です。当時はまだ列車に慣れていないので、間違えて、駅で靴を脱いで列車に乗った人たちがいたのです。そして、降りる駅で、履きものがない、と気づいたのです。

日本では、家にあがるとき、履き物を脱ぐ習慣がありますので、つい、靴を脱いで列車に乗ってしまったということだったのでしょう。

※　JR 東日本…日本の鉄道会社名

日本每天都有數千萬人行經車站或搭乘電車，①理所當然地，幾乎每天都會出現許多遺失物。

請教ＪＲ東日本※的相關人員後得知，最常見的遺失物是圍巾、帽子、手套等衣物，接著是傘。每年大約有多達三十萬支傘被忘在車上。儘管下雨天和雨過天晴的時候，總是一再播放車廂廣播「請記得帶走您的傘」，可惜②效果仍然不大。

順帶一提，距今 100 年前，也就是電車開始營運的明治時代，當時出現了非常大量的遺失物是③現代人所難以想像的。

您不妨猜猜看，是什麼樣的遺失物呢？

答案是鞋子（鞋履）。當時的人們還不習慣搭乘電車，因此很多人誤在車站脫下鞋子後才上了電車。結果到站下車後，這才發現沒有鞋子可穿了。

應該是由於日本人進入房屋時習慣脫下鞋子，以致於一不留神就把鞋子脫下來，走進電車車廂裡了。

※ ＪＲ東日本：日本的鐵路公司名稱

28 ①もちろんのこととは、何か。

1 毎日、数千万人もの人が電車を利用していること
2 毎日のように多くの忘れ物が出てくること
3 特に衣類の忘れ物が多いこと
4 傘の忘れ物が多いこと

[翻譯]

[28] 文中提到①理所當然地，是指什麼呢？

1　每天都有數千萬人搭乘電車

2　幾乎每天都會出現許多遺失物

3　尤其以衣物類的遺失物最多

4　很多傘都被忘在車上

[題解攻略]

答えは２

「もちろんのこと」とは、前の内容を受けて、当然、後の結果になるということ。「毎日、数千万人もの人が電車や駅を利用している」から、どうなるか。それはすぐ後にある「毎日のように多くの忘れ物が出て」くるということ。したがって、２が正しい。

正確答案是 2

「もちろんのこと」（理所當然地）是指得知前項內容的事實後，必然會發生後面的結果。「毎日、数千万人もの人が電車や駅を利用している」（每天都有數千萬人行經車站或搭乘電車），因此會發生什麼事呢？這句話後面提到「毎日のように多くの忘れ物が出て」（每天都會出現許多遺失物）。所以選項 2 是正確的。

答案：2

29　②効果は期待できないとはどういうことか。

1　衣類の忘れ物がいちばん多いということ

2　衣類の忘れ物より傘の忘れ物の方が多いこと

3　傘の忘れ物は少なくならないということ

4　車内アナウンスはなくならないということ

[翻譯]

[29] 文中提到②效果仍然不大，是指什麼呢？

1 是指衣物類的遺失物最多

2 是指相較於衣物類的遺失物，忘在車上的傘更多

3 是指被忘在車上的雨傘數量無法減少

4 是指車廂廣播不可或缺

[題解攻略]

答えは3
「効果は期待できない」とは、効果はないということ。具体的には、何度も車内アナウンスをしても傘の忘れ物は減らないということ。したがって、3が正しい。

正確答案是3
　「効果は期待できない」（效果仍然不大）是指沒有效果。具體而言，即使再三播放車廂廣播，被遺忘的傘也沒有減少，所以選項3是正確的。

答案：3

30 ③現代では考えられないのは、なぜか。

1 鉄道が利用されはじめたのは、100年以上も前だから

2 明治時代は、車内アナウンスがなかったから

3 現代人は、靴を脱いで電車に乗ることはないから

4 明治時代の日本人は、履き物を脱いで家に上がっていたから

[翻譯]

[30] 文中提到③現代人所難以想像的，為什麼呢？

1　因為電車開始營運是在距今 100 年前

2　因為明治時代沒有車廂廣播

3　因為現代人不會脫下鞋子搭乘電車

4　因為明治時代的日本人總是脫下鞋履才進入房屋

[題解攻略]

　　答えは 3

　　「現代では考えられないような忘れ物」とは何かをまずとらえる。後に「それは靴（履き物）です」とある。次になぜ靴が「現代では考えられない」のかをとらえる。100 年以上も前は、駅で靴を脱いで列車に乗った人たちがいたので、降りる時、靴がないと気づいたのだ。それに対して現代は、靴を脱いで列車に乗る人はいないので、靴を忘れるということはなくなったのである。したがって、3 が正しい。

　　正確答案是 3

　　首先要找出「現代では考えられないような忘れ物」（現代人所難以想像的遺失物）這句話指的是什麼。這句話是指後面的「それは靴（履き物）です」（鞋子〈鞋履〉）。接下來要找出為什麼鞋子是「現代では考えられない」（現代人所難以想像的）。後文接著說明因為在距今 100 年前，人們會在車站脫鞋後再搭乘電車，直到下車時才發現沒有鞋子可以穿。相較之下，現在已經不會有人脫鞋搭車了，所以也不會有忘記把鞋子帶走的情形。因此選項 3 是正確答案。

答案：3

□ マフラー【muffler】／圍巾；（汽車等的）滅音器

□ アナウンス【announce】／廣播；報告；通知

□ 流^{なが}れる／播放；傳布；流動；漂流；飄動；流逝；流浪；（壞的）傾向

□ 効果^{こうか}／效果，成效，成績；（劇）效果

□ 現代^{げんだい}／現代，當代；（歷史）現代（日本史上指二次世界大戰後）

□ 非常^{ひじょう}／非常，很，特別；緊急，緊迫

□ いったい／到底，究竟；一體，同心合力

□ 列車^{れっしゃ}／列車，火車

□ 間違^{まちが}える／錯；弄錯

□ つい／不知不覺，無意中；不由得，不禁

□ ～ということだ／聽説…，據説…；…也就是説…，這就是…

□ ～ように／請…，希望…；為了…而…；如同…

□ ～ような／像…樣的，宛如…一樣的…

□ ～とは／…指的是，所謂的…；這個…，是…，叫…的

（2）

　　挨拶は世界共通の行動であるらしい。ただ、その方法は、社会や文化の違い、挨拶する場面によって異なる。日本で代表的な挨拶といえばお辞儀※1であるが、西洋でこれに代わるのは握手である。また、タイでは、体の前で両手を合わせる。変わった挨拶としては、ポリネシアの挨拶が挙げられる。ポリネシアでも、現代では西洋的な挨拶の仕方に変わりつつあるそうだが、①伝統的な挨拶は、お互いに鼻と鼻を触れ合わせるのである。

　　日本では、相手に出会う時間や場面によって、挨拶が異なる場合が多い。

　　朝は「おはよう」や「おはようございます」である。これは、「お早くからご苦労様です」などを略したもの、昼の「こんにちは」は、「今日はご機嫌いかがですか」などの略である。そして、夕方から夜にかけての「こんばんは」は、「今晩は良い晩ですね」などが略されて短い挨拶の言葉になったと言われている。

　　このように、日本の挨拶の言葉は、相手に対する感謝やいたわり※2の気持ち、または、相手の体調などを気遣う※3気持ちがあらわれたものであり、お互いの人間関係をよくする働きがある。時代が変わっても、お辞儀や挨拶は、最も基本的な日本の慣習※4として、ぜひ残していきたいものである。

※1　お辞儀…頭を下げて礼をすること。

※2　いたわり…親切にすること。

※3　気遣う…相手のことを考えること。

※4　慣習…社会に認められている習慣。

[翻譯]

　　問候是世界各國共通的行為。不過，隨著社會與文化的差異，以及場合的不同，問候的方式也不一樣。在日本，最具代表性的問候方式要算是鞠躬^{※1}，而在西方社會則是握手。另外，在泰國是將雙手合掌放在胸前。最特別的，要算是玻里尼西亞人的問候了。玻里尼西亞的現代問候方式雖然逐漸演變為西方社會的問候方式，但是①傳統的問候方式是互相摩蹭彼此的鼻子。

　　在日本，隨著雙方見面的時間與場合的不同，問候的方式也經常不一樣。

　　據說，早上互道「おはよう（早）」或「おはようございます（早安）」，這是從「お早くからご苦労様です（一早就辛苦您了）」簡化而來的；而白天時段的「こんにちは（您好）」是「今日はご機嫌いかがですか（您今天感覺如何呢）」的簡略說法；至於從黃昏到晚上的「こんばんは（晚上好）」，則是將「今晩は良い晩ですね（今晚是個美好的夜晚哪）」縮短成簡短的問候語。

　　如上所述，日本的問候語是源自於表達感謝或慰勞^{※2}對方的心意，或是對其健康狀態的關心^{※3}而來，有助於增進雙方的人際關係。即使時代演進，鞠躬和寒暄仍然是日本人最重要的習俗^{※4}，殷切盼望能夠流傳後世。

※1 お辞儀：低頭行禮。

※2 いたわり：表示慰問之意。

※3 気遣い：關心對方。

※4 慣習：社會公認的習慣。

31 ポリネシアの①伝統的な挨拶は、どれか。

1　お辞儀をすること

2　握手をすること

3　両手を合わせること

4　鼻を触れ合わせること

[翻譯]

[31] 玻里尼西亞①傳統的問候方式是哪一種？

1　鞠躬

2　握手

3　雙手合掌

4　磨蹭彼此的鼻子

[題解攻略]

答えは4

1．×…「お辞儀」は日本の代表的な挨拶。

2．×…「握手」は西洋で行われている挨拶。

3．×…「両手を合わせる」のはタイで行われている挨拶。

4．○…①＿＿＿のすぐ後に「鼻と鼻を触れ合わせる」とある。

正確答案是4

1．×…「お辞儀」（低頭行禮）是日本很具代表性的問候方式。

2．×…「握手」（握手）是西方社會使用的問候方式。

3．×…「両手を合わせる」（雙手合掌）是泰國使用的問候方式。

4．○…①＿＿＿的後面提到「鼻と鼻を触れ合わせる」（互相摩蹭彼此的鼻子）。

答案：4

32 日本の挨拶の言葉は、どんな働きを持っているか。

1 人間関係がうまくいくようにする働き
2 相手を良い気持ちにさせる働き
3 相手を尊重する働き
4 日本の慣習をあとの時代に残す働き

[翻譯]

[32] 問候語具有什麼樣的效果？

1 有助於增進人際關係

2 有助於雙方的心情愉快

3 有助於尊重對方

4 有助於使日本的習俗流傳後世

[題解攻略]

答えは 1

1. ○…最後の段落に「お互いの人間関係をよくする働きがある」とある。

2. ×…「相手を良い気持ちにさせる」とは書かれていない。

3. ×…「相手を尊重する」とは書かれていない。

4. ×…「日本の慣習をあとの時代に残す」は筆者が将来希望していることである。

正確答案是 1

1. ○…最後一段提到「お互いの人間関係をよくする働きがある」（有助於增進雙方的人際關係）。

2. ×…文中沒有寫到「相手を良い気持ちにさせる」（使雙方的心情愉快）。

3. ×…文中沒有寫到「相手を尊重する」（尊重對方）。

4. ×…「日本の慣習をあとの時代に残す」（使日本的習俗流傳後世）是作者對未來寄予的期盼。

答案：1

33 この文章に、書かれていないことはどれか。

1 挨拶は世界共通だが、社会や文化によって方法が違う。

2 日本の挨拶の言葉は、長い言葉が略されたものが多い。

3 目上の人には、必ず挨拶をしなければならない。

4 日本の挨拶やお辞儀は、ずっと残していきたい。

[翻譯]

[33] 這篇文章沒有提到的是哪一段敘述？

1 問候雖然是世界各國共通的行為，但隨著社會與文化的差異而有不同的方式。

2 日本的問候語有許多都是從長句簡化而成的。

3 對於身分地位比較高的人，一定要向他請安。

4 希望日本的鞠躬和寒暄能後永傳後世。

[題解攻略]

答えは３

1．×…１段落に「社会や文化の違い、挨拶する場面によって異なる」とある。

2．×…「おはよう」「こんにちは」「こんばんは」の挨拶を例にして、「長い言葉が略されたもの」であることを説明している。

正確答案是３

1．×…因為文中第一段提到「社会や文化の違い、挨拶する場面によって異なる」（隨著社會與文化的差異，以及場合的不同，問候的方式也不一樣）。

2．×…文中有說明「おはよう」（早）、「こんにちは」（您好）、「こんばんは」（晚上好）這些問候語都是「長い言葉が略されたもの」（從長句簡化而成的）。

3. ○…「目上の人には、挨拶しなければならない」とは書かれていない。

4. ✕…この文章の最後に「お辞儀や挨拶は、最も基本的な日本の慣習として、ぜひ残していきたい」とある。

3. ○…文中沒有寫到「目上の人には、挨拶しなければならない」（對於身分地位比較高的人，一定要向他請安）。

4. ✕…本文最後提到「お辞儀や挨拶は、最も基本的な日本の慣習として、ぜひ残していきたい」（鞠躬和寒暄仍然是日本人最重要的習俗，殷切盼望能夠流傳後世）。

答案：3

單字的意思

- □ 共通／共同，通用
- □ 方法／方法，辦法
- □ 場面／場面，場所；情景，（戲劇、電影等）場景，鏡頭
- □ 代表／代表
- □ 的／表示狀態或性質；（前接名詞）關於，對於
- □ 代わる／代替，代理，代理
- □ 握手／握手；和解，言和；合作，妥協；會師，會合
- □ 合わせる／合併；核對，對照；加在一起，混合
- □ お互い／彼此，互相
- □ 相手／夥伴，共事者；對方，敵手；對象

- □ 出会う／見面，遇見，碰見，偶遇；約會，幽會
- □ あらわれる／表現，顯出；出現，出來
- □ 働き／作用，功效；功勞，功績；功能，機能；勞動，工作
- □ 基本的（な）／基本的
- □ 残す／遺留；存留；留下，剩下
- □ 下げる／放低，向下；掛；收走
- □ 礼／鞠躬；禮儀，禮節，禮貌；道謝，致謝；敬禮；禮品
- □ 目上／上司；長輩
- □ ずっと／一直；更

□ ～によって／根據…；因為…；由…；依照…

問題六　翻譯與題解

第6大題　請閱讀以下的文章，然後回答問題。答案請從 1・2・3・4 之中挑出最適合的選項。

「必要は発明の母」という言葉がある。何かに不便を感じてある物が必要だと感じることから発明が生まれる、つまり、必要は発明を生む母のようなものである、という意味である。電気洗濯機も冷蔵庫も、ほとんどの物は必要から生まれた。

しかし、現代では、必要を感じる前に次から次に新しい製品が生まれる。特にパソコンや携帯電話などの情報機器※がそうである。①その原因はいろいろあるだろう。

第一に考えられるのは、明確な目的を持たないまま機械を利用している人々が多いからであろう。新製品を買った人にその理由を聞いてみると、「新しい機能がついていて便利そうだから」とか、「友だちが持っているから」などだった。その機能が必要だから買うのではなく、ただ単に珍しいからという理由で、周囲に流されて買っているのだ。

第二に、これは、企業側の問題なのだが、②企業側が新製品を作る競争をしているからだ。人々の必要を満たすことより、売れることを目指して、不必要な機能まで加えた製品を作る。その結果、人々は、機能が多すぎてかえって困ることになる。③新製品を買ったものの、十分に使うことができない人たちが多いのはそのせいだ。

次々に珍しいだけの新製品が開発されるため、古い携帯電話やパソコンは捨てられたり、個人の家の引き出しの中で眠っていたりする。ひどい資源のむだづかいだ。

確かに、生活が便利であることは重要である。便利な生活のために機械が発明されるのはいい。しかし、必要でもない新製品を作り続けるのは、もう、やめてほしいと思う。

※　情報機器…パソコンや携帯電話など、情報を伝えるための機械。

[翻譯]

　　　　有一句話叫做「需要為發明之母」。這句話的意思是，當感覺到不方便時，會想到需要某種東西來幫忙，就此誕生了一項發明，也就是說，需要如同催生出某項發明的母親。包括電動洗衣機和冰箱等等，幾乎所有的物件都是基於需要應運而生的。

　　　　但是到了現代，在人們感覺到需要之前，新產品已經接連面市了。尤其是電腦和行動電話這類資訊裝置※更是如此。至於造成這種狀況的①理由，應該有許多因素。

　　　　第一個能夠想像得到的原因應該是，有許多人在不具明確目的之情況下就使用這類裝置了。在詢問購買了新產品的人為何要買下它，答案是「因為新產品搭載了新功能，感覺很方便」，或是「因為朋友有這種新產品」等等。亦即，並不是因為需要那種功能而購買，只是基於稀奇的理由，就跟隨一窩蜂的熱潮也買了。

　　　　第二個原因是在於企業端的問題，也就是②企業不斷競相製造出新產品。亦即，企業比起滿足人們的需要，更重視銷售的目標，不惜製造出搭載不需要的功能的產品。結果是功能太多，反而造成人們的困擾。③有很多人儘管買了新產品，卻沒有辦法讓它發揮最大的效用，原因就在這裡。

　　　　由於接而連三研發出功能與眾不同的新產品，導致舊機型的行動電話與電腦被棄置，或是沉睡在家中的抽屜裡，形同嚴重的資源浪費。

　　　　的確，生活上的便利很重要，若是為了享有便利的生活而發明新的機器，當然很好；然而，真希望別再像這樣不停製造出人們根本不需要的新產品了。

※ 情報機器：諸如電腦和行動電話之類能夠傳遞資訊的裝置。

34 ①その原因は、何を指しているか。

1　ほとんどの物が必要から生まれたものであること

2　パソコンや携帯電話が必要にせまられて作られること

3　目的なしに機械を使っている人が多いこと

4　新しい情報機器が次から次へと作られること

[翻譯]

[34] 文中提到的①理由，是指什麼意思呢？

1　因為幾乎所有的東西都是基於需要應運而生的

2　因為電腦和行動電話是迫於需要而被製造出來的

3　因為很多人毫無目的就使用裝置

4　因為接連不斷製造出新的資訊裝置

[題解攻略]

答えは4

「その原因」の「その」の指す内容を前の部分から探す。①____の前に、「特にパソコンや携帯電話などの情報機器がそうである」とある。この「そう」は前の文の、「必要を感じる前に次から次に新しい製品が生まれる」ということ。つまり、「その原因」とは、「次から次に新しい製品が生まれ

正確答案是4

可以從前文找出「その原因」（這個理由）的「その」（這個）所指的內容。①____的前面提到「特にパソコンや携帯電話などの情報機器がそうである」（尤其是電腦和行動電話這類資訊裝置更是如此）。這個「そう」（如此）是指前面提到的「必要を感じる前に次から次に新しい製品が生まれる」（感覺到需要之前，新產品已經接連面市了）。也就是說，「その原因」（這

る原因」である。したがって、4
が正しい。

個理由）是「次から次に新しい製品が
生まれる原因」（新產品接連面市的原
因），因此選項 4 是正確答案。

答案：4

---

35 ②企業が新製品を作る競争をしている目的は何か。

1　技術の発展のため　　　　　2　工業製品の発明のため
3　多くの製品を売るため　　　4　新製品の発表のため

[翻譯]

[35] ②企業不斷競相製造出新產品，目的是什麼？

1　為了發展技術　　　　　2　為了發明工業製品

3　為了大量銷售產品　　　4　為了發表新產品

[題解攻略]

答えは 3
②＿＿の後に、「人々の必要を
満たすことより、売れることを目
指して」とある。つまり、3「多く
の製品を売るため」が目的である。

正確答案是 3
②＿＿的後面提到「人々の必要を満
たすことより、売れることを目指し
て」（比起滿足人們的需要，更重視銷
售的目標），也就是說選項 3「多くの
製品を売るため」（為了大量銷售產
品）才是目的。

答案：3

36 ③新製品を買ったものの、十分に使うことができない人たちが多い

のは、なぜか

1 企業側が、製品の扱い方を難しくするから

2 不必要な機能が多すぎるから

3 使う方法も知らないで新製品を買うから

4 新製品の説明が不足しているから

[翻譯]

[36] ③有很多人儘管買了新產品，卻沒有辦法讓它發揮最大的效用，原因在哪裡呢？

1 因為企業端把產品設計得很難操作

2 因為不需要的功能太多了

3 因為連使用方式都不知道就買了新產品

4 因為新產品的使用說明不夠充分

[題解攻略]

答えは 2

③＿＿の前に、「不必要な機能まで加えた製品を作る」「機能が多すぎてかえって困る」とある。つまり、不必要な機能が多くて困るということである。それに合うのは 2。

正確答案是 2

③＿＿的前面提到「不必要な機能まで加えた製品を作る」（製造出搭載不需要的功能的產品）、「機能が多すぎてかえって困る」（功能太多反而造成人們的困擾）。也就是說，因為不必要的功能太多而感到困擾。符合這段敘述的是選項 2。

答案：2

37 この文章の内容と合っていないのはどれか。

1 明確な目的・意図を持たないで製品を買う人が多い。

2 新製品が出たら、使い方をすぐにおぼえるべきだ。

3 どの企業も新製品を作る競争をしている。

4 必要もなく新製品を作るのは資源のむだ使いだ。

[翻譯]

[37] 以下哪一段敘述不符合這篇文章的內容呢？

1 有許多人在不具明確目的、用途的情況下，就買了產品。

2 當新產品一上市，就應該立刻學會操作方式。

3 每一家企業同樣競相製造出新產品。

4 製造不需要的產品形同資源浪費。

[題解攻略]

答えは2

1. ×…3段落に「明確な目的を持たないまま機械を利用している人々が多い」とある。

2. ○…「使い方をすぐにおぼえるべきだ」と述べたところはない。

3. ×…4段落に「企業が新製品を作る競争をしている」とある。

4. ×…5段落に「ひどい資源のむだ使いだ」とある。

正確答案是2

1. ×…請見第三段提到「明確な目的を持たないまま機械を利用している人々が多い」（許多人在不具明確目的之情況下就使用這類裝置）。

2. ○…文章中沒有提到「使い方をすぐにおぼえるべきだ」（應該立刻學會操作方式）。

3. ×…請見第四段提到「企業が新製品を作る競争をしている」（企業不斷競相製造出新產品）。

4. ×…請見第五段提到「ひどい資源のむだづかいだ」（嚴重的資源浪費）。

答案：2

235

□ 発明／發明

□ 感じる／感覺，感到；感動，感觸，有所感

□ つまり／也就是説，即；阻塞，困窘；到頭，盡頭；總之，説到底

□ 生む／產出，產生

□ 洗濯機／洗衣機

□ 製品／製品，產品

□ 情報／情報，信息

□ 目的／目的，目標

□ 眠る／擱置不用；埋藏；睡覺

□ 資源／資源

□ むだ／浪費，白費；徒勞，無益

□ 重要／重要，要緊

□ 続ける／（接在動詞連用形後，複合語用法）繼續…，不斷地

□ 不足／不足，不夠，短缺；缺乏，不充分；不滿意，不平

問題七　翻譯與題解

第 7 大題　右頁是某個 NPO 刊登的留學生報名須知。請閱讀後回答下列問題。答案請從 1・2・3・4 之中挑出最適合的選項。

2015 年　第 29 回夏のつどい留学生募集案内

北海道ホームステイプログラム「夏のつどい※1」

北海道
函館空港
東京駅
羽田空港
関西空港
福岡空港

日程 8 月 20 日（木）〜 9 月 2 日（水）14 泊 15 日	
募集人数	100 名
参加費	A プラン 68,000 円 （東京駅集合・関西空港解散） B プラン 65,000 円 （東京駅集合・羽田空港解散） C プラン 70,000 円 （福岡空港集合・福岡空港解散） D プラン 35,000 円 （函館駅集合・現地※2 解散※3）
定員	100 名
申し込み締め切り	6 月 23 日（火）まで

※ 毎年大人気のプログラムです。締め切りの前に定員に達する場合もありますので、早めにお申し込みください。

申し込み・問い合わせ先
（財）北海道国際文化センター
〒 040-0054 函館市元町 ××ー 1
Tel：0138-22-××××　Fax：0138-22-××××　http://www. ×××.or.jp/
E-mail：×××@hif.or.jp

※1 つどい…<ruby>集<rt>あつ</rt></ruby>まり
※2 <ruby>現地<rt>げんち</rt></ruby>…そのことを<ruby>行<rt>おこな</rt></ruby>う<ruby>場所<rt>ばしょ</rt></ruby>。
※3 <ruby>解散<rt>かいさん</rt></ruby>…グループが<ruby>別<rt>わか</rt></ruby>れること

[翻譯]

2015 年　第 29 屆夏令營留學生招募公告

北海道寄宿家庭體驗活動「夏令營 ※1」

日程	8 月 20 日（四）～ 9 月 2 日（三）　15 天14 夜
參加人數	100 人
參加費用	A 方案 68,000 圓 （東京車站集合・關西機場解散） B 方案 65,000 圓 （東京車站集合・羽田機場解散） C 方案 70,000 圓 （福岡機場集合・福岡機場解散） D 方案 35,000 圓 （函館機場集合・同一地點※2 解散※3）
額滿人數	100 人
報名截止日期	6 月 23 日（二）之前

北海道

函館機場

東京車站

羽田機場

關西機場

福岡機場

※ 每年本活動參加人數相當踴躍，可能會在截止日期前額滿，敬請提早報名。

洽詢單位：

財團法人北海道國際文化中心

〒 040-0054 函館市元町 xx ─ 1

Tel 0138-22-xxxx Fax 0138-22-xxxx http://www.xxx.or.jp

E-mail: xxx@hif.or.jp

※1 つどい：集會。

※2 現地：現場。

※3 解散：團體的成員各自分開。

38 東京に住んでいる留学生のジャミナさんは、日本語学校の夏休みに
ホームステイをしたいと思っている。その前に、北海道の友達の家
に遊びに行くため、北海道までは一人で行きたい。どのプランがい
いか。

1　Ａプラン

2　Ｂプラン

3　Ｃプラン

4　Ｄプラン

[翻譯]

[38] 住在東京留學生潔敏娜小姐打算利用日語學校的暑假期間，去住在寄宿家庭裡
體驗當地的生活。但是去寄宿前，她想先到北海道的朋友家玩，因此必須單獨
前往北海道。請問她該選擇哪項方案比較好呢？

1　Ａ方案

2　Ｂ方案

3　Ｃ方案

4　Ｄ方案

[題解攻略]

　　答えは4
　　ジャミナさんは北海道までは
一人で行きたいと言っている。
　　1．×…Ａプランは東京駅集合・
関西空港解散。

　　正確答案是 4
　　題目說的是潔敏娜小姐想先一個人去
北海道。
　　1．×…因為Ａ方案是在東京車站集
合，關西機場解散。

2. ×…Bプランは東京駅集合・羽田空港解散。

3. ×…Cプランは福岡空港集合・福岡空港解散。

4. ○…Dプランは函館駅集合・現地解散。

2. ×…因為B方案是在東京車站集合，羽田機場解散。

3. ×…因為C方案是在福岡機場集合，福岡機場解散。

4. ○…因為D方案是在函館機場集合，然後在同一地點解散。

答案：4

---

39 このプログラムに参加するためには、いつ申し込めばいいか。

1 8月20日までに申し込む。
2 6月23日が締め切りだが、早めに申し込んだ方がいい。
3 夏休みの前に申し込む。
4 6月23日の後で、できるだけ早く申し込む。

[翻譯]

[39] 為了參加這項體驗活動，她什麼時候報名比較好呢？

1 8月20日之前報名。
2 6月23日截止報名，但是盡早報名為佳。
3 放暑假前報名。
4 6月23日之後盡早報名。

[題解攻略]

答えは2
1. ×…8月20日はこのプログラムが始まる日である。

正確答案是2
1. ×…公告中提到8月20日是這個夏令營開始的日期。

2. ○…締め切りは 6 月 23 日（火）。ただし、「締め切りの前に定員に達する場合もありますので、早めにお申し込みください」と付け加えてある。

3. ×…「夏休み前に」という記述はない。

4. ×…「6 月 23 日（火）まで」で、「後」ではない。

2. ○…截止日期是 6 月 23 日（二），但是備註部分已說明「締め切りの前に定員に達する場合もありますので、早めにお申し込みください」（可能會在截止日期前額滿，敬請提早報名）。

3. ×…公告沒有標注要在「夏休み前に」（放暑假前）報名。

4. ×…是「6 月 23 日（火）まで」（到 6 月 23 日（二）），而非「後」（之後）。

答案：2

Part
3

1

2

3

4

5

6

問題 7 ▼ 翻譯與題解

單字的意思

□ 費／費用；消費，花費

□ 締め切り／（時間、期限等）截止，屆滿；封死，封閉

□ 集まり／集會；收集（的情況）

□ グループ【group】／（共同行動的）集團，夥伴；組，幫，群

□ 申し込む／報名；申請；提議，提出；訂購；預約

小知識

　　若要搭飛機，託運的行李 20 公斤以內是免費的。要帶上飛機的手提行李中不可以有水果刀、打火機等可能成為攻擊武器的物品，另外像是洗髮精、乳液等液態物品必須裝在 100ml 以內的容器中，並且全部加起來不得超過 1000ml！

文法比一比

● **にくらべて、にくらべ**

「與⋯相比」，「跟⋯比較起來」，「比較⋯」

説明 [Ｎにくらべて]；[Ｖのにくらべて]。表示比較、對照。相當於「⋯に比較して」。

例句 平野に比べて、盆地は夏暑いです。／跟平原比起來，盆地的夏天熱多了。

● **に対して**

「向⋯」，「對（於）⋯」

説明 [Ｎにたいして]；[Ｎａなのにたいして]；[A- いのにたいして]；[Ｖのにたいして]。表示動作、感情施予的對象。可以置換成「に」。

例句 みなさんに対して、お詫びをしなければならない。／我得向大家致歉。

● **ような**

「像⋯樣的」，「宛如⋯一樣的⋯」

説明 [Ｎのような]；[A/ Ｖような]。表示列舉、比喻。為了說明後項的名詞，而在前項具體的舉出例子。「ような気がする」表示說話人的感覺或主觀的判斷。

例句 お寿司や天ぷらのような和食が好きです。／我喜歡吃像壽司或是天婦羅那樣的日式料理。

● **らしい**

「似乎⋯」，「像⋯樣子」，「有⋯風度」

説明 （１）[Ｎ/ Ｎａ/ Ｖらしい]。推量用法。說話者不是憑空想像，而是根據所見所聞來做出判斷。
（２）[Ｎらしい]。表示具有該事物或範疇典型的性質。

例句 地面が濡れている。夜中に雨が降ったらしい。／地面是濕的。晚上好像有下雨的樣子。

● **によって（は）、により、による**

「根據⋯」，「按照⋯」；「由於⋯」，「因為⋯」

説明 [Ｎによって]；[Ｎにより]；[Ｎによる]。（１）表示所依據的方法、方式、手段。（２）表示句子的因果關係。後項的結果是因為前項的行為、動作而造成、成立的。「⋯により」大多用於書面。相當於「⋯が原因で」。

例句 実例によって、やりかたを示す。／以實際的例子，來出示操作的方法。

● **に基づいて**

「根據⋯」，「按照⋯」，「基於⋯」

説明 [Ｎにもとづいて]；[ＮにもとづいたＮ]；[ＮにもとづいてのＮ]。表示以某事物為根據或基礎。相當於「⋯をもとにして」。

例句 違反者は法律に基づいて処罰されます。／違者依法究辦。

問題四　翻譯與題解

第 4 大題　請閱讀以下（1）至（4）的文章，然後回答問題。答案請從 1・2・3・4 之中挑出最適合的選項。

（1）

　　最近、自転車によく乗るようになりました。特に休みの日には、気持ちのいい風を受けながら、のびのびとペダルをこいでいます。

　　自転車に乗るようになって気づいたのは、自転車は車に比べて、見える範囲がとても広いということです。車は、スピードを出していると、ほとんど風景を見ることができないのですが、自転車は走りながらでもじっくりと周りの景色を見ることができます。そうすると、今までどんなにすばらしい風景に気づかなかったかがわかります。小さな角を曲がれば、そこには、新しい世界が待っています。それはその土地の人しか知らない珍しい店だったり、小さなすてきなカフェだったりします。いつも何となく車で通り過ぎていた街には、実はこんな物があったのだという新しい感動に出会えて、考えの幅も広がるような気がします。

24 考えの幅も広がるような気がするのは、なぜか。

1 自転車では珍しい店やカフェに寄ることができるから
2 自転車は思ったよりスピードが出せるから
3 自転車ではその土地の人と話すことができるから
4 自転車だと新しい発見や感動に出会えるから

> 　　　最近我常騎腳踏車。尤其是休假日，享受著舒爽的涼風，悠然自在地踩著踏板前進。
>
> 　　　自從開始騎腳踏車以後，我發現腳踏車和汽車相比，視野範圍來得寬廣多了。汽車的速度快，幾乎沒有辦法看到什麼風景，而腳踏車則可以一邊騎一邊仔細看清楚周圍的景色。結果這才發現，我以往錯過了多少美麗的風景。只要拐過一個小轉角，就有一個嶄新的世界等在眼前。有時候是只有當地人才知道的稀奇店鋪，有時候是一家小巧而美好的咖啡廳。平時搭車經過時沒什麼特別感覺的街道，原來有這些新奇的事物，自從體悟到這種全新的感動後，彷彿<u>連想法也變得更加開闊了</u>。

[24] 為什麼彷彿連想法也變得更加開闊了呢？

1　因為騎腳踏車可以繞到稀奇的店鋪與咖啡廳

2　因為騎腳踏車的速度比想像中來得快

3　因為騎腳踏車可以和當地人聊天

4　因為騎腳踏車能有新的發現與感動

［題解攻略］

答えは 4
　　　　線部の前に、「新しい世界が待っています」「実はこんな物があったのだという新しい感動に出会えて」とある。これに合うのは 4「新しい発見や感動に出会える」である。

正確答案是 4
　　　　底線部分的前面提到「新しい世界が待っています」（嶄新的世界等在眼前）、「実はこんな物があったのだという新しい感動に出会えて」（原來有這些新奇的事物，自從體悟到這種全新的感動）。符合這些敘述的是選項 4「新しい発見や感動に出会える」（有新的發現與感動）。

答案：4

単字的意思

- □ 範囲（はんい）／範圍，界線
- □ スピード【speed】／快速，迅速；速度
- □ 周（まわ）り／周圍，周邊
- □ 感動（かんどう）／感動，感激
- □ 考（かんが）え／想法，思想，意見；念頭，觀念，信念；考慮，思考

- □ 幅（はば）／寬度，幅面；幅度，範圍；勢力；伸縮空間
- □ 広（ひろ）がる／開放，展開；（面積、規模、範圍）擴大，蔓延，傳播
- □ 発見（はっけん）／發現

文法的意思

- □ ～に比（くら）べて／與…相比，跟…比較起來，比較…
- □ ～ということだ／…也就是説…，這就是…；聽説…，據説…
- □ ～という（のは）／（內容）…的…；是…，這個…，叫…的；所謂的…，…指的是

(2)

　　仕事であちらこちらの会社や団体の事務所に行く機会があるが、その際、よくペットボトルに入った飲み物を出される。日本茶やコーヒー、紅茶などで、夏は冷たく冷えているし、冬は温かい。ペットボトルの飲み物は、清潔な感じがするし、出す側としても手間がいらないので、忙しい現代では、とても便利なものだ。

　　しかし、たまにその場でいれた日本茶をいただくことがある。茶葉を入れた急須※1から注がれる緑茶の香りやおいしさは、ペットボトルでは味わえない魅力がある。丁寧に入れたお茶をお客に出す温かいもてなし※2の心を感じるのだ。

　　何もかも便利で簡単になった現代だからこそ、このようなもてなしの心は大切にしたい。それが、やがてお互いの信頼関係へとつながるのではないかと思うからである。

※1　急須…湯をさして茶を煎じ出す茶道具。
※2　もてなし…客への心をこめた接し方。

25　大切にしたい のはどんなことか。

1　お互いの信頼関係
2　ペットボトルの便利さ
3　日本茶の味や香り
4　温かいもてなしの心

[翻譯]

工作上有不少機會到各家公司與團體的事務所拜訪，這時，對方常端出裝在保特瓶裡的飲料來招待。飲料的種類包括日本茶、咖啡或紅茶等等，夏天時冰鎮得透心涼，而冬天則是溫溫熱熱的。保特瓶飲料不但讓人感覺潔淨，招待方也不必費功夫準備，對於忙碌的現代人來說非常便利。

不過，偶爾可以喝到現沏的日本茶。從攔入了茶葉的茶壺^{※1}裡傾出的綠茶香氣與芳醇，具有保特瓶飲料所無法品嚐到的魅力，可以讓人感受到那份為客人送上用心沏茶的體貼款待^{※2}。

正因為身處一切講求簡單便利的現代社會，像這樣的款待之心更令人倍感珍惜。那份心意，讓人聯想到或許將延伸為日後雙方的相互信賴。

※1 急須：裝盛查水的小壺，茶壺。

※2 もてなし：帶著為客人著想的心意接待對方。

[25] 所謂倍感珍惜指的是什麼呢？

1　雙方的相互信賴　　　　2　保特瓶的便利性

3　日本茶的美味與香氣　　4　體貼的款待之心

[題解攻略]

答えは 4

1．✕…「もてなしの心」を大切にすると、「お互いの信頼関係へとつながる」と述べている。つまり、「つながる」と言っているのであって、「大切にしたい」ことではない。

正確答案是 4

1．✕…文中提到如果能珍惜「もてなしの心」（款待的心），就能「お互いの信頼関係へとつながる」（延伸為雙方的相互信賴）。也就是說，這裡說的是「つながる」（延伸），而不是「大切にしたい」（倍感珍惜）的事。

247

2. ×…ペットポトルは便利だが、「大切にしたい」というのは、文章中にない内容。

3. ×…丁寧に入れた日本茶の味や香りの魅力については、「温かいおもてなしの心」の例としてあげているにすぎない。

4. ○…＿＿線部の前の「このようなもてなしの心」を、前の段落で「温かいもてなしの心」と言っている。

2. ×…雖然保特瓶很方便，但是對保特瓶「大切にしたい」（倍感珍惜）是文章中沒有提到的內容。

3. ×…用心沏的日本茶的甘醇與香氣的魅力，只不過是「温かいおもてなしの心」（體貼的款待之心）的舉例而已。

4. ○…＿＿底線部分的前面「このようなもてなしの心」（像這樣的款待之心）說的是前一段的「温かいもてなしの心」（體貼款待的心）。

答案：4

□ 団体／團體，集體

□ 清潔／乾淨的，清潔的；廉潔；純潔

□ 現代／現代，當代；（歷史）現代（日本史上指二次世界大戰後）

□ 感じる／感覺，感到；感動，感觸，有所感

□ お互い／彼此，互相

□ つながる／延伸；相連，連接，聯繫；（人）排隊，排列；有（血緣、親屬）關係，牽連

□ 茶／茶；茶水；茶葉；茶樹

□ 〜こそ／正是…，才（是）…；唯有…才…

□ （の）ではないかと思う／我想…吧；不就…嗎

(3)

ホテルのロビーに、下のようなお知らせの紙が貼ってある。

8月11日(金)
屋外プール休業について

お客様各位

　平素は山花レイクビューホテルをご利用いただき、まことにありがとうございます。台風12号による強風・雨の影響により、8/11(金)、屋外※プールを休業とさせて頂きます。ご理解とご協力を、よろしくお願い申し上げます。

　8/12（土）については、天候によって、営業時間に変更がございます。前もってお問い合わせをお願いいたします。

山花ホテル　総支配人

※　屋外…建物の外

26　このお知らせの内容と合っているものはどれか。

1　11日に台風が来たら、プールは休みになる。

2　11日も12日も、プールは休みである。

3　12日はプールに入れる時間がいつもと変わる可能性がある。

4　12日はいつも通りにプールに入ることができる。

旅館的大廳張貼著以下這張告示：

---

8 月 11 日（五）
戶外泳池暫停開放通知

各位貴賓：

　　非常感謝各位對山花湖景旅館的支持與愛護。由於受到 12 號颱風帶來的強風與豪雨影響，8/11（五）戶外 ※ 泳池將暫停開放。感謝您的諒解與合作。

　　8/12（六）的開放時間將視天候狀況有所異動，敬請於使用前洽詢櫃臺人員。

山花旅館 總經理

※ 屋外：建築物的外面

[26] 以下哪一項符合這張告示的內容？

1　假如 11 日颱風來襲的話，泳池將暫停開放。

2　11 日與 12 日泳池都暫停開放。

3　12 日可以進入泳池的時間隨時都可能改變。

4　12 日泳池和平常一樣正常開放使用。

[題解攻略]

答え（こた）は 3

1．×…「11 日（にち）に台風（たいふう）が来（き）たら」が正（ただ）しくない。仮定（かてい）ではなく、プールは休（やす）みになることは決（き）まっている。

正確答案是 3

　　1．×…「11 日に台風が来たら」（假如 11 日颱風來襲）是不正確的，告示中寫的並不是假設，而是已經確定泳池將暫停開放。

2．✕…12 日は、営業時間に変更があるかもしれないが、プールは営業する。

3．○…「天候によって、営業時間に変更がございます」とある。

4．✕…「いつも通り」ではない。天候によって、営業時間に変更がある可能性がある。

2．✕…雖然 12 日的開放時間可能異動，但泳池仍會開放。

3．○…告示上提到「天候によって、営業時間に変更がございます」（開放時間將視天候狀況有所異動）。

4．✕…並不是「いつも通り」（和平常一樣），而是視天候狀況，開放時間可能有所異動。

答案：**3**

單字的意思

□ 影響／影響

□ 理解／體諒，諒解；理解，領會，明白

□ 協力／配合，協力，合作，共同努力

□ 変更／變更，更改，改變

□ 前もって／預先，事先

□ 総／總括；總覽；總，全體；全部

文法的意思

□ ～により／因為…；根據…；由…；依照…

□ ～によって／根據…；依照…；因為…；由…

□ ～通り（に）／按照，正如…那樣，像…那樣

(4)

これは、一瀬さんに届いたメールである。

株式会社 山中デザイン
一瀬さゆり様

いつも大変お世話になっております。

私事※1ですが、都合により、8月31日をもって退職※2いたすこ
とになりました。

在職中※3はなにかとお世話になりました。心よりお礼を申し上げます。

これまで学んだことをもとに、今後は新たな仕事に挑戦してまいり
たいと思います。

一瀬様のますますのご活躍をお祈りしております。

なお、新しい担当は川島と申す者です。あらためて本人よりご連絡
させていただきます。

簡単ではありますが、メールにてご挨拶申しあげます。

株式会社 日新自動車販売促進部
加藤太郎
住所：〒 111-1111　東京都○○区○○町 1-2-3
TEL：03 - ＊＊＊＊ - ＊＊＊＊　／　FAX：03 - ＊＊＊＊ - ＊＊＊＊
URL：http://www. ×××.co.jp
Mail：×××@example.co.jp

※1　私事…自分自身だけに関すること。
※2　退職…勤めていた会社をやめること。
※3　在職中…その会社にいた間。

27 このメールの 内容で、正しいのはどれか。

1 これは、加藤さんが会社をやめた後で書いたメールである。

2 加藤さんは、結婚のために会社をやめる。

3 川島さんは、現在、日新自動車の社員である。

4 加藤さんは、一瀬さんに、新しい担当者を紹介してほしいと頼んでいる。

[翻譯]

　這是寄給一瀬小姐的電子郵件：

山中設計 股份有限公司
一瀬小百合小姐　敬覽

感謝您一直以來的照顧。
雖與工作無關，但我將於 8 月 31 日因個人理由[※1] 離職[※2]。

這段時間[※3] 以來承蒙您多方關照，由衷感激。

在這裡學到的心得，我將運用在下一份工作中接受全新的挑戰。
預祝一瀬小姐鴻圖大展。
此外，後續工作將由川島接任，他將與您另行聯絡。

謹此，匆草如上。

日新汽車股份有限公司 銷售部
加藤太郎
地址：〒 111-1111 東京都◎◎區○○町 1-2-3
TEL：03-****-**** ／ FAX: 03-****-****
URL:http://www. × × × .co.jp
Mail: × × × @example.co.jp

※1 私事：只和自己有關的事。

※2 退職：離開原本工作的公司。

※3 在職中：待在那家公司的期間。

[27] 關於這封電子郵件的內容，以下何者正確？

1　這是加藤先生離職以後寫的電子郵件。

2　加藤先生由於結婚而辭去工作。

3　川島先生目前是日新汽車的職員。

4　加藤先生希望請一瀬小姐幫忙介紹接手後續工作的人。

[題解攻略]

答えは 3

1．×…「8 月 31 日をもって退職いたすことになりました」とある。「8 月 31 日で」ということで、メールを送ったときは、8 月 31 日より前である。

2．×…会社を辞める理由を「結婚のため」とは書いていない。

3．○…川島さんは加藤さんと同じ会社（日新自動車）の人で、加藤さんの仕事を引きつぐ。

4．×…加藤さんは、一瀬さんに「新しい担当者を紹介してほしい」と頼んでいない。

正確答案是 3

1．×…郵件中提到「8 月 31 日をもって退職いたすことになりました」（將於 8 月 31 日離職）。因為是「8 月 31 日で」（將於 8 月 31 日），所以可以知道寄信的日期於 8 月 31 日之前。

2．×…郵件中沒有提到辭職的理由是「結婚のため」（因為結婚）。

3．○…川島先生是加藤先生同公司（日新汽車）的同事，接手加藤先生的工作。

4．×…加藤先生並沒有請一瀬小姐「新しい担当者を紹介してほしい」（介紹接手後續工作的人）。

答案：**3**

單字的意思

□ 届く／（送東西）寄達；及，達到；周到；達到（希望）

□ デザイン【design】／設計（圖）；（製作）圖案

□ 退職／退休，離職

□ 今後／今後，以後，將來

□ 挑戦／挑戰

□ ますます／越發，益發，更加

□ 活躍／活躍

□ 本人／本人

□ やめる／辭職；休學

文法的意思

□ ～をもとに／在…基礎上，以…為根據，以…為參考

問題五　翻譯與題解

第 5 大題　請閱讀以下（1）至（2）的文章，然後回答問題。答案請從 1・2・3・4 之中挑出最適合的選項。

（1）

　　日本人は寿司が好きだ。日本人だけでなく外国人にも寿司が好きだという人が多い。しかし、銀座などで寿司を食べると、目の玉が飛び出るほど値段が高いということである。

　　私も寿司が好きなので、値段が安い回転寿司をよく食べる。いろいろな寿司をのせて回転している棚から好きな皿を取って食べるのだが、その中にも、値段が高いものと安いものがあり、お皿の色で区別しているようである。

　　回転寿司屋には、チェーン店が多いが、作り方やおいしさには、同じチェーン店でも①「差」があるようである。例えば、店内で刺身を切って作っているところもあれば、工場で切った冷凍※1 の刺身を、機械で握ったご飯の上に載せているだけの店もあるそうだ。

　　寿司が好きな友人の話では、よい寿司屋かどうかは、「イカ」を見るとわかるそうである。②イカの表面に細かい切れ目※2 が入っているかどうかがポイントだという。なぜなら、生のイカの表面には寄生虫※3 がいる可能性があって、冷凍すれば死ぬが、生で使う場合は切れ目を入れることによって、食べやすくすると同時にこの寄生虫を殺す目的もあるからだ。こんなことは、料理人の常識なので、イカに切れ目がない店は、この常識を知らない料理人が作っているか、冷凍のイカを使っている店だと言えるそうだ。

※1　冷凍…保存のために凍らせること。

※2　切れ目…物の表面に切ってつけた傷。また，切り口。

※3　寄生虫…人や動物の表面や体内で生きる生物。

　　日本人喜歡吃壽司。而且不單是日本人，許多外國人也喜歡吃壽司。但是，在銀座這樣的高級地段吃壽司的話，結帳時的昂貴價格會把人嚇得連眼珠子都快掉下來了。

　　我也喜歡吃壽司，因此常去便宜的迴轉壽司店。從擺著各式各樣的壽司轉圈的檯面拿下喜歡的壽司盤享用，價錢有的高有的低，以盤子的顏色做區分。

　　迴轉壽司店有很多是連鎖店，但即使是同為連鎖店，製作的方法與美味程度也有①「差異」。舉例來說，有些是在店裡現切生魚片捏製，有些則只是把在工廠裡切好的冷凍※1生魚片擺到用機器捏好的飯糰上而已。

　　有個喜歡吃壽司的朋友告訴我，想分辨一家壽司店的高級與否，只要看「墨魚」就知道了。關鍵在於②墨魚的表面有沒有細細的割痕※2。理由是生墨魚的表面可能沾附著寄生蟲※3，只要經過冷凍就能殺死寄生蟲；但是如果生食，就必須用刀子在表面劃出細痕，這樣不但方便嚼食，也同時達到殺死那些寄生蟲的功效。這是廚師的基本常識，因此如果一家店的墨魚表面沒有割痕，就表示這是沒有這種基本常識的廚師做的，或者這家店用的是冷凍墨魚。

※1 冷凍：為了保存而冰凍。

※2 切れ目：物體表面被切開的割痕，也就是切口處。

※3 寄生虫：在人類或動物的體表或體內生存的生物。

28 ①「差」は、何の差か。

1　値段の「差」

2　チェーン店か、チェーン店でないかの「差」

3　寿司が好きかどうかの「差」

4　作り方や、おいしさの「差」

[翻譯]

[28] 所謂的①「差異」，指的是什麼？

1　價格的「差異」

2　是連鎖店或不是連鎖店的「差異」

3　喜不喜歡壽司的「差異」

4　製作的方法與美味程度的「差異」

[題解攻略]

答えは 4．

何に差があるかは、①＿＿＿の前に「作り方やおいしさ」とある。

正確答案是 4

所謂的差異指的是＿＿＿的前面提到的「作り方やおいしさ」（製作的方法與美味程度）。

答案：**4**

29 ②<u>イカの表面に細かい切れ目が入っているかどうか</u>とあるが、この<u>切れ目</u>は何のために入っているのか。

1 イカが冷凍かどうかを示すため
2 食べやすくすると同時に、寄生虫を殺すため
3 よい寿司屋であることを客に知らせるため
4 常識がある料理人であることを示すため

[翻譯]

[29] 文中提到②<u>墨魚的表面有沒有細細的割痕</u>，這種割痕的用意是什麼呢？

1 為了表示墨魚是否經過冷凍

2 為了方便嚼食以及殺死寄生蟲

3 為了讓顧客知道那是一家高級的壽司店

4 為了表示是具有基本常識的廚師所做的

[題解攻略]

答えは2
②____の後の「なぜなら」に注目する。「なぜなら」は前に述べたことの理由を言う接続語である。「食べやすくすると同時にこの寄生虫を殺す目的もあるからだ」と、イカの表面に細かい切れ目を入れる理由を述べている。それに合うのは2である。

正確答案是2
請注意②____的後面「なぜなら」（理由是）。接續語「なぜなら」（理由是）用於說明前面已敘述之事的理由。「食べやすくすると同時にこの寄生虫を殺す目的もあるからだ」（這樣不但方便嚼食，也同時達到殺死那些寄生蟲的功效）說明了墨魚的表面有細細的割痕的理由。與此相符的是選項2。

答案： **2**

30 回転寿司について、正しいのはどれか。

1 銀座の回転寿司は値段がとても高い。

2 冷凍のイカには表面に細かい切れ目がつけてある。

3 寿司の値段はどれも同じである。

4 イカを見るとよい寿司屋かどうかがわかる。

[翻譯]

[30] 關於迴轉壽司，以下何者正確？

1 銀座的迴轉壽司價格非常昂貴。

2 冷凍墨魚的表面有細細的割痕。

3 壽司的價格每盤都一樣。

4 只要看墨魚就能分辨是否為高級的壽司店。

[題解攻略]

答えは4

1．×…銀座の回転寿司が、すべて値段が高いのか、安い回転寿司があるのかはこの文章でははっきりしない。

2．×…イカの表面に細かい切れ目を入れるのは、「生のイカ」の場合である。

3．×…「寿司の値段はどれも同じ」ではない。銀座などの寿司

正確答案是4

1．×…銀座的迴轉壽司是否全都非常昂貴，或是也可能有平價的迴轉壽司，在本篇文章中並沒有明確說明。

2．×…在墨魚表面劃上細細的割痕，是用在「生のイカ」（生墨魚）上。

3．×…並非「寿司の値段はどれも同じ」（壽司的價格都一樣）。文中提到銀座等地方的壽司較昂貴，而且即使

は高いし、回転寿司でも「値段が
高いものと安いものがあり」と書
かれている。

4.○…最後の段落に「よい寿
司屋かどうかは、『イカ』を見る
とわかる」とある。

一様是迴轉壽司也是「値段が高いもの
と安いものがあり」（價錢有的高有的
低）。

4.○…請見最後一段提到「よい寿司
屋かどうかは、『イカ』を見るとわか
る」（想分辨一家壽司店的高級與否，
只要看「墨魚」就知道了）。

答案：4

單字的意思

□ のせる／放在…上，放在高處；
装載，装運；納入，使參加

□ 棚／（放置東西的）隔板，架子，
棚

□ 皿／盤子；盤形物；（助數詞）
一碟等

□ 握る／握飯團或壽司；握，抓；
掌握，抓住

□ 友人／友人，朋友

□ 表面／表面

□ なぜなら／因為，原因是

□ 殺す／殺死，致死；抑制，忍住，
消除；埋沒；浪費，犧牲

□ 目的／目的，目標

□ 生物／生物

小知識

「イカ」（墨魚）、「タコ」（章魚）、「カニ」（螃蟹）等動物該
以什麼量詞計算呢？其實當牠們活著的時候，要以「一匹」（一隻）、
「二匹」（二隻）計算，但在牠們死後被擺上餐桌時，則要説「イカ一
杯」（一隻墨魚）、「タコ二杯」（兩隻章魚）哦！

(2)

世界の別れの言葉は、一般に「Goodbye ＝神があなたとともにいますように」か、「See you again ＝またお会いしましょう」か、「Farewell ＝お元気で」のどれかの意味である。つまり、相手の無事や平安※1を祈るポジティブ※2な意味がこめられている。しかし、日本語の「さようなら」の意味は、その①どれでもない。

恋人や夫婦が別れ話をして、「そういうことならば、②仕方がない」と考えて別れる場合の別れに対するあきらめであるとともに、別れの美しさを求める心を表していると言う人もいる。

または、単に「左様ならば（そういうことならば）、これで失礼します」と言って別れる場合の「左様ならば」だけが残ったものであると言う人もいる。

いずれにしても、「さようなら」は、もともと、「左様であるならば＝そうであるならば」という意味の接続詞※3であって、このような、別れの言葉は、世界でも珍しい。ちなみに、私自身は、「さようなら」という言葉はあまり使わず、「では、またね」などと言うことが多い。やはり、「さようなら」は、なんとなくさびしい感じがするからである。

※1　平安…穏やかで安心できる様子。
※2　ポジティブ…積極的なこと。ネガティブはその反対に消極的、否定的なこと。
※3　接続詞…言葉と言葉をつなぐ働きをする言葉。

[翻譯]

世界上的道別語，其含意通常是「Goodbye ＝神與你同在」、「See you again ＝下次再會」或「Farewell ＝請保重」這三者的其中之一。換句話說，具有祈願對方平安[※1]無恙的正面意義[※2]。然而，日文的「さようなら（再見）」的意涵，則①不屬於以上的任何一種。

有一派說法是，這是當情人或夫妻話別時，在這個離別的時刻心裡揣著「既然這樣的話，②也是沒辦法的事」的想法，而只好接受了道別，於此同時，亦是其尋求離別美感的心緒流露。

另一派說法則是，其語源單純是從道別時說的「既是如此（既然這樣的話），那就在此告辭」這段話，只有「既是如此（左様ならば）」這一句流傳至今。

總而言之，「さようなら」原本是「左様であるならば＝そうであるならば」這個意思的連接詞[※3]，而這種來由的道別語在世界上算是相當少見。順帶一提，我本身不常用「さようなら」，多半說的是「では、またね」。因為不知道為什麼，總覺得「さようなら」帶著一股淡淡的哀傷。

※1 平安：平穩能夠安心的狀態。
※2 ポジティブ：積極。相反詞是ネガティブ，指消極、否定。
※3 接続詞：具有將詞語和詞語連接起來的作用的詞語。

31 ①どれでもない、とはどんな意味か。

1 日本人は、「Goodbye」や「See you again」「Farewell」を使わない。
2 日本語の「さようなら」は、別れの言葉ではない。
3 日本語の「さようなら」という言葉を知っている人は少ない。
4 「さようなら」は、「Goodbye」「See you again」「Farewell」のどの意味でもない。

[翻譯]

[31] 文中提到的①不屬於以上的任何一種，是指什麼意思呢？

1　日本人不使用「Goodbye」、「See you again」或「Farewell」。

2　日文的「さようなら」不是道別語。

3　很少人知道日文的「さようなら」這句話。

4　「さようなら」的意涵和「Goodbye」、「See you again」或「Farewell」都不一樣。

[題解攻略]

答えは4

①＿＿の前で、「Goodbye ＝神があなたとともにいますように」「See you again ＝またお会いしましょう」「Farewell ＝お元気で」と、世界の別れの言葉とそれぞれの意味を述べている。それに対して「さようなら」の意味は、そのどの意味ともちがうと述べている。したがって、4が適切。

正確答案是4

①＿＿的前面提到「Goodbye ＝神があなたとともにいますように」（Goodbye ＝神與你同在）、「See you again ＝またお会いしましょう」（See you again ＝下次再會）、「Farewell ＝お元気で」（Farewell ＝請保重），陳述了世界上道別的話語和其個別的意義，而「さようなら」（再見）的含意則不屬於其中任何一種。所以選項4是最適切的答案。

答案：4

---

32 仕方がないには、どのような気持ちが込められているか。

1　自分を反省する気持ち　　2　別れたくないと思う気持ち

3　別れをつらく思う気持ち　　4　あきらめの気持ち

[翻譯]

[32] 文中提到②也是沒辦法的事，是一種什麼樣的心情呢？

1　自我反省的心情

2　覺得不想分別的心情

3　覺得分別很難受的心情

4　打消了念頭的心情

[題解攻略]

答えは 4

「仕方がない」とは「どうしようもない。どうにもならない」という意味。「仕方がない」と似た意味の言葉として、②＿＿＿の後に「別れに対するあきらめ」とある。「あきらめ」は「あきらめる（＝だめだと思う）」の名詞の形。したがって、4 が適切。

正確答案是 4

「仕方がない」（沒辦法）是「どうしようもない。どうにもならない」（該怎麼辦，沒有任何辦法）的意思。②＿＿＿的後面寫的「別れに対するあきらめ」（只好接受了道別）是和「仕方がない」（沒辦法）意思相近的詞語。「あきらめ」（斷念）是「あきらめる（＝だめだと思う）」（斷念〈＝認為已經無法挽回了〉）的名詞型態。因此選項 4 是最適切的答案。

答案：4

33　この文章の内容に合っているのはどれか。

1　「さようなら」は、世界の別れの言葉と同じくネガティブな言葉である。

2　「さようなら」には、別れに美しさを求める心がこめられている。

3　「さようなら」は、相手の無事を祈る言葉である。

4　「さようなら」は、永遠に別れる場合しか使わない。

[翻譯]

[33] 以下哪一段敘述和這篇文章的內容相符？

1 「さようなら」和世界上的道別語同樣都是負面的語言

2 「さようなら」蘊含著尋求離別美感的心緒流露

3 「さようなら」是祈願對方無恙的話語

4 「さようなら」只能用在永遠離別的情況下

[題解攻略]

答えは 2

1. ×…世界の別れの言葉は一般に「ポジティブ」である。

2. ○…2 段落に「別れの美しさを求める心を表している」とある。

3. ×…相手の無事を祈る言葉は「Goodbye」「See you again」「Farewell」などである。

4. ×…「永遠に別れる場合にしか使わない」とは文章中では述べられていない内容である。

正確答案是 2

1. ×…世界上的道別語通常都是「ポジティブ」（正面）的語言。

2. ○…請見第二段寫的「別れの美しさを表している」（尋求離別美感的心緒流露）。

3. ×…請見第一段，祈願對方無恙的話語是「Goodbye」「See you again」「Farewell」等等。

4. ×…「永遠に別れる場合にしか使わない」（只能用在永遠離別的情況下）這是文章中沒有提到的內容。

答案： 2

單字的意思

□ 別れ／別，離別，分離；分支，旁系

□ 恋人／情人，意中人

□ 夫婦／夫婦，夫妻

□ 表す／表現出，表達；象徵

□ やはり／畢竟還是；仍然；果然

□ 積極的／積極的

□ 反対（はんたい）／相反；反對

□ 反省（はんせい）／反省，自省（思想與行為）；重新考慮

□ 消極的（しょうきょくてき）／消極的

□ つなぐ／連接，接上；拴結，繫；延續，維繫（生命等）

□ ～とともに／和…一起；與…同時，也…；隨著…

□ ～ように／如同…；了…而…；希望…，請…

□ ～に対（たい）する／向…，對（於）…

　　「さようなら」是日語道別的説法，但日本人其實也很少使用。若是隔天還會見到面的情況，通常會説「またあした」（明天見）來道別。好朋友之間道別可以用較隨意的「またね」（再見）、「じゃあ」（再見），但對長輩或不熟的人可就不能這麼説哦！要用「お先（さき）に失礼（しつれい）します」（我先告辭了）、「失礼（しつれい）いたします」（容我告辭），如果能搭配鞠躬就更得體了。

問題六　翻譯與題解

第6大題　請閱讀以下的文章，然後回答問題。答案請從 1・2・3・4 之中挑出最適合的選項。

日本語の文章にはいろいろな文字が使われている。漢字・平仮名・片仮名、そしてローマ字などである。

①漢字は、3000 年も前に中国で生まれ、それが日本に伝わってきたものである。4〜5 世紀ごろには、日本でも漢字が広く使われるようになったと言われている。「仮名」には「平仮名」と「片仮名」があるが、これらは、漢字をもとに日本で作られた。ほとんどの平仮名は漢字をくずして書いた形から作られたものであり、片仮名は漢字の一部をとって作られたものである。例えば、平仮名の「あ」は、漢字の「安」をくずして書いた形がもとになっており、片仮名の「イ」は、漢字「伊」の左側をとって作られたものである。

日本語の文章を見ると、漢字だけの文章に比べて、やさしく柔らかい感じがするが、それは、平仮名や片仮名が混ざっているからであると言われる。

それでは、②平仮名だけで書いた文はどうだろう。例えば、「ははははつよい」と書いても意味がわからないが、漢字をまぜて「母は歯は強い」と書けばわかる。漢字を混ぜて書くことで、言葉の意味や区切りがはっきりするのだ。

それでは、③片仮名は、どのようなときに使うのか。例えば「ガチャン」など、物の音を表すときや、「キリン」「バラ」など、動物や植物の名前などは片仮名で書く。また、「ノート」「バッグ」など、外国から日本に入ってきた言葉も片仮名で表すことになっている。

このように、日本語は、漢字と平仮名、片仮名などを区別して使うことによって、文章をわかりやすく書き表すことができるのだ。

[翻譯]

　　　　日文的文章裡使用各種不同的文字：漢字、平假名、片假名，以及羅馬拼音。

　　①漢字是距今三千年前於中國誕生、之後傳入日本的文字。相傳在四至五世紀時，日本人也同樣廣泛使用漢字。「假名」包括「平假名」和「片假名」，這種文字是日本人以漢字為基礎所衍生出來的。幾乎所有的平假名都是由漢字的筆畫簡化而來，而片假名則是擷取漢字的局部字體變化而成。例如，平假名的「あ」是由漢字的「安」的筆畫簡化而來，而片假名的「イ」則是從漢字的「伊」的左偏旁變化而成。

　　閱讀日文的文章時，比起通篇漢字的文章感覺較為柔和，據說是裡面摻入了平假名和片假名的緣故。

　　那麼，②只用平假名書寫的文章又是如何呢？舉例來說，文章裡出現了「はははははつよい」這樣一段文字，實在無法了解是什麼意思，但只要用上幾個漢字寫成「母は歯は強い（媽媽的牙齒很強健）」，馬上就讀懂了。書寫時透過加入漢字，有助於釐清語句的意思，並使句讀更加明確。

　　至於③片假名又是在哪些情況下使用的呢？譬如用片假名「ガチャン（哐啷、啪）」來表示物體發出的聲響，或是「キリン（長頸鹿）」、「バラ（玫瑰）」之類的動物和植物的名稱。此外，諸如「ノート（筆記本）」、「バッグ（皮包）」這些從外國傳入日本的詞彙，也會用片假名表示。

　　像這樣，在各種情況下分別使用漢字、平假名和片假名，能夠讓日文的文章寫得更加清楚易懂。

34　①漢字について、正しいのはどれか。

1　3000年前に中国から日本に伝わった。

2　漢字から平仮名と片仮名が日本で作られた。

3　漢字をくずして書いた形から片仮名ができた。

4　漢字だけの文章は優しい感じがする。

[翻譯]

[34] 關於①漢字，以下哪一段敘述正確？

1　距今三千年前從中國傳入了日本。

2　日本人以漢字為基礎衍生出平假名和片假名。

3　片假名是由漢字的筆畫簡化而來。

4　通篇漢字的文章較為柔和。

[題解攻略]

　　答えは2

1．×…「3000年前」は中国で漢字が生まれた時代。日本に伝わった時代ではない。

2．○…①____の後に、「『仮名』には『平仮名』と『片仮名』があるが、これらは漢字をもとに日本で作られた」とある。

3．×…漢字をくずしてできたのは「片仮名」ではなく「平仮名」。

4．×…3段落に、日本語の文章は「漢字だけの文章に比べて、やさしく柔らかい感じがする」とある。日本語の文章は平仮名や片仮名が混じっているからである。したがって、「漢字だけの文章は優しい感じがする」は誤り。

　　正確答案是2

1．×…「3000年前」（距今三千年前）是漢字在中國誕生的時代。而不是傳入日本的時代。

2．○…請見①____的後面提到「『仮名』には『平仮名』と『片仮名』があるが、これらは漢字をもとに日本で作られた」（「假名」包括「平假名」和「片假名」，這種文字是以漢字為基礎所衍生出來的）。

3．×…由漢字的筆畫簡化而來的是「平仮名」（平假名）而非「片仮名」（片假名）。

4．×…第三段提到閱讀日文的文章時，會覺得「漢字だけの文章に比べて、やさしく柔らかい感じがする」（比起通篇漢字的文章感覺較為柔和）。這是因為文章裡混入了平假名和片假名的緣故。所以「漢字だけの文章は優しい感じがする」（通篇漢字的文章較為柔和）是錯誤的。

答案：**2**

35 ②平仮名だけで書いた文がわかりにくいのはなぜか。

1 片仮名が混じっていないから

2 文に「、」や「。」が付いていないから

3 言葉の読み方がわからないから

4 言葉の意味や区切りがはっきりしないから

[翻譯]

[35] 為什麼②只用平假名書寫的文章不容易讀懂呢？

1 因為裡面沒有使用片假名

2 因為文章裡沒有加上「、」和「。」

3 因為不知道語句的讀法

4 因為語句的意思和句讀並不明確

[題解攻略]

答えは 4

②＿＿＿の後に「漢字を混ぜて書くことで、言葉の意味や区切りがはっきりする」とある。言い換えれば、平仮名だけだと、言葉の意味や区切りがはっきりしないということ。

正確答案是 4

請見②＿＿＿的後面提到「漢字を混ぜて書くことで、言葉の意味や区切りがはっきりする」（書寫時透過加入漢字，有助於釐清語句的意思，並使句讀更加明確）。換言之，通篇使用平假名的文章，其語意和句讀並不明確。

答案：4

36 ③片仮名は、どのようなときに使うのかとあるが、普通、片仮名で書かないのはどれか

1 「トントン」など、物の音を表す言葉

2 「アタマ」など、人の体に関する言葉

3 「サクラ」など、植物の名前

4 「パソコン」など、外国から入ってきた言葉

[翻譯]

[36] 文章提到③片假名又是在哪些情況下使用的呢，一般而言，以下何者不會用片假名書寫？

1 「トントン（咚咚）」之類用來表示物體聲響的語詞

2 「アタマ（頭）」之類與人體有關的語詞

3 「サクラ（櫻）」之類的植物名稱

4 「パソコン（電腦）」之類從外國傳入的語詞

[題解攻略]

答えは2

1.×…物の音を表す言葉は、片仮名で書く。

2.○…「頭」のように、漢字で書く。

3.×…植物の名前は片仮名で書く。

4.×…外国から入った言葉は片仮名で書く。

正確答案是2

1.×…表示物體聲響的語詞會用片假名書寫。

2.○…「アタマ（頭）」會用漢字書寫成「頭」。

3.×…植物的名稱會用片假名書寫。

4.×…從外國傳入的語詞會用片假名書寫。

答案：2

37 日本語の文章について、間違っているものはどれか。

1 漢字だけでなく、いろいろな文字が混ざっている。

2 漢字だけの文章に比べて、やわらかく優しい感じを受ける。

3 いろいろな文字が区別して使われているので、意味がわかりやすい。

4 ローマ字が使われることは、ほとんどない。

[翻譯]

[37] 關於日文的文章，以下何者有誤？

1 不單用漢字，還使用各種不同的文字。

2 和通篇漢字的文章相較，感覺較為柔和。

3 能在各種情況下分別使用不同文字，有助於清楚易懂。

4 幾乎沒有使用羅馬拼音。

[題解攻略]

答えは 4

1．×…日本語の文章は、漢字、平仮名、片仮名、ローマ字が混じっている。

2．×…「漢字だけの文章に比べて、やさしく柔らかい感じがする」とある。

正確答案是 4

1．×…日文的文章會使用漢字、平假名、片假名、羅馬拼音混合書寫而成。

2．×…文中提到「漢字だけの文章に比べて、やさしく柔らかい感じがする」（和通篇漢字的文章相較，感覺較為柔和）。

3．×…最後の一文に「日本語は、漢字と平仮名、片仮名などを区別して使うことによって、文章をわかりやすく書き表すことができる」とある。

4．○…ローマ字は使われている。

3．×…文章的最後提到「日本語は、漢字と平仮名、片仮名などを区別して使うことによって、文章をわかりやすく書き表すことができる」（分別使用漢字、平假名和片假名，能夠讓日文的文章寫得更加清楚易懂）。

4．○…日文文章也會用到羅馬拼音。

答案：**4**

單字的意思		
□ ローマ字／羅馬字		□ はっきり／清楚；直接了當
□ 世紀／世紀，百代；時代，年代；百年一現，絕世		□ 混ぜる／混合，攪拌
□ 混ざる／混雜，夾雜		□ 付く／附著，沾上；長，添增；跟隨；隨從，聽隨；偏坦

文法的意思	
□ ～をもとに／以…為參考，以…為根據，在…基礎上	
□ ～ことになっている／按規定…；預定…；將…	

問題七　翻譯與題解

第 7 大題　右頁是某家旅館的官網上刊載關於和服體驗教室參加者報名須知的廣告。
請閱讀後回答下列問題。答案請從 1・2・3・4 之中挑出最適合的選項。

着物体験
参加者募集

【着物体験について】

1 回：二人～三人程度、60 分～90 分
料金：〈大人用〉6,000 円～9,000 円／一人
　　　〈子ども用〉（12 歳まで）4,000 円／一人
　　　（消費税込み）
＊着物を着てお茶や生け花※1 をする「日本文化体験コース」もあります。
＊着物を着てお出かけしたり、人力車※2 観光をしたりすることもできます。
＊ただし、一部の着物はお出かけ不可
＊人力車観光には追加料金がかかります

【写真撮影について】

　振り袖から普通の着物・袴※3 などの日本の伝統的な着物を着て写真撮影ができます。着物は、大人用から子ども用までございますので、お好みに合わせてお選びください。小道具※4 や背景セットを使った写真が楽しめます。（デジカメ写真プレゼント付き）

ご予約時の注意点

①上の人数や時間は、変わることもあります。お気軽にお問い合わせください。（多人数の場合は、グループに分けさせていただきます。）
②予約制ですので、前もってお申し込みください。（土・日・祝日は、空いていれば当日受付も可能です。）
③火曜日は定休日です。（但し、祝日は除く）
④中国語・英語でも説明ができます。

ご予約承ります！
お問い合せ・お申込みは
富士屋

nihonntaiken@ ×××.fujiya.co.jp
電話 03- ××××-××××

※1 お茶・生け花…日本の伝統的な文化で、茶道と華道のこと。
※2 人力車…お客をのせて人が引いて走る二輪車。
※3 振り袖〜袴…日本の着物の種類。
※4 小道具…写真撮影などのために使う道具。

[翻譯]

和服體驗
報名須知

【和服體驗須知】

每次：二人〜三人左右、60 分〜 90 分

費用：〈成人服裝〉6,000 圓〜 9,000 圓／一人
　　　〈兒童服裝（12 歲以下）〉4,000 圓／一人
　　　（含消費稅）

＊另有穿著和服學習點茶或插花[※1]的「日本文化體驗課程」。

＊亦可穿著和服外出，或搭人力車[※2]觀光。

＊部分和服不可穿出教室外

＊搭人力車觀光需額外付費

【人像攝影須知】

　　本教室可提供長袖和服、一般和服、褲裙禮服[※3]等等日本的傳統服裝拍攝人像。和服尺寸從成人服裝到兒童服裝一應俱全，歡迎挑選喜愛的服飾。配合小道具[※4]及布景讓照片更有意境。（贈送照片電子圖檔）

預約注意事項：

① 上述人數與時間可能異動，歡迎洽詢。（人數較多時，將會分組進行。）

② 本課程採取預約制，敬請事先報名。（週六、日與國定假日有空檔的時段可以當天受理報名。）

③ 每週二公休。（但是國定假日除外）

④ 可用中文與英文講解。

歡迎預約！
報名與詢問請洽
富士屋
nihonntaiken@×××fujiya.co.jp
電話 03-××××-××××

※1　お茶・生け花：此處指日本傳統文化的茶道與花道。

※2　人力車：由人力拉著乘客移動的兩輪車。

※3　振り袖〜袴：日本和服的種類。

※4　小道具：人像攝影時使用的道具。

38　会社員のハンさんは、友人と日本に観光に行った際、着物を着てみたいと思っている。ハンさんと友だちが着物を着て散歩に行くには、料金は一人いくらかかるか。

1　6,000円

2　9,000円

3　6,000円〜9,000円

4　10,000円〜13,000円

[翻譯]

[38] 有位上班族韓小姐和朋友去日本旅遊時希望嘗試穿和服。如果韓小姐和朋友想穿著和服在街上散步的話，每人約需支付多少費用呢？

1　6,000圓

2　9,000圓

3　6,000〜9,000圓

4　10,000〜13,000圓

答えは3

ハンさんは会社員なので、大人。その友だちも大人だと考えられる。着物体験の料金は、「〈大人用〉6,000 円〜 9,000 円／一人」である。つまり、一人「6,000円〜 9,000 円」である。

正確答案是 3

因為韓小姐是上班族，所以是成人，因此推測她的朋友也是成人。廣告上寫道和服體驗的費用是「〈大人用〉6,000 円〜 9,000 円／一人」（〈成人服裝〉6,000 圓〜 9,000 圓／一人）。也就是說，一個人需要「6,000 円〜 9,000 円」（6,000 圓〜 9,000 圓）。

答案：**3**

---

39 この広告の内容と合っているものはどれか。

1　着物を着て、小道具や背景セットを作ることができる。
2　子どもも、参加することができる。
3　問い合わせができないため、予約はできない。
4　着物を着て出かけることはできないが、人力車観光はできる。

[翻譯]

[39] 以下哪一項和這份廣告的內容相符？

1　可以穿著和服，製作小道具和布景。

2　兒童也可以參加。

3　由於無法洽詢，因此不能預約。

4　雖然不能穿著和服外出，但是可以搭人力車觀光。

[題解攻略]

答えは2

1．×…「小道具や背景セット
を作る」のではない。「小道具や
背景セットを使った写真」の撮影
ができるのである。

2．○…子ども用料金があるこ
とから、子どもも参加することが
できることがわかる。

3．×…「予約制ですので、前
もってお申し込みください」とあ
る。

4．×…「着物を着てお出かけ
したり、人力車観光をしたりする
こともできます」とある。

正確答案是2

1．×…並不是「小道具や背景セット
を作る」（製作小道具和布景）。而是
可以拍攝「小道具や背景セットを使っ
た写真」（配合小道具及布景的照片）。

2．○…因為廣告中註明了兒童的費
用，因此得知兒童也可以參加和服體驗。

3．×…廣告中提到「予約制ですの
で、前もってお申し込みください」（本
課程採取預約制，敬請事先報名）。

4．×…廣告中提到「着物を着てお出
かけしたり、人力車観光をしたりする
こともできます」（可穿著和服外出，
或搭人力車觀光）。

答案： 2

單字的意思

□ 消費／消費，耗費

□ コース【course】／課程，學程；
路線，（前進的）路徑

□ 観光／觀光，遊覽，旅遊

□ デジカメ【digital camera】／
數位相機（「デジタルカメラ」
之略稱）

□ グループ【group】／組，幫，群；
（共同行動的）集團，夥伴

□ 分ける／分，分開；區分，劃分；
分配，分給；分開

□ 前もって／預先，事先

□ 広告／廣告；作廣告，廣告宣傳

□ 内容／內容

□ ～際／…的時候，在…時，當…之際

□ ～みたい／想要嘗試…；好像…

　　和服和浴衣有什麼不同？其實浴衣也是和服的一種，只是布料較薄，通常在夏天穿著。和服和浴衣最大的差異是，浴衣可以當睡衣直接穿著入睡，而和服不行。另外，和服裡必須穿上長襯衣，浴衣則不需要。

文法比一比

● **をもとに、をもとにして**

「以…為根據」，「以…為參考」，「在…基礎上」

[說明] [Nをもとに（して）]。表示將某事物做為啟示、根據、材料、基礎等。後項的行為、動作是根據或參考前項來進行的。相當於「…に基づいて」、「…を根拠にして」。／

[例句] 彼女のデザインをもとに、青いワンピースを作った。／以她的設計為基礎，裁製了藍色的連身裙。

● **にもとづいて**

「根據…」，「按照…」，「基於…」

[說明] [Nにもとづいて]；[NにもとづいたN]；[NにもとづいてのN]。表示以某事物為根據或基礎。相當於「…をもとにして」。

[例句] 違反者は法律に基づいて処罰されます。／違者依法究辦。

● **とともに**

「和…一起」，「與…同時，也…」

[說明] [Nとともに]；[V-るとともに]。表示後項的動作或變化，跟著前項同時進行或發生。相當於「…といっしょに」、「…と同時に」。

[例句] 仕事すると、お金とともに、たくさんの知識や経験が得られる。／工作得到報酬的同時，也得到很多知識和經驗。

● **にともなって**

「伴隨著…」，「隨著…」

[說明] [Nにともなって]；[Vのにともなって]。表示隨著前項事物的變化而進展。相當於「…とともに、…につれて」。

[例句] この物質は、温度の変化に伴って色が変わります。／這物質的顏色，會隨著溫度的變化而改變。

● **さい、さいは、さいに（は）**

「…的時候」，「在…時」，「當…之際」

[說明] [Nのさい（に）]；[Vさい（に）]。表示動作、行為進行的時候。相當於「…ときに」。

[例句] 以前、東京でお会いした際、名刺をお渡ししたと思います。／我想之前在東京與您見面時，有遞過名片給您。

● **ところ（に・へ・で・を）**

「…的時候」，「正在…時」

[說明] [V-ている / V-たところに]。表示行為主體正在做某事的時候，發生了其他的事情。大多用在妨礙行為主體的進展的情況，有時也用在情況往好的方向變化的時候。相當於「ちょうど…しているときに」。

[例句] 出かけようとしたところに、電話が鳴った。／正要出門時，電話鈴就響了。

問題四　翻譯與題解

第 4 大題　請閱讀以下（1）至（4）的文章，然後回答問題。答案請從 1・2・3・4 之中挑出最適合的選項。

（1）

　　人類は科学技術の発展によって、いろいろなことに成功しました。例えば、空を飛ぶこと、海底や地底の奥深く行くこともできるようになりました。今や、宇宙へ行くことさえできます。

　　しかし、人間の望みは限りがないもので、さらに、未来や過去へ行きたいと思う人たちが現れました。そうです。『タイムマシン』の実現です。

　　いったいタイムマシンを作ることはできるのでしょうか？

　　理論上は、できるそうですが、現在の科学技術ではできないということです。

　　残念な気もしますが、でも、未来は夢や希望として心の中に描くことができ、また、過去は思い出として一人一人の心の中にあるので、それで十分ではないでしょうか。

24 「タイムマシン」について、文章の内容と合っていないのはどれか。

1　未来や過去に行きたいという人間の夢をあらわすものだ

2　理論上は作ることができるものだが実際には難しい

3　未来や過去も一人一人の心の中にあるものだ

4　タイムマシンは人類にとって必要なものだ

[翻譯]

> 人類隨著科學技術的發展，達成了各式各樣的目標。比方人類已經可以飛上天空，也能夠到海底及地底深處，現在甚至可以到外太空了。
>
> 但是，人的欲望是無窮無盡的，因此出現了一些人想要前往未來或是回到過去。是的，人們想要製造「時光飛行器」。
>
> 人類究竟能不能夠成功做出時光飛行器呢？
>
> 理論上似乎可行，但是以目前的科學技術似乎還沒有辦法實現。
>
> 儘管有些遺憾，但是，人們可以在心中勾勒出對未來的夢想與希望，並且每一個人也能夠將過去的回憶深藏在心裡，我想，這樣已經足夠了。

[24] 關於「時光飛行器」，以下哪一段敘述與文章內容不符？

1　這可以實現人類想前往未來或是回到過去的夢想

2　儘管理論上可行，但是實際上還很困難

3　未來與過去都藏在每一個人的心裡

4　時光飛行器對人類是不可或缺的

[題解攻略]

答えは 4

1．×…「未来や過去へ行きたいと思う人たちが現れました」とある。

2．×…「理論上は、できるそうですが、現在の科学技術ではできない」とある。

正確答案是 4

1．×…文中提到「未来や過去へ行きたいと思う人たちが現れました」（出現了一些人想要前往未來或是回到過去）。

2．×…文中提到「理論上は、できるそうですが、現在の科学技術ではできない」（理論上似乎可行，但是以目前的科學技術似乎還沒有辦法實現）。

3. ×…最後の段落に「一人一人の心の中にある」とある。

4. ○…「人類にとって必要なものだ」とは言っていない。

3. ×…文章最後一段提到「一人一人の心の中にある」（藏在每個人的心裡）。

4. ○…文中沒有提到時光飛行器「人類にとって必要なものだ」（對人類是不可或缺的）。

答案：4

單字的意思

☐ 成功（せいこう）／成功，成就，勝利；功成名就，成功立業

☐ 奥（おく）／裡頭，深處；裡院；盡頭

☐ 未来（みらい）／將來，未來；（佛）來世

☐ 現れる（あらわ）／出現，呈現，顯露

☐ いったい／到底，究竟；根本，本來；大致上

☐ 描く（えが）／想像，勾勒；以…為形式，描寫；畫，描繪

文法的意思

☐ ～さえ／連…，甚至…

（2）

　これは、田中さんにとどいたメールである。

あて先：jlpt1127.clear@nihon.co.jp

件名：パンフレット送付※のお願い

送信日時：2015 年 8 月 1 4 日　13:15

================================

ご担当者様

　はじめてご連絡いたします。

　株式会社山田商事、総務部の山下花子と申します。

　このたび、御社のホームページを拝見し、新発売のエアコン「エコール」について、詳しくうかがいたいので、パンフレットをお送りいただきたいと存じ、ご連絡いたしました。2 部以上お送りいただけると助かります。

　どうぞよろしくお願いいたします。

【送付先】

〒 564-9999

大阪府〇〇市△△町 11-9　XX ビル 2F

TEL：066-9999-XXXX

株式会社　山田商事　総務部

担当：山下　花子

※　送付…相手に送ること。

25 このメールを見た後、田中さんはどうしなければならないか。

1 「エコール」について、メールで詳しい説明をする。

2 山下さんに「エコール」のパンフレットを送る。

3 「エコール」のパンフレットが正しいかどうか確認する。

4 「エコール」の新しいパンフレットを作る。

[翻譯]

這是一封寄給田中先生的電子郵件：

收件地址：jlpt1127.clear@nihon.co.jp

主旨：敬請寄送※說明書

寄件日期：2015 年 8 月 14 日 13:15

================================

承辦人，您好：

請恕冒昧打擾。

我是山田商事股份有限公司總務部的山下花子。

最近在貴公司的官網看到新上市的空調機「École」，希望進一步了解詳情，想索取說明書，因此與貴公司聯繫。方便的話，盼能索取兩份說明書。

非常感謝撥冗郵寄。

【郵寄地址】

〒 564-9999

大阪府○○市△△町 11-9　××大樓 2F

TEL：066-9999-xxxx

山田商事股份有限公司 總務部

承辦人：山下 花子

※ 送付：致送對方。

[25] 看到這封電子郵件後，田中先生必須做什麼事呢？

1 以電子郵件回覆並詳細說明「École」。

2 把「École」的說明書寄給山下小姐。

3 檢查「École」的說明書是否正確。

4 重新編寫「École」的說明書。

[題解攻略]

答えは２

山下さんはメールに「パンフレット をお送りいただきたい」と書いている。田中さんがすることは、「エコール」のパンフレットを送ることである。したがって、２が適切である。

正確答案是 2

山下小姐在郵件上寫的是「パンフレットをお送りいただきたい」（想索取說明書）。田中先生要做的事是把「École」的說明書寄過去。所以選項 2 是最適切的答案。

答案：2

單字的意思

□ パンフレット【pamphlet】／
小冊子

□ ホームページ【homepage】／
網站，網站首頁

□ エアコン【air conditioning】／
空調；溫度調節器

□ 詳しい／詳細；精通，熟悉

□ 助かる／有幫助，省事；得救，
脫險

□ 相手／對象；夥伴，共事者；對
方，敵手

（3）

これは、大学内の掲示である。

台風9号による1・2時限 ※1 休講 ※2 について

　　本日（10月16日）、関東地方に大型の台風が近づいているため、

本日と、明日1・2時限目の授業を中止して、休講とします。なお、

明日の3・4・5時限目につきましては、大学インフォメーション

サイトの「お知らせ」で確認して下さい。

東青大学

※1　時限…授業のくぎり。

※2　休講…講義が休みになること。

---

26 正しいものはどれか。

1　台風が来たら、10月16日の授業は休講になる。

2　台風が来たら、10月17日の授業は行われない。

3　本日の授業は休みで、明日の3時限目から授業が行われる。

4　明日3、4、5時限目の授業があるかどうかは、「お知らせ」で確認

　　する。

[翻譯]

這是大學的內部公告：

為因應 9 號颱風來襲，第一二堂^{※1} 停課^{※2} 公告

今天（10 月 16 日）由於關東地區有大型颱風來襲，取消今天、以及明天第一二堂課。此外，明天第三、四、五堂課是否上課，請上校內網站的「公告欄」查詢。

東青大學

※1 時限：授課的時間單位。

※2 休講：停課。

[26] 以下哪一段敘述正確？

1　假如颱風來襲，10 月 16 日的課程將會停課。

2　假如颱風來襲，10 月 17 日的課程將不會上課。

3　今天全日停課，明天從第三堂課開始上課。

4　明天第三、四、五堂課是否上課，必須查詢「公告欄」。

[題解攻略]

答えは 4

1・2.　×…「台風が来たら」が誤り。台風が近づいているので、16 日と、17 日の 1・2 時限目の授業の休講は決まっている。

3.　×…「明日の 3・4・5 時限目につきましては、大学インフォメーションサイトの『お知らせ』

正確答案是 4

1・2.　×…「台風が来たら」（假如颱風來襲）是錯誤的。因為颱風正在逼近，所以已經確定取消 16 日和 17 日的第一、二堂課。

3.　×…公告上寫的是「明日の 3・4・5 時限目につきましては、大学インフォメーションサイトの『お知らせ』で確認して下さい」（明天第三、四、五堂課是否上課，請上校內網站的「公告

で確認して下さい」とある。つまり、3時限目からの授業があるかどうかはまだわからない。

4. ○…大学インフォメーションサイト「お知らせ」を確認する必要がある。

欄」査詢）。也就是說，還不知道是否從第三堂課開始上課。

4. ○…必須上校內網站的「公告欄」確認明天第三、四、五堂課是否上課。

答案：4

(4)

日本では、少し大きな駅のホームには、立ったまま手軽に「そば」や「うどん」を食べられる店（立ち食い屋）がある。

「そば」と「うどん」のどちらが好きかは、人によってちがうが、一般的に、関東では「そば」の消費量が多く、関西では「うどん」の消費量が多いと言われている。

地域毎に「そば」と「うどん」のどちらに人気があるかは、実は、駅のホームで簡単にわかるそうである。ホームにある立ち食い屋の名前を見ると、関東と関西で違いがある。関東では、多くの店が「そば・うどん」、関西では、「うどん・そば」となっている。「そば」と「うどん」、どちらが先に書いてあるかを見ると、その地域での人気がわかるというのだ。

27 駅のホームで簡単にわかる、とあるが、どんなことがわかるのか。

1 自分が、「そば」と「うどん」のどちらが好きかということ

2 関東と関西の「そば」の消費量のちがい

3 駅のホームには必ず、「そば」と「うどん」の立ち食い屋があるということ

4 店の名前から、その地域で人気なのは「うどん」と「そば」のどちらかということ

[翻譯]

在日本，稍具規模的車站月台上，開設有站著就能以便宜的價格享用「蕎麥麵」或「烏龍麵」的店鋪（立食店）。

喜歡吃「蕎麥麵」還是「烏龍麵」因人而異，但一般來說，「蕎麥麵」在關東地區的消費量比較高，而「烏龍麵」則在關西地區的消費量比較高。

不同地區的「蕎麥麵」和「烏龍麵」何者較受歡迎，其實只要從當地車站月台就很容易分辨。觀察開在車站月台上的立食店名稱，會發現關東地區和關西地區不一樣。在關東地區，多數店鋪寫的是「蕎麥麵・烏龍麵」，而關西地區則是「烏龍麵・蕎麥麵」。只要看「蕎麥麵」和「烏龍麵」是哪一個寫在前面，就可以知道當地是哪一種比較受歡迎了。

[27] 文中提到只要從當地車站月台就很容易分辨，到底是怎麼分辨的呢？

1 看自己比較喜歡「蕎麥麵」還是「烏龍麵」

2 從關東地區和關西地區的「蕎麥麵」消費量不同得知

3 因為車站的月台一定有「蕎麥麵」或「烏龍麵」的立食店鋪

4 從店鋪的名稱，可以推論出當地較受歡迎的是「烏龍麵」還是「蕎麥麵」

[題解攻略]

答えは 4

文章の最後の文に「『そば』と『うどん』、どちらが先に書いてあるかを見ると、その地域での人気がわかる」とある。つまり、駅のホームにある立ち食いの店の名前から、どちらに人気があるかわかるということである。したがって、4 が適切。

正確答案是 4

請見文章的最後「『そば』と『うどん』、どちらが先に書いてあるかを見ると、その地域での人気がわかる」（只要看「蕎麥麵」和「烏龍麵」是哪一個寫在前面，就可以知道當地是哪一種比較受歡迎了）。也就是說，只要看車站月台上的立食店的店名，就可以知道是哪一種比較受歡迎。因此選項 4 是最適切的答案。

答案：**4**

單字的意思

□ ホーム【platform 之略】／月台

□ そば／蕎麥；蕎麥麵

□ うどん／烏龍麵條，烏龍麵

□ 消費／消費，耗費

□ 毎／每

□ 人気／人緣，人望

小知識

除了「そば」（蕎麥麵）和「うどん」（烏龍麵），日本還有很多美食哦！把這些日式料理的説法學起來，下次去日本就可以用日語點菜囉！

1. 天ぷら定食（天婦羅套餐）
2. しゃぶしゃぶ（涮涮鍋）
3. おでん（黑輪）
4. うな重（鰻魚飯）
5. すき焼き（壽喜燒）
6. ラーメン（拉麵）
7. とんかつ（炸豬排）
8. カツ丼（豬排飯）

問題五　翻譯與題解

第 5 大題　請閱讀以下（1）至（2）的文章，然後回答問題。答案請從 1・2・3・4 之中挑出最適合的選項。

（1）

　　テクノロジーの進歩で、私たちの身の回りには便利な機械があふれています。特に IT と呼ばれる情報機器は、人間の生活を便利で豊かなものにしました。①例えば、パソコンです。パソコンなどのワープロソフトを使えば、誰でもきれいな文字を書いて印刷まですることができます。また、何かを調べるときは、インターネットを使えばすぐに必要な知識や世界中の情報が得られます。今では、これらのものがない生活は考えられません。

　　しかし、これらテクノロジーの進歩が②新たな問題を生み出していることも忘れてはなりません。例えば、ワープロばかり使っていると、漢字を忘れてしまいます。また、インターネットで簡単に知識や情報を得ていると、自分で努力して調べる力がなくなるのではないでしょうか。

　　これらの機器は、便利な反面、人間の持つ能力を衰えさせる面もあることを、私たちは忘れないようにしたいものです。

[翻譯]

　　科技的進步，使得我們身邊隨處可見便利的裝置。尤其是被稱為 IT 的資訊裝置，幫助人類的生活變得更加便利與豐富。①舉例來說，電腦就是其中一項。只要使用電腦上的文字處理軟體，任何人都能打出漂亮的文字，甚至列印出來。還有，要查詢什麼資料時，只要連上網際網路，立刻就能找到需要的知識與全世界的資訊。時至今日，已經無法想像生活中沒有這些東西會變成什麼樣子了。

　　然而，不能忘記的是，這些科技的進步也衍生出②新的問題。例如，一天到晚使用文字處理軟體，結果忘記漢字的寫法。另外，透過網際網路就能輕鬆獲得知識與資訊，或許將會導致人們失去了親自努力調查的能力。

　　這些裝置雖有便利的一面，但也具有造成人類原本擁有的能力日漸衰退的另一面，希望我們必須將這點牢記在心。

---

28 ①例えばは、何の例か。

1　人間の生活を便利で豊かなものにした情報機器
2　身の回りにあふれている便利な電気製品
3　文字を美しく書く機器
4　情報を得るための機器

[翻譯]

[28] 文中提到的①舉例來說，舉了什麼例子呢？

1　讓人類的生活變得更加便利與豐富的資訊裝置

2　隨處可見的便利的電器產品

3　能寫出漂亮文字的機器

4　能夠得到資訊的機器

[題解攻略]

答えは1

①____の直前の文「特にITと呼ばれる情報機器は、人間の生活を便利で豊かなものにしました」に注目する。「人間の生活を豊かなものにした情報機器」の例として、「パソコン」を挙げている。したがって、1が適切。

正確答案是1

請注意①____的前面提到「特にITと呼ばれる情報機器は、人間の生活を便利で豊かなものにしました」（尤其是被稱為IT的資訊裝置，幫助人類的生活變得更加便利與豐富）。本文舉了「パソコン」（電腦）作為「人間の生活を豊かなものにした情報機器」（讓人類的生活變得更加便利與豐富的資訊裝置）的例子。因此選項1是最適切的答案。

答案：1

---

29 ②新たな問題とは、どんな問題か。

1 新しい便利な機器を作ることができなくなること

2 ワープロやパソコンを使うことができなくなること

3 自分で情報を得る簡単な方法を忘れること

4 便利な機器に頼ることで、人間の能力が衰えること

[翻譯]

[29] 文中提到的②新的問題，是指什麼樣的問題呢？

1 沒有辦法製造出便利的新機器

2 沒有辦法使用文字處理機和電腦

3 忘記靠自己得到資訊的簡單方法

4 由於依賴便利的裝置，導致人類的能力日漸衰退

答えは 4

　文章の最後の文で「これらの機器は、便利な反面、人間の持つ能力を衰えさせる面もある」と述べている。便利な機器に頼っていると、人間の能力が衰えるというのである。したがって、4 が適切。

　　正確答案是 4

　文章最後提到「これらの機器は、便利な反面、人間の持つ能力を衰えさせる面もある」（這些裝置雖有便利的一面，但也具有造成人類原本擁有的能力日漸衰退的另一面）。依賴便利的裝置，可能導致人類的能力日漸衰退。所以選項 4 是最適切的答案。

答案：**4**

---

30 ②新たな問題を生みだしているのは、何か。

1　人間の豊かな生活
2　テクノロジーの進歩
3　漢字が書けなくなること
4　インターネットの情報

[翻譯]

[30] 所謂衍生出②新的問題，是指什麼呢？

1　人類的豐富生活

2　科技的進步

3　寫不出漢字

4　網際網路的資訊

[題解攻略]

答えは 2

何が、「新たな問題」を生み出
しているかに注意する。「新たな
問題」とは何かではない。②＿＿
のすぐ前に「テクノロジーの進歩
が」とある。したがって、2 が適
切。

正確答案是 2

請注意是什麼產生了「新たな問題」
（新的問題）。「新たな問題」（新的問
題）不是別的，指的就是②＿＿前面提
到的「テクノロジーの進歩が」（科技
的進步）。所以選項 2 是最適切的答案。

答案：**2**

單字的意思	
□ 進歩／進步，逐漸好轉	□ 努力／努力
□ 豊か／富裕，優裕；豊盈；十足，足夠	□ 能力／能力；（法）行為能力
□ 知識／知識	

(2)

　日本語を学んでいる外国人が、いちばん苦労するのが敬語の使い方だそうです。日本に住んでいる私たちでさえ難しいと感じるのですから、外国人にとって難しく感じるのは当然です。

　ときどき、敬語があるのは日本だけで、外国語にはないと聞くことがありますが、そんなことはありません。丁寧な言い回しというものは例えば英語にもあります。ドアを開けて欲しいとき、簡単に「Open the door.（ドアを開けて。）」と言う代わりに、「Will you 〜（Can you 〜）」や「Would you 〜（Could you 〜）」を付けたりして丁寧な言い方をしますが、①これも敬語と言えるでしょう。

　私たちが敬語を使うのは、相手を尊重し敬う※気持ちをあらわすことで、人間関係をよりよくするためです。敬語を使うことで自分の印象をよくしたいということも、あるかもしれません。

　ところが、中には、相手によって態度や話し方を変えるのはおかしい、敬語なんて使わないでいいと主張する人もいます。

　しかし、私たちの社会に敬語がある以上、それを無視した話し方をすると、人間関係がうまくいかなくなることもあるかもしれません。

　確かに敬語は難しいものですが、相手を尊重し敬う気持ちがあれば、使い方が多少間違っていても構わないのです。

※　敬う…尊敬する。

[翻譯]

正在學日文的外國人覺得最難學的，似乎是敬語的用法。就連住在日本的我們都覺得困難了，對外國人來說當然更是難上加難了。

有時候我會聽到一種說法：只有日文才有敬語，外文沒有這種文法。沒有這回事。英文裡也有禮貌的措辭。當希望別人開門時，簡單的說法是「Open the door.（開門。）」，但是禮貌的說法則是加上「Will you～（Can you～）」或是「Would you～（Could you～）」，①這應該也可以被歸類為敬語吧。

我們之所以使用敬語，目的是藉此來表示尊重與尊敬※對方，藉以增進人際關係。或許還希望透過使用敬語，讓對方對自己留下好印象。

然而其中，也有人認為根據對象的不同，而以不同的態度和說話方式應對很奇怪，因而主張不使用敬語。

但是，既然我們的社會有敬語的存在，如果交談時刻意不使用，恐怕會導致人際關係的惡化。

敬語的用法確實很難，但只要懷有尊重與尊敬對方的心意，即使用法不完全正確也沒有大礙。

※ 敬う：尊敬。

31 ①これは、何を指しているか。

1 「Open the door.」などの簡単な言い方

2 「Will（Would）you～」や「Can（Could）you～）」を付けた丁寧な
言い方

3 日本語にだけある難しい敬語

4 外国人にとって難しく感じる日本の敬語

[翻譯]

[31] 所謂①這，指的是什麼呢？

1 「Open the door.」之類的簡單說法

2 加上「Will (Would) you ～」或是「Can (Could) you ～」的禮貌說法

3 日文所獨有、很困難的敬語

4 外國人覺得很難學的日文的敬語

[題解攻略]

答えは２

「これ」の指す内容を前の部分から探す。「『Will you ～ (Can you ～)』や『Would you ～ (Could you ～)』を付けたりして丁寧な言い方をします」とある。したがって、２が適切。２の内容を「これ」に入れて、意味が通じるか確かめてみよう。

正確答案是２

可以從前文找出「これ」（這）所指涉的內容。前面提到「『Will you ～ (Can you ～)』や『Would you ～ (Could you ～)』を付けたりして丁寧な言い方をします」（禮貌的說法是加上「Will you ～ (Can you ～)」或是「Would you ～ (Could you ～)」）。所以選項２是最適切的答案。可以試著將選項２的內容放入「これ」（這），確認文意是否通順。

答案：2

---

32 敬語を使う主な目的は何か。

1 相手に自分をいい人だと思われるため

2 自分と相手との上下関係を明確にするため

3 日本の常識を守るため

4 人間関係をよくするため

[翻譯]

[32] 使用敬語的主要目的是什麼呢？

1　為了讓對方覺得自己是好人

2　為了明確界定出自己與對方的位階

3　為了維護日本的常識

4　為了增進人際關係

[題解攻略]

答えは4

敬語を使う目的が問われている。目的を表す語「ため」に注目するとよい。3段落に「私たちが敬語を使うのは、相手を尊重し敬う気持ちをあらわすことで、人間関係をよりよくするため」とある。したがって、4が適切。

正確答案是4

題目問的是使用敬語的目的，所以只要找出表示目的的詞語「ため」（目的是）即可。第三段寫道「私たちが敬語を使うのは、相手を尊重し敬う気持ちをあらわすことで、人間関係をよりよくするため」（我們之所以使用敬語，目的是藉此來表示尊重與尊敬對方，藉以增進人際關係）。因此選項4是最適切的答案。

答案：**4**

---

33 「敬語」について、筆者の考えと合っているのはどれか。

1　言葉の意味さえ通じれば敬語は使わないでいい。

2　敬語は正しく使うことが大切だ。

3　敬語は、使い方より相手に対する気持ちが大切だ。

4　敬語は日本独特なもので、外国語にはない。

[翻譯]

[33] 關於「敬語」，以下哪一段敘述與筆者的想法吻合？

1 只要能夠能夠傳達話語的意義，就不需要使用敬語。

2 正確使用敬語是很重要的。

3 敬語比起用法，更重要的是表達心意給對方。

4 敬語是日本獨有的用法，外文中沒有這種文法。

[題解攻略]

答えは 3

1．×…5段落に「私たちの社会に敬語がある以上、それを無視した話し方をすると、人間関係がうまくいかなくなることもあるかもしれません」と述べて、「敬語は使わないでいい」という考えを否定している。

2．×…最後の一文に「相手を尊重し敬う気持ちがあれば、使い方が多少間違っていても構わない」とある。敬語を「正しく使うこと」が大切だとは述べていない。

3．○…最後の一文の「相手を尊重し敬う気持ちがあれば、使い方が多少間違っていても構わない」とは、「使い方」より、「相

正確答案是 3

1．×…第五段提到「私たちの社会に敬語がある以上、それを無視した話し方をすると、人間関係がうまくいかなくなることもあるかもしれません」（既然我們的社會有敬語的存在，如果交談時刻意不使用，恐怕會導致人際關係的惡化），因此否定了「敬語は使わないでいい」（不需要使用敬語）這種想法。

2．×…文章最後提到「相手を尊重し敬う気持ちがあれば、使い方が多少間違っていても構わない」（只要懷有尊重與尊敬對方的心意，即使用法不完全正確也沒有大礙）。並沒有提到「正しく使うこと」（正確使用）敬語非常重要。

3．○…文章最後提到「相手を尊重し敬う気持ちがあれば、使い方が多少間違っていても構わない」（只要懷有尊

手に対する気持ち」が大切だということ。

4. ×…2段落に「敬語があるのは日本だけで、外国語にはないと聞くことがありますが、そんなことはありません」とある。つまり、外国語にも敬語があると述べているのである。

重與尊敬對方的心意，即使用法不完全正確也沒有大礙），因此比起敬語的「使い方」（用法），「相手に対する気持ち」（表達心意給對方）更為重要。

4. ×…文中第二段提到「敬語があるのは日本だけで、外国語にはないと聞くことがありますが、そんなことはありません」（只有日文才有敬語，外文沒有這種文法。沒有這回事）。也就是說，作者想表達的是外文中也有敬語的用法。

答案：**3**

單字的意思

☐ 敬語／敬語

☐ 付ける／寫上，記上；注意；掛上，裝上；穿上，配戴

☐ 印象／印象

☐ かもしれない／也許，也未可知

☐ 態度／態度，表現；舉止，神情，作風

☐ おかしい／奇怪，可笑；不正常

☐ 尊敬／尊敬

☐ 守る／遵守，保守；保衛，守護；保持（忠貞）

☐ 通じる／傳達，溝通；明白，理解；通曉，精通；通到，通往

□ 〜でさえ／連…，甚至…

□ 〜にとって（は／も／の）／對於…來說

□ 〜だけ（で）／只是…，只不過…；只要…就…

□ 〜かわりに／代替…

□ 〜によって／依照…；由…；根據…；因為…

□ 〜なんて／…之類的，…什麼的

□ に対^{たい}する／向…，對（於）…

　　日本人是非常重視禮節的民族，話人人都會說，但要說得得體卻是一大學問。以下是生活與職場都很常見的尊敬語和謙讓語，不妨一起記下來哦！

原形（中譯）	尊敬語	謙讓語
言^いう（說）	おっしゃる	申^{もう}しあげる
見^みる（看）	ご覧^{らん}になる	拝見^{はいけん}する
行^いく（去）	いらっしゃる	まいる
食^たべる（吃）	召^めし上^あがる	いただく
いる（在）	いらっしゃる	おる
する（做）	なさる	いたす

第六回

問題六　翻譯與題解

第 6 大題　請閱讀以下的文章，然後回答問題。答案請從 1・2・3・4 之中挑出最適合的選項。

信号機の色は、なぜ、赤・青（緑）・黄の3色で、赤は「止まれ」、黄色は「注意」、青は「進め」をあらわしているのだろうか。

①当然のこと過ぎて子どもの頃から何の疑問も感じてこなかったが、実は、それには、しっかりとした理由があるのだ。その理由とは、色が人の心に与える影響である。

まず、赤は、その「物」を近くにあるように見せる色であり、また、他の色と比べて、非常に遠くからでもよく見える色なのだ。さらに、赤は「興奮※1色」とも呼ばれ、人の脳を活発にする効果がある。したがって、「止まれ」「危険」といった情報をいち早く人に伝えるためには、②赤がいちばんいいということだ。

それに対して、青（緑）は人を落ち着かせ、冷静にさせる効果がある。そのため、　③　をあらわす色として使われているのである。

最後に、黄色は、赤と同じく危険を感じさせる色だと言われている。特に、黄色と黒の組み合わせは「警告※2色」とも呼ばれ、人はこの色を見ると無意識に危険を感じ、「注意しなければ」、という気持ちになるのだそうだ。踏切や、「工事中につき危険！」を示す印など、黄色と黒の組み合わせを思い浮かべると分かるだろう。

このように、信号機は、色が人に与える心理的効果を使って作られたものなのである。ちなみに、世界のほとんどの国で、赤は「止まれ」、青（緑）は「進め」を表しているそうだ。

※1　興奮…感情の働きが盛んになること。
※2　警告…危険を知らせること。

305

[翻譯]

交通號誌燈的顏色為什麼是紅、青（綠）、黃這三種顏色，並且以紅色代表「停止」、黃色代表「注意」、綠色代表「通行」呢？

這個再①理所當然不過的事，大家從小就不曾懷疑，但事實上，這種設計有其理論根據。它的理論根據就是色彩對人類心理的影響。

首先，紅色是能夠讓那個「物體」看起來像在近處的顏色，此外，和其他顏色相較，這種顏色即使在很遠的距離也夠一眼辨識出來。不單如此，紅色也被稱為「興奮※1色」，具有刺激人類腦部的效果。因此，為了將「停止」、「危險」這些訊息盡早傳遞給人們，②紅色是最適當的顏色。

相對來說，青色（綠色）則具有讓人鎮定、冷靜的效果。所以，就被用作表示③的顏色。

最後，黃色被稱為和紅色同樣讓人感到危險的顏色。尤其黃色和黑色的組合也被稱為「警告※2色」，據說人們只要看到這種色彩，下意識就會感到危險，產生「必須小心」的想法。只要回想一下，諸如標示平交道和「施工中危險！」的標記，就是採用黃色和黑色的組合，應該就能明白了吧。

交通號誌燈的設計，即是運用上述色彩對人類產生的心理效果。順帶一提，據說世界各國幾乎都是使用紅色來表示「停止」、綠色來表示「通行」。

※1 興奮：情感強烈波動。
※2 警告：通知危險。

34 ①当然のこととは、何か。

1　子どものころから信号機が赤の時には立ち止まり、青では渡っていること

2　さまざまなものが、赤は危険、青は安全を示していること

3　信号機が赤・青・黄の3色で、赤は危険を、青は安全を示していること

4　信号機に赤・青・黄が使われているのにはしっかりとした理由があること

[翻譯]

[34] 文中提到的①理所當然，是指什麼呢？

1　從小就知道看到紅燈要站住，看到綠燈可以通行。

2　很多東西都用紅色表示危險、綠色表示安全。

3　交通號誌燈是紅、綠、黃三色，用紅色表示危險、綠色表示安全。

4　交通號誌燈使用紅、綠、黃有其理論根據。

[題解攻略]

　　答えは3

　　「当然のこと」とは「そうなることが当たり前であること」。ここでは、信号機の色は「赤・青（緑）・黄の3色で、赤は『止まれ』、黄色は『注意』、青は『進め』を

　　正確答案是3

　　「当然のこと」（理所當然的事）是「そうなることが当たり前であること」（這件事是當然的）的意思。在本文中是指交通號誌燈的顏色為「赤・青（緑）・黄の3色で、赤は『止まれ』、黄色は『注意』、青は『進め』をあら

あらわしている」ことを指している。「赤は『止まれ』」とは「赤は危険だ」、「青は『進め』」とは「青は安全だ」と言い換えることができる。したがって、3が適切。

わしている」（紅、青（緑）、黄這三種顏色，並且以紅色代表「停止」、黃色代表「注意」、綠色代表「通行」）。「赤は『止まれ』」（紅色代表「停止」）是因為「赤は危険だ」（紅色表示危險）、「青は『進め』」（綠色代表「通行」）是因為「青は安全だ」（綠色表示安全）。因此，選項3是最適切的答案。

答案：**3**

----

35 ②赤がいちばんいいのはなぜか。

1　人に落ち着いた行動をさせる色だから。

2　「危険！」の情報をすばやく人に伝えることができるから。

3　遠くからも見えるので、交差点を急いで渡るのに適しているから。

4　黒と組み合わせることで非常に目立つから。

[翻譯]

[35] 為什麼②紅色是最適當的顏色呢？

1　因為是能讓人在鎮定中行動的顏色。

2　因為能夠迅速將「危險！」的訊息傳遞給人們。

3　因為從遠方就能看見，所以很適合用來催促人們快速穿越平交道。

4　因為和黑色組合起來非常醒目。

[題解攻略]

答えは2

1. ×…「赤は『興奮色』とも呼ばれ、人の脳を活発にする効果がある」とある。「落ち着いた行動をさせる色」は青である。

2. ○…②＿＿のすぐ前に「『止まれ』『危険』といった情報をいち早く人に伝える」とある。

3. ×…「交差点を急いで渡るのに適している」は文章中で述べられていない内容。

4. ×…赤と黒の組み合わせについては述べていない。

正確答案是2

1. ×…文中提到「赤は『興奮色』とも呼ばれ、人の脳を活発にする効果がある」（紅色也被稱為「興奮色」，具有刺激人類腦部的效果），而「落ち着いた行動をさせる色」（能讓人在鎮定中行動的顏色）是綠色。

2. ○…因為②＿＿的前面提到「『止まれ』『危険』といった情報をいち早く人に伝える」（將「停止」、「危險」這些訊息盡早傳遞給人們）。

3. ×…「交差点を急いで渡るのに適している」（適合用來催促人們快速穿越平交道）是文中沒有提到的內容。

4. ×…本文並沒有針對紅色和黑色的組合說明。

答案：2

---

36 ＿＿③に適当なのは次のどれか。

1 危険　　　2 落ち着き　　　3 冷静　　　4 安全

[翻譯]

[36] 以下何者最適合填入③？

1 危險　　2 鎮定　　3 冷靜　　4 安全

[題解攻略]

答えは 4

1. ×…「危険」をあらわすの
は「赤」。

2・3. ×…「青（緑）は人を落
ち着かせ、冷静にさせる効果があ
る」とある。2「落ち着き」3「冷
静」は青の効果を述べたもの。

4. ○…青（緑）は人を落ち着
かせ、冷静にさせる色なので、危
険ではない、大丈夫という意味の
「安全」が適切である。

正確答案是 4

1. ×…表示「危険」（危險）的是
「赤」（紅色）。

2・3. ×…文中提到「青（緑）は人
を落ち着かせ、冷静にさせる効果があ
る」（青色〈綠色〉則具有讓人鎮定、
冷靜的效果）。選項 2「落ち着き」（鎮
定）和選項 3「冷静」（冷靜）描述的
都是「青色」（綠色）的效果。

4. ○…「青色」（綠色）能讓人鎮定、
冷靜，因此填入表示不危險、沒關係的
意思的「安全」（安全）最為符合。

答案：**4**

●- -

37 この文の内容と合わないものはどれか。

1 ほとんどの国で、赤は「止まれ」を示す色として使われている。

2 信号機には、色が人の心に与える影響を考えて赤・青・黄が使われ
ている。

3 黄色は人を落ち着かせるので、「待て」を示す色として使われている。

4 黄色と黒の組み合わせは、人に危険を知らせる色として使われてい
る。

[翻譯]

[37] 以下哪一段敘述與這篇文章的內容不符？

1　幾乎所有的國家都是使用紅色這個顏色來表示「停止」。

2　交通號誌燈是依據色彩對人類心理的影響而採用紅、綠、黃。

3　黃色能讓人鎮定下來，所以被用作「等候」的顏色。

4　黃色和黑色的組合是被用來通知人們危險的顏色。

[題解攻略]

答えは3

1. ×…文章の最後の文に「世界のほとんどの国で、赤は『止まれ』、青（緑）は『進め』を表している」とある。

2. ×…2段落で、信号機に赤・青（緑）・黄の色が使われている理由とは、「色が人の心に与える影響である」と述べている。

3. ○…黄色は「赤と同じく危険を感じさせる色」である。また、「待て」ではなく、「注意」を示す色である。

4. ×…黄色と黒の組み合わせを見ると、「無意識に危険を感じ、『注意しなければ』、という気持ちになる」とある。

正確答案是3

1. ×…因為文章最後提到「世界のほとんどの国で、赤は『止まれ』、青（緑）は『進め』を表している」（世界各國幾乎都是使用紅色來表示「停止」、綠色來表示「通行」）。

2. ×…第二段提到交通號誌燈用紅色、青色（綠色）、黃色的理由是「色が人の心に与える影響である」（色彩對人類心理的影響）。

3. ○…文中提到黃色是「赤と同じく危険を感じさせる色」（和紅色同樣讓人感到危險的顏色），並不是用於表示「待て」（等候），而是「注意」（注意）。

4. ×…文中提到看見黃色和黑色的組合，就會「無意識に危険を感じ、『注意しなければ』、という気持ちになる」（下意識就會感到危險，產生「必須小心」的想法）。

答案：3

□ 信号（しんごう）／（鐵路、道路等的）號誌；信號，燈號；暗號

□ 当然（とうぜん）／當然，理所當然

□ 過ぎる（す）／過於；超過；經過

□ 与える（あた）／給與，供給；授與；使蒙受；分配

□ 非常（ひじょう）／非常，很，特別；緊急，緊迫

□ 効果（こうか）／效果，成效，成績；（劇）效果

□ 情報（じょうほう）／情報，信息

□ 伝える（つた）／傳達，轉告；傳導

□ 踏切（ふみきり）／（鐵路的）平交道，道口；（轉）決心

□ 工事（こうじ）／工程，工事

□ さまざま／種種，各式各樣的，形形色色的

□ ～ということだ／是説這個意思…；這就是…；聽説…，據説…

□ ～に対（たい）して／對（於）…，向…

第六回

問題七　翻譯與題解

第 7 大題　右頁是某間文化中心的介紹。請閱讀後回答下列問題。答案請從 1・2・3 ・4 之中挑出最適合的選項。

	講座名 こうざめい	日時 にちじ	回数 かいすう	費用 ひよう	対象 たいしょう	その他 た
A	男子力 UP!4 回 でしっかりお ぼえる料理の 基本	11・12 月 第 1・3 金曜日 (11/7・21・12/5・12) 18:00 〜 19:30	全 4 回	18,000 円＋ 税 (材料費含 む)	男性 18 歳 以上	男性のみ
B	だれでもかんた ん!色えんぴつ を使った植物画 レッスン	10 〜 12 月 第 1 土曜日 13:00 〜 14:00	全 3 回	5,800 円＋税 ＊色えんぴ つは各自ご 用意下さい	15 歳 以上	静かな教室で、 先生が一人一人 ていねいに教え ます
C	日本のスポー ツで身を守る! 女性のための はじめての柔 道：入門	10 〜 12 月 第 1 〜 4 火曜日 18:00 〜 19:30	全 12 回	15,000 円＋ 税＊柔道着 は各自ご用 意ください。 詳しくは受 付まで	女性 15 歳 以上	女性のみ
D	緊張しないス ピーチトレー ニング	10 〜 12 月 第 1・3 木曜日 (10/2・16 11/6・20 12/4・18) 18:00 〜 20:00	全 6 回	10,000 円 (消費税含む)	18 歳 以上	まずは楽しく おしゃべりか ら始めましょ う
E	思い切り歌っ てみよう!「み んな知ってる 日本の歌」	10 〜 12 月 第 1・2・3 土曜日 10：00 〜 12：00	全 9 回	5,000 円＋楽 譜代 500 円 (税別)	18 歳 以上	一緒に歌えばみ んな友だち!カ ラオケにも自信 が持てます!

小町文化センター秋の新クラス（こまちぶんか・あき・しん）

小町文化中心秋季新班

	講座名稱	日期時間	上課堂數	費用	招生對象	備註
A	男子力 UP！四堂課就能學會基礎烹飪	11・12月 第一和第三週的星期五 （11／7・21・12／5・12） 18:00～19:30	共 4 堂	18,000 圓 ＋稅（含材料費）	男性 18 歲以上	限男性
B	人人都會畫！用色鉛筆練習植物畫	10～12月 第一週的星期六 13:00～14:00	共 3 堂	5,800 圓＋稅＊請自行準備色鉛筆	15 歲以上	在安靜的教室裡，老師仔細指導每一位學員
C	用日本的傳統運動保護自己！專為女性開設的柔道初級班	10～12月 第一～四週的星期二 18:00～19:00	共 12 堂	15,000 圓＋稅＊請自行準備柔道道服。詳情請洽櫃臺。	女性 15 歲以上	限女性
D	協助您消除緊張的演講訓練	10～12月 第一和第三週的星期四 （10／2・16 11／6・20 12／4・18） 18:00～20：00	共 6 堂	10,000 圓 （含消費稅）	18 歲以上	首先從愉快的聊天開始吧
E	盡情歌唱吧！「大家都會唱的日本歌」	10～12月 第一、第二和第三週的星期六 10：00～12：00	共 9 堂	5,000 圓＋樂譜費用 500 圓（未稅）	18 歲以上	大家一起唱歌就會變成好朋友！去卡拉 OK 超有自信！

●- -

38 男性会社員の井上正さんが平日、仕事が終わった後、18 時から受けられるクラスはいくつあるか。

1　1つ　　　　　2　2つ　　　　　3　3つ　　　　　4　4つ

[翻譯]

[38] 男性上班族井上正先生於平日下班後，能夠選擇幾門從18點起開始授課的課程？

1　1門　　　　　　　2　2門　　　　　　　3　3門　　　　　　　4　4門

[題解攻略]

答えは2

「平日」とは、月・火・水・木・金曜日のこと。平日で18:00から始まるのはAとCとD。ただし、Cは「女性」対象なので×。男性会社員の井上正さんが受けられるクラスはAとDの2つである。したがって、2が適切。

正確答案是2

平日是指星期一、二、三、四、五。平日 18:00 開始的課程有 A 和 C 和 D。但是，C 僅以女性做為授課對象，所以無法參加。男性上班族的井上正先生可以參加的課程有 A 和 D 兩種。因此選項 2 是正確的。

答案：**2**

---

39 主婦の山本真理菜さんが週末に参加できるクラスはどれか。

1　BとA　　　　2　BとC　　　　3　BとD　　　　4　BとE

[翻譯]

[39] 家庭主婦山本真理菜小姐能在週末參加的課程是哪幾門？

1　B 和 A　　　　2　B 和 C　　　　3　B 和 D　　　　4　B 和 E

[題解攻略]

答えは 4

「週末」とは土曜日と日曜日の
こと。週末にクラスがあるのは、B
と E。どちらも主婦の山本真理菜
さんは受けることができる。した
がって、4 が適切。

正確答案是 4

「週末」（週末）是指星期六和星期
日。週末的課程有 B 和 E。家庭主婦山
本真理菜小姐兩者都可以參加。所以選
項 4 是正確的。

答案：4

單字的意思

□ **基本**／基本，基礎，根本

□ **含む**／帶有，包含；含（在嘴裡）；
　　瞭解，知道；含蓄

□ **緊張**／緊張

□ **トレーニング【training】**／訓
　　練，練習

□ **おしゃべり**／閒談，聊天；愛説
　　話的人，健談的人

□ **思い切り**／狠狠地，盡情地，徹
　　底的；斷念，死心；果斷

□ **自信**／自信，自信心

□ **参加**／參加，加入

小知識

　　「週末」的範圍，到底是星期五、星期六、還是星期六、日呢？據
NHK 在 1999 年的調查顯示，日本全國有半數以上的人認為「週末」指的是
「土曜日と日曜日」（星期六和星期日），而認為是「土曜日」（星期六）、
「金曜日と土曜日」（星期五和星期六）、「金曜日から日曜日まで」（星
期五到星期日）三者的人則各占一成多。因此新聞媒體在傳達訊息時都盡
可能具體地加上星期或日期，例如「這個星期日」、「下周六 24 日」等。

文法比一比

● **にとって（は）、にとっても、にとっての**
「對於…來說」

説明 ［Nにとって］。表示站在前面接的那個詞的立場，來進行後面的判斷或評價。相當於「…の立場から見て」。

例句 この事件は、彼女にとってショックだったに違いない。／這個事件，對她肯定打擊很大。

● **において、においては、においても、における**
「在…」，「在…時候」，「在…方面」

説明 ［Nにおいて］；［NにおけるN］。表示動作或作用的時間、地點、範圍、狀況等。是書面語。口語一般用「で」表示。

例句 我が社においては、有能な社員はどんどん昇進できます。／在本公司，有才能的職員都會順利升遷的。

● **だけ**
「只」，「僅僅」

説明 ［N（＋助詞＋）だけ］；［N / Naなだけ］；［A/ Vだけ］。表示只限於某範圍，除此以外沒有別的了。

例句 テレビは一時間だけ見てもいいです。／只看一小時的電視也行。

● **しか**
「只」，「僅僅」

説明 ［N（＋助詞＋）しか…ない］。下接否定，表示限定。一般帶有因不足而感到可惜、後悔或困擾的心情。

例句 5000 円しかありません。／僅有 5000 日圓。

● **なんか、なんて**
「連…都…（不）…」；「…等等」，「…那一類的」，「…什麼的」；「真是太…」，「…之類的」

説明 ［N / Na（だ）なんか、なんて］；［A/ Vなんか、なんて］。（1）前接名詞，表示用輕視的語氣，談論主題。口語用法。（2）表示前面的事是出乎意料的，後面多接驚訝或是輕視的評價口語用法。

例句 庭に、芝生なんかあるといいですね。／如果庭院有個草坪之類的東西就好了。

● **ばかり**
「淨…」，「光…」，「老…」

説明 ［N（＋助詞＋）ばかり］。表示數量、次數非常的多，而且說話人對這件事有負面評價；［V -てばかりいる］。表示說話人對不斷重複一樣的事，或一直都是同樣的狀態，有負面的評價。

例句 漫画ばかりで、そのほかの本はぜんぜん読みません。／光看漫畫，完全不看其他書。

合格班日檢閱讀N3

逐步解說 & 攻略問題集（18K）

【日檢合格班 9】

■ 發行人／ 林德勝

■ 著者／ 山田社日檢題庫組・吉松由美・田中陽子・西村惠子

■ 設計主編／ 吳欣樺

■ 出版發行／ 山田社文化事業有限公司
地址　臺北市大安區安和路一段112巷17號7樓
電話　02-2755-7622
傳真　02-2700-1887

■ 郵政劃撥／ 19867160號　大原文化事業有限公司

■ 總經銷／ 聯合發行股份有限公司
地址　新北市新店區寶橋路235巷6弄6號2樓
電話　02-2917-8022
傳真　02-2915-6275

■ 印刷／ 上鎰數位科技印刷有限公司

■ 法律顧問／ 林長振法律事務所　林長振律師

■ 定價／ 新台幣399元

■ 初版／ 2017年 7月